JESSICA SCHULTE AM HÜLSE

Verrat

JESSICA SCHULTE AM HÜLSE

Verrat

SIEBEN VERBRECHEN
AN DER LIEBE

BLESSING

Der Verlag weist ausdrücklich darauf hin, dass im Text
enthaltene externe Links vom Verlag nur bis zum Zeitpunkt
der Buchveröffentlichung eingesehen werden konnten.
Auf spätere Veränderungen hat der Verlag keinerlei Einfluss.
Eine Haftung des Verlags ist daher ausgeschlossen.

Verlagsgruppe Random House FSC® N001967

1. Auflage, 2017
Copyright © 2017 by Jessica Schulte am Hülse
Copyright © 2017 by Karl Blessing Verlag, München,
in der Verlagsgruppe Random House GmbH,
Neumarkter Str. 28, 81673 München
Umschlaggestaltung: Nele Schütz Design
Satz: Leingärtner, Nabburg
Druck und Einband: Pustet, Regensburg
Printed in Germany
ISBN: 978-3-89667-594-1

www.blessing-verlag.de

Inhalt

Vorwort	9
Vorbildliches Doppelleben	13
Herztaktlos	49
Kuckucksvater	87
Bei Trennung Mord	111
Flucht	151
Die Andere	177
Kopfurlaub	213

*»Wir müssen bereit sein,
uns von dem Leben zu lösen,
das wir geplant haben,
damit wir das Leben finden,
das auf uns wartet.«*

Oscar Wilde

Vorwort

Gibt es einen größeren Verrat als den an der Liebe? Als an dem Menschen, der einem vertraut hat? Und gibt es einen größeren Schmerz als die Erkenntnis, dass man eine Liebe verloren hat?

In diesem Buch erzähle ich in sieben wahren Geschichten vom Scheitern, von Abgründen und davon, was Menschen bereit sind auszuhalten im Namen der Liebe.

Denn für die meisten ist die kleinste und intimste Einheit der Beziehung, Ehe oder Familie das höchste Gut. Dafür wird gekämpft und gelitten, gearbeitet und gelebt. Nichts macht so glücklich oder unglücklich wie die verdammte Liebe. Für sie lassen wir uns auf Abenteuer ein, wachsen über uns selbst hinaus, werden zu eifersüchtigen Bestien oder ertragen Verletzungen, gegen die unser Verstand längst hätte rebellieren müssen – Liebe kann eben auch zur Obsession werden. Und so euphorisch und enthusiastisch das Herz am Anfang auch pocht, so sehr martert es uns, wenn der Abgrund des Verrats sich auftut.

Im Zentrum aller Erzählungen steht ein Betrug, eine bewusste Täuschung: Was, wenn der Ehepartner oder Lebensgefährte gar nicht der ist, der er vorgibt zu sein? Die Frau gar nicht meine? Mein ganzes Leben offenbar auf Lügen gebaut? Was, wenn dieses, mein Leben, von einer Sekunde zur anderen aufhört zu existieren? Das Vertrauen in die Person, die einem am nächsten stand, wird von einem Moment auf den anderen zerstört – und damit auch der Glaube an die eigene Urteilsfähigkeit. Gab es keine Vorzeichen? Hätte ich es nicht wissen müssen? Und es geht noch tiefer: Es steht nicht weniger auf dem Spiel als der Verlust der eigene Identität.

Und obwohl die Liebe zu den wichtigsten Themen im Leben gehört, bleibt sie dennoch ein Mysterium. Sie arbeitet meist unter Tage, wirkt im Verborgenen, ist rational schwer zu erfassen. Und so handeln diese Erzählungen auch von Menschen, die sich auf etwas eingelassen, sich geöffnet haben und schwer enttäuscht wurden. Manche stehen wieder auf und gehen gestärkt weiter, manche geben auf und bleiben zerstört zurück.

Mich berührten die Geschichten über all diese Lieben, die so jubelnd begannen und dann so tragisch endeten. Und deshalb habe ich sie aufgeschrieben.

Jessica Schulte am Hülse

Vorbildliches Doppelleben

Vom Büro bis zum OP-Saal waren es genau fünfzig Schritte. Gleich große, bedächtige Schritte den langen Flur entlang, durch die automatische Schwingtür, dann links Richtung Intensivstation. Umziehen, mit immer den genau gleichen Handgriffen. Hände und Arme sterilisieren. Operationskittel, Handschuhe, OP-Haube, Mundschutz mithilfe des Assistenzarztes anziehen. Von dem sterilen Umkleideraum bis an den OP-Tisch noch mal fünfzehn Schritte. Das Besteck lag schon da, exakt so sortiert, wie Markus es sich wünschte. Die Anästhesistin zählte mit dem Beginn der Narkose rückwärts. Die meisten Patienten kamen maximal bis zehn, dann setzten Schlaf und Vergessen ein. Sobald das Beatmungsgerät lief, kam der schönste Teil: der erste Schnitt in den lebenden Menschen, um den Tod aus ihm herauszuschneiden. Markus' Selbstbewusstsein funkte jetzt auf höchster Frequenz. Im Universitätsklinikum in Frankfurt zitterten alle vor seiner Hybris. Markus richtete seinen Verstand auf die zu erfüllende Aufgabe, alles andere konnte er ausblenden. Seine Nerven versagten nicht, er schwitzte nur selten, bisher war ihm noch nie ein Fehler unterlaufen. Er war vierzig.

Der erste Fehler passierte genau einen Tag bevor Markus zum Überraschungsbesuch zu seiner Frau Steffi nach Südafrika aufbrechen wollte. Der Flug von Frankfurt über Johannesburg nach Kapstadt war gebucht, ebenso wie die Suite für ihren dritten Hochzeitstag. Tochter Sophie würde die Tage bei seiner Schwiegermutter verbringen. Während eines Eingriffs verrutschte Markus ein Schnitt. Eine kleine Ungenauigkeit. Auf der Haut seiner Patientin würde eine asymmetrische Narbe zurückbleiben. Erstaunte Blicke im OP-Saal. Schweiß tropfte von Markus' Stirn und musste abgetupft werden. Den Tumor an sich entfernt er trotz des Missgeschicks mit absoluter Präzision. Auf dem Weg zurück in sein Büro verzählt sich Markus. Erschöpft lässt er sich in seinen Sessel fallen. Irgendetwas stimmt nicht mehr in seinem Leben.

Steffi war sechsundzwanzig als sie Markus vier Jahre zuvor kennenlernte. In einem Flugzeug. Steffi war Stewardess, und er durchlitt sein letztes Jahr der Ausbildung zum Facharzt der Chirurgie am Universitätsklinikum in Frankfurt am Main. Daneben hatte Markus eigentlich kein Leben. Nur die Arbeit im Krankenhaus und die Sehnsucht nach mehr. Viel mehr.

Die Maschine von Frankfurt nach Madrid war brechend voll. Markus wollte über das Osterwochenende einen alten Schulfreund in der spanischen Hauptstadt besuchen: drei Tage Sightseeing, Tapas, Bars und Kunst in den Museen Prado und Thyssen-Bornemisza. In den letzten Monaten übernahm Markus jede Sonderschicht freiwillig. Jeden Notfall. Er verließ das Krankenhaus fast nicht mehr. Sein Chef, Professor Doktor Schubert, befahl ihm quasi wegzufahren – eine Auszeit zu nehmen. Wörtlich sagte er: »Sie sind fanatisch.« Im Einstiegsgedrängel zwischen Handgepäck, Jacken und aufgeregten Kindern leitete Steffi die Passagiere sicher zu ihren Plätzen. Für Markus' kleinen Koffer gab es keinen Platz mehr in der Ablage. Steffi sah seine Hilflosigkeit und nahm ihm zuvorkommend sein Gepäck ab. »Sie bekommen ihn vorne beim Aussteigen wieder. Brauchen Sie noch irgendetwas aus dem Koffer für den Flug?« Sie sah ihn mit direktem Blick an, Markus erwiderte ihn. Ein Treffen mit der blonden Stewardess in Madrid wäre genau das bisschen Mehr, das ihm gerade gefallen würde. Sie müsse in Uniform erscheinen, dachte er und setzte sich an seinen Fensterplatz in Reihe zwölf. Markus liebte Berufe, die schon an der Kleidung zu erkennen waren. Kaum war der Flieger über den Wolken und die Anschnallzeichen erloschen, schlief er ein. Flugzeuge waren für ihn schon immer die besten Schlaftabletten. So nahm er die vielen fremden Menschen, deren Gerüche, Gespräche und Geräusche nicht wahr.

Beim Verlassen der Maschine wartete Steffi mit seinem Koffer vorn am Ausgang. Markus ließ sich Zeit, um als einer der Letzten an ihr vorbeigehen zu können. Sie drückte ihm sein Gepäck in die rechte Hand und er ihr einen Zettel mit seiner Telefonnummer in die linke. Sie lächelte. Ein leichtes Kribbeln stieg in Markus auf. Er war schon sechsunddreißig, und es wurde Zeit, sich eine Frau zuzulegen. Beschwingt fuhr er mit dem Taxi in die spanische Hauptstadt, durch das offene Fenster ließ er die sanfte Aprilsonne ins Innere des muffigen, alten Mercedes. Der Fahrer schloss grummelnd das Fenster und drehte demonstrativ die Klimaanlage und die Lautstärke des Radios hoch. Jetzt saßen sie in einem fahrenden Kühlschrank mit spanischer Folkloremusik.

Markus' Freund Manolo wohnte direkt am Botanischen Garten in einer Dreier-WG und hatte den Schlüssel in einem kleinen Café im selben Haus hinterlassen. Manolo besaß einen kleinen Tapas-Laden in Huertas. Markus sollte ihn später dort besuchen, um gemeinsam etwas zu essen und um die Häuser zu ziehen. Die WG war chaotisch. Hier wohnten drei Spanier, die in Sachen Haushaltsführung weder Erfahrung noch Interesse besaßen. Die Wohnung war völlig verdreckt, Staubmäuse hingen in den Zimmerecken, überall standen volle Aschenbecher, und in der Küche stapelte sich das ungewaschene Geschirr. Markus schloss die Augen, als er sie wieder öffnete, war es nicht besser: Hier waren Millionen von

Bakterien. Durch die schmutzigen Fenster fiel fahles Licht auf die verwohnten Möbel. Für ein paar Tage musste er das aushalten. Bei ihm zu Hause war es extrem sauber, fast steril. Sauberkeit bedeutete für Markus, Kontrolle über das Leben zu haben. Die Beschaffenheit der Welt ohne akribische Ordnung war schmerzhaft für ihn und kaum zu ertragen. »Mach dir dein Bett auf dem Sofa im Wohnzimmer«, hatte Manolo gesagt. Auf der zerschlissenen Couch lagen Bücher, Klamotten, Krümel, alte Zeitungen, und sie war gleichmäßig mit einer weißgrauen Ascheschicht und Fettflecken überzogen. Da er erst spät in der Nacht zurückkommen würde, beschloss Markus, sich erst mal um die Reinigung seines Schlaflagers zu kümmern. Von Dreck fühlte er sich bedroht wie seine Patienten von den Krankenhauskeimen. Markus' Leben bestand aus Disziplin und Ordnung. Jede Abweichung machte ihn aggressiv. Hier in Madrid ertrug er es gerade so, doch mit einem ständigen Gefühl von Ekel. Eine Stunde kümmerte er sich um die Säuberung seines Nachtlagers, dann lief er schon etwas beruhigter durch den Botanischen Garten zu Manolos Tapas-Bar. Dort aßen sie von kleinen braunen Tellern Albóndigas, Patatas allioli und Pimientos de Padrón, tranken Rotwein aus einfachen Karaffen und lachten über die alten Zeiten auf dem Gymnasium in Frankfurt. Markus befand sich ausnahmsweise in einem lockeren, unbeschwerten Zustand.

»Und, wie viele Schritte sind es von meiner Haustür bis hierher?«, wollte Manolo wissen.

»Da ich den Weg nicht oft gehen werde, habe ich nicht gezählt.«

Manolo lachte. »Was machen die Frauen?«

»Nichts Besonderes zurzeit.«

»Deutsche Ärzte sind gut zu vermitteln in Spanien, wir werden dir heute Abend eine schicke Madrilenin finden.«

Manolo schenkte großzügig Wein nach und bestellte Cortado. Die Sonne ging unter, und in den Straßen verstärkte sich das quirlige Treiben der Touristen und Studenten. Irgendwo spielte ein Gitarrist Flamenco. Manolo begann über Freundschaften zu sinnieren, sprach über Menschen, die immer nur an der Oberfläche herumkratzten und empathielos seien. Markus kam es nicht in den Sinn, es könnte dabei um ihn gehen. Denn dass die Menschen, die er als Freunde bezeichnete, ihn eher als einen Bekannten sahen, wusste er nicht.

Plötzlich klingelte Markus' Telefon. Steffi. Markus lief die Straße auf und ab, während er mit ihr sprach. Eine Stunde später saß sie mit am Tisch in der Casa Los Rotos. Manolo beobachtete die beiden amüsiert und bemühte sich, ihre Gläser nie leer werden zu lassen. Mit einer Frau hatte er Markus nie zuvor gesehen. In der Schule hielten alle Markus für einen hochintelligenten Freak. Ein naturwissenschaftliches Genie, das in Sachen Sozialkompetenz eine absolute Niete schien. Die Mädchen interessierten sich nur für ihn, um bei ihm abzuschreiben.

Die ersten Berührungen zwischen Markus und Steffi waren so vorsichtig, als fürchteten sie, sie würden sich sonst in Luft auflösen. Ihre sexuelle Unerfahrenheit schwebte zwischen ihren Körpern wie eine unsichtbare Grenze. Für Außenstehende sahen ihre linkischen Umarmungen geradezu beklommen aus. Steffi trank schnell viel Wein und ertrug, dass Markus' Lippen ihre zaghaft berührten. Es kam einer stillen Vereinbarung gleich, es auszuhalten; genießen konnten sie es beide nicht. Im Verlauf dieses ersten Abends stellte sich jedoch eine seltsame Vertrautheit zwischen Markus und Steffi ein, gerade weil sie physisch recht wenig miteinander anfangen konnten und wollten. Wortlos erkannten sie das Begrenztsein des jeweils anderen. Steffi mochte Markus' gutes, gepflegtes Aussehen und seine präzise Wortwahl. Ja, Markus hatte Charisma. Das war ihr schon im Flugzeug aufgefallen. Markus wiederum zogen Steffis offene Art und ihre ruhige Geradlinigkeit an. Zudem war sie attraktiv: schlank, sportlich, etwas burschikos. Ihre kurzen Haare ließen ihren langen, eleganten Hals zur Geltung kommen. Sie ist die Richtige, entschied er schon nach wenigen Stunden. In seinem Kopf hatte Markus eine Art Checkliste, die er abhakte, wie andere die Lebensmittel auf ihrem Einkaufszettel. Hinter »Frau« befand sich jetzt ein imaginäres Häkchen.

In Frankfurt sehen sich Steffi und Markus zwei Wochen später wieder. Von nun an gehen sie gemeinsam ins Kino, ins Theater und zu Ausstellungseröffnungen. Markus erzählte von seinen Operationen und Aufstiegsmöglichkeiten in der Klinik, Steffi von Städten und Ländern, die sie als Stewardess bereiste. Manchmal hielten sie Händchen. Nach zwei Monaten schlafen sie das erste Mal miteinander, weil es irgendwie dazugehörte. Es war okay. Jetzt wussten sie immerhin, dass es funktionierte. Vielleicht könnten sie eine Familie gründen, ein bürgerliches Dasein führen und sich an alle Standards halten, die ihnen von ihren Eltern vermittelt worden waren.

Fünf Monate nachdem sie sich kennengelernt hatten, fühlte sich Steffi matt und schlapp. Tagein, tagaus. Sie nahm rapide ab, verlor sogar die Lust am Fliegen. Markus ahnt, dass eine Krebsart an ihr nagt. Er kennt sich aus mit dem tückischen Parasiten, der die Zellen umprogrammiert. Beim Arzt muss sich Steffi diversen Tests unterziehen. Ihre Blutwerte sind katastrophal, die Röntgenbilder bestätigen den Verdacht: Lymphdrüsenkrebs. Sie ist gerade siebenundzwanzig geworden und muss um ihr Leben kämpfen. Chemotherapie, Strahlentherapie, Schmerzen, Angst, Erbrechen, Hilflosigkeit. Nicht mehr als eine leere Hülle blieb von ihr übrig. Anfangs bekam sie noch Besuch von Kollegen und alten Schulfreundinnen, nach zwei Monaten ebbt das Mitleid ab. Das Leben der Gesunden geht weiter. Nur Sabrina, Steffis beste Freundin, die ebenfalls als Stewardess mit der Lufthansa fliegt, setzte ihre Besuche und Anrufe fort. Und auch Markus verhielt sich vorbildlich, er war in seinem Element: Mit einer Selbstverständlichkeit, die an Selbstaufgabe grenzt, kümmert er sich jeden Tag um Steffi und operiert parallel im Akkord. Während Markus mit der Präzision eines Roboters Haut und Fleisch seiner Patienten durchschneidet, hält er nun, während er operiert, ausführliche Vorträge über tödliche Viren und Bakterien. Seine Kollegen finden das makaber. Markus macht es Spaß. Er ist inzwischen siebenunddreißig.

Eines Tages, kurz bevor Steffi entlassen werden soll, trifft Markus im Flur vor Steffis Krankenzimmer auf ihre Mutter. Maria umgarnt ihn begeistert und betont mehrmals, wie sehr sie sich doch freue, endlich Steffis Freund kennenzulernen. Wie ein kleines Mädchen himmelt Maria Markus an. Sie tauschen Telefonnummern aus, beim Abschied will Maria Markus' Hand gar nicht mehr loslassen. Steffi liegt im Bett, sehr blass, fast durchsichtig. Sie wiegt nur noch fünfundvierzig Kilo, ihren kahlen Schädel ziert ein bunter Turban, der ihre hohlen Wangen noch eingefallener erscheinen lässt.

»Ich habe gerade deine Mutter kennengelernt. Wir werden uns abwechselnd um dich kümmern, wenn du hier raus darfst«, sagt Markus zur Begrüßung.

»Meine Mutter will sich um mich kümmern? Das muss ein Irrtum sein«, entgegnet Steffi kraftlos.

Sie ahnt, dass es nicht um sie geht, sondern darum, dass Maria in Markus den perfekten Schwiegersohn sieht. In ihrem geschwächten Zustand kann Steffi nicht gegen Maria rebellieren.

Nach dem Krankenhausaufenthalt zieht Steffi vorübergehend zu ihrer Mutter, ihre eigene Wohnung wird aufgelöst. In ihrem alten Kinderzimmer wirkt alles viel kleiner, als es Steffi schon als Kind vorkam. Ein paar Gegenstände erinnern sie an die Zeit, als ihr Vater noch lebte. Sie wirken deplatziert und fremd. Am ersten Abend trinken sie und Maria Kräutertee, der Fernseher läuft leise im Hintergrund: Mutter und Tochter wissen nicht, worüber sie reden sollen. Steffi verabschiedet sich ins Bett und denkt an ihren Vater. Auf ihrem alten Schreibtisch im ehemaligen Kinderzimmer steht ein gerahmtes Bild. Steffi betrachtet es lange: Sie ist ungefähr sechs Jahre alt und sitzt vergnügt auf den Schultern ihres Vaters. Es muss ein Foto aus den Ferien an der Ostsee sein, Steffi erinnert sich an den Geruch von Sommer, Sonne, Meer. Papa Dieter lachte immer viel und vielleicht etwas zu laut. Seine Tochter nannte er Püppi. »Du musst immer das tun, was dich glücklich macht« – sagte ihr Vater nicht immer diesen Satz?

Nach dem Tod ihres Mannes flüchtete sich Steffis Mutter in die Religion. Sie konvertierte vom evangelischen zum katholischen Glauben. Beinah stündlich betete sie Rosenkränze, und sie platzierte in der Wohnung einen

Marienaltar. Nach Dieters Beerdigung ging sie täglich mindestens einmal in die Kirche, lebte von ihrer Witwenrente und sprach kaum noch. Schon gar nicht mit ihrer Tochter.

In Steffis Genesungsphase hält die weiterhin streng katholische Maria Wort: Sie kocht, kümmert sich um Nachsorgetermine, kauft ihrer Tochter Bücher und Zeitschriften, bezieht regelmäßig das Bett, geht mit Steffi schweigsam spazieren, päppelt sie auf. Steffi kommt nach und nach wieder zu Kräften. Ihren einst blanken Schädel schmückt ein zarter, weicher Haarflaum. »Wer hätte gedacht, dass du bei deiner Vergangenheit mal so einen tollen Mann bekommen würdest«, murmelt Maria immer mal wieder und klingt dabei erstaunt. Steffi beobachtet zum ersten Mal, wie sanft ihre harte Mutter aussehen kann, wenn sie stolz auf ihre Tochter ist. Steffi fühlt sich dadurch geradezu verpflichtet, bei Markus zu bleiben, obwohl sie weiß, dass sie ihn weder begehrt noch liebt. Hinzu kommt, dass sie Markus etwas zurückgeben will für seine Zuwendung in der schweren Krebszeit. Steffi bleibt bei ihm, versucht, ihn besser kennenzulernen.

Ein halbes Jahr nach dem Ende der Krebstherapie passiert ein Wunder: Steffi ist schwanger. Die Ärzte hatten ihr eigentlich angekündigt, sie sei durch die Strahlen- und Chemotherapie vermutlich unfruchtbar geworden. Fasziniert streicht Steffi über ihren leicht gewölbten Bauch. Eine kleine Wiedergutmachung. Sowohl für sie selbst als auch als Dankeschön für Markus, der schon lange darüber gesprochen hatte, dass er Vater werden möchte. Markus sieht in der Schwangerschaft einen weiteren Beweis dafür, wie sehr er Erfolg im Leben verdient und erreichen kann. Mehr als andere. Viel mehr. Er ist ein kleiner Gott, nicht nur wenn er seinen weißen Arztkittel trägt. Seine Lebensplanung verschiebt sich durch Steffis Krankheit lediglich um ein Jahr. Nun würde er eben mit achtunddreißig Vater werden statt mit siebenunddreißig. Imaginäres Häkchen in seinem Kopf: Vater werden. Im Klinikum gilt Markus weiterhin als absoluter Überflieger, der selten nach links und rechts schaut und noch seltener auf die Meinung anderer Ärzte hört. Sein Erfolg gibt ihm recht. Wie kalt und berechnend er auf seine Kollegen wirkt, entzieht sich seiner Kenntnis. Es wäre ihm ohnehin vollkommen gleichgültig.

Von nun an geht alles Schlag auf Schlag: Markus kauft ein Haus am Lerchesberg, einem noblen Viertel in Frankfurt-Sachsenhausen. Ein moderner Bungalow, vier Schlafzimmer, große Küche, Wohnzimmer mit direktem Zugang zum Garten, in dem es selbstverständlich einen kleinen Pool gibt. Das Haus wird vor dem Einzug saniert und komplett neu eingerichtet. Wie Fremde stehen Steffi und Markus davor, nachdem Markus den Kaufvertrag unterschrieben hat. Steffi streichelt ihren Bauch und freut sich darauf, ein Kinderzimmer einzurichten. Sie erwartet ein Mädchen, es wird Sophie heißen. Vor sich sieht sie eine Zukunft, die langfristig funktionieren kann. Markus macht ein imaginäres Häkchen im Kopf: Haus kaufen. Ein Innenarchitekt bespricht mit Steffi jedes Detail. Von der Wohnzimmercouch bis zum Kochgeschirr. Alles nur vom Feinsten. In drei Monaten soll das Haus bezugsfertig und vollkommen eingerichtet sein. Markus hat nur eine Vorgabe: keine bunten Farben, alles solle bitte in schlichten Grautönen, Schwarz, Weiß, Silber gehalten sein. Markus' Eltern steuern ein sehr dunkles, graues Bild von Anselm Kiefer bei, das über dem Sofa hängt und von dort aus das Wohnzimmer düster dominiert. Inzwischen trägt Steffi einen Verlobungsring, die Hochzeit plant sie parallel mit der Einrichtung des neuen Eigenheims. Sie ist glücklich, auch wenn sie spürt, es würde nicht lange so bleiben. Als das Haus fertig ist, wissen sie nichts damit anzufangen; irgendwie fehlt ihm die Seele. Es ist perfekt darauf ausgerichtet, anderen zu imponieren.

So unpersönlich wie das Haus ist auch die Trauung im Garten mit einem nuschelnden, wenig euphorischen Standesbeamten. Nur einige Freunde und Kollegen kommen vorbei. Und natürlich Steffis Mutter und Markus' Eltern. Das Aufeinandertreffen gleicht einem sozialen Schauspiel, dessen Choreografie auch bei zukünftigen Treffen penibel eingehalten wird: Steffis Mutter gibt sich unterwürfig und schwänzelt ergeben um Markus' Eltern herum. Maria verhält sich eher wie eine Angestellte als wie ein ebenbürtiges Familienmitglied, zu groß ist ihre Ehrfurcht vor dem angesehenen, wohlhabenden Ärztepaar.

Klaus und Katharina galten vor ihrem Sohn Markus als die besten Chirurgen am Klinikum in Frankfurt. Dass ihr Sohn ebenfalls Chirurg werden würde, stand außer Frage. Schon in Markus' erstem Kinderzimmer gab es ein echtes menschliches Skelett. In den Kindergarten ging er nie, stattdessen umsorgte ihn eine mürrische alte Nanny, die ihm gruselige Märchen und Sagen vorlas, seine Tischmanieren strengstens überwachte und dafür sorgte, dass er als Zweijähriger stubenrein war, wie sie es nannte. Bereits als kleines Kind fand Markus schnell heraus, dass er nur dann Aufmerksamkeit von seinen Eltern bekam, wenn er eine Leistung erbrachte. Lesen konnte er schon mit fünf Jahren, Schreiben mit sechs. In Ermangelung echter Freunde unterhielt sich der kleine Junge mit dem Skelett in seinem Zimmer. Die Gespräche mit seinem fiktiven Freund Einstein fanden lediglich in seinem Kopf statt. Im Alter von acht Jahren schickten Katharina und Klaus ihren Sohn auf ein Internat in der Schweiz, weil Markus auf der normalen Grundschule ihrer Meinung nach unterfordert war. Dort vermisste Markus nicht seine Eltern, sondern sein Skelett Einstein. Markus blieb immer ein Außenseiter, Klassenbester, Einzelgänger. Als er sechzehn wurde, eröffneten ihm seine Eltern, er könne nun selbst entscheiden, ob er weiter aufs Internat gehen wolle. Markus wollte nicht. Er meldete sich selbst auf einem Gymnasium in Frankfurt an. In den Gesprächen mit ihrem Sohn drehte sich alles immer nur um den Beruf, Karriere und Fortbildungen. Manchmal sprachen Katharina und Klaus auch von ihrer Kunstsammlung: Monet, Campendonk, Meret Oppenheim, Picasso. Geschätzter Wert der Sammlung: 45 Millionen Euro. Als Maria das bei der Hochzeit erfährt, fällt sie fast in Ohnmacht vor Glückseligkeit. Steffi kann sich ein Grinsen nicht verkneifen.

Der einzige Gast, über den sich Steffi ehrlich freute, war Sabrina. Heimlich trinkt sie mit ihr hinterm Haus ein Glas Champagner. Eine schwangere Frau, die Alkohol konsumiert, wäre doch etwas zu gewagt für den Rest der Hochzeitsgesellschaft. »Glaubst du, du machst das Richtige?«, fragt Sabrina und nimmt Steffi fest in die Arme.

»Weißt du, kleine Mädchen warten vielleicht auf den Prinzen, der sie auf einem weißen Pferd in sein Schloss bringt. Erwachsene Frauen schließen Verträge. Das habe ich gemacht. Es ist okay. Mir geht es gut.«

»Hmmm. Zumindest finanziell wirst du dir nie wieder Sorgen machen müssen. Aber du liebst ihn eben nicht, ich sehe das.«

»Ich bekomme ein Kind – wer hätte das je gedacht? Meine Mutter kann ihr Glück kaum fassen, und das Haus ist fertig eingerichtet.«

»Sehen wir uns irgendwann mal wieder auf einem Flug?«

»Ja, das verspreche ich dir. Ganz bestimmt.«

Sabrina und Steffi stoßen an und küssen sich ganz kurz, ganz verstohlen und kichern.

Die beiden jungen Frauen lernten sich während der Ausbildung zur Flugbegleiterin kennen. Sabrina wuchs in Magdeburg in einem Plattenbau auf und wurde von ihren Eltern in allem unterstützt, was ihr gutzutun schien. Eine Zeit lang lebte sie als Punkerin auf der Straße und warf mit Linksparolen und am 1. Mai auch mit Steinen um sich. In einer anderen Phase wohnte sie als praktizierende Buddhistin in einem Tempel in Thailand. Sabrina verkörperte das Gegenteil von allem, was Steffi mit ihrer Mutter kannte. Als Sabrina ihre Liebe zu Frauen bemerkte, zog ihre erste Freundin gleich mit bei ihren Eltern ein. Morgens wurde zusammen gefrühstückt. Man sprach über Nachrichten, das Wetter und den Einkauf. Scham aufgrund der gleichgeschlechtlichen Liebe ihrer Tochter existierte nicht. Als Steffi und Sabrina eine Affäre beginnen, bewundert Steffi diese Art von Freiheit und absoluter Unbeschwertheit, eine positive Energie, die in ihrem eigenen Leben so vorher nie vorgekommen ist. Mehr als eine Liebelei während ihrer gemeinsamen Flugreisen wurde es aber nie. Steffi scheute davor zurück, ihren eigenen Gefühlen zu vertrauen, und Sabrina akzeptierte das ohne Vorwürfe.

»Steffi, wir können nichts erzwingen, Liebe heißt loslassen«, so Sabrina.

»Hast du nie Angst?«, fragte Steffi.

»Doch, aber damit muss ich leben.«

Tatsächlich hasste Sabrina das Wort Verantwortung. Das klang wie Gefängnis. Nicht in jedem Moment ein neues Leben anfangen zu können, tun und lassen zu können, was sie wollte, war für Sabrina keine Option. Als Steffi Markus kennenlernte, ermutigte Sabrina sie sogar, es auszuprobieren. Und Sabrina gefiel anfangs, wie sich die Beziehung zwischen Markus und Steffi entwickelte. Auch sie ließ sich blenden von dem perfekt geregelten Leben in Sicherheit und Wohlstand. Auch ihr gefielen die schicken Gartenpartys im Kreise der Frankfurter High Society. Markus und Steffi sind ein gutes Team. In der Verwaltung verschiedenster Lebensbereiche konnte niemand Markus übertrumpfen: Gärtner, Versicherungsmakler, Banker, Haushälterin, Steuerberater, wöchentliche Lieferungen von Lebensmitteln, Getränke und Co. – alles war perfekt durchgetaktet. Freizeit? Ein Unwort in Markus' Ohren. Alles musste ein Ziel verfolgen, selbst sein Sportprogramm absolvierte er mit erschreckender Genauigkeit. Die gemeinsamen Wochenenden verplante Markus so akribisch, wie er einst seine Doktorarbeit schrieb. »Gehen wir zu der Ausstellungseröffnung meiner Eltern am Samstag?« Selbst Fragen klangen bei Markus wie Feststellungen, wie Aussagen, die er lediglich bestätigt haben will.

All das vermittelt Steffi nach ihrer Krankheit ein angenehmes Gefühl von Sicherheit und Geborgenheit. In den

Augen ihrer Mutter ist sie nun endlich die Tochter, die sich Maria immer gewünscht hatte, und in der Frankfurter Gesellschaft – zwischen Chefärzten, Anwälten, Bankern und Künstlern – gelten Markus und Steffi als eines der attraktivsten Paare, obwohl sie ja nur Stewardess war. Gäbe es eine Meisterschaft, auf Partys schöne Plattitüden aneinanderzureihen, Markus und Steffi würden den Titel holen.

Doch von Liebe spricht Markus nie. Warum auch? Sie ist ungreifbar, unlogisch, unbewiesen, sitzt angeblich irgendwo zwischen Bauch, Herz und Hirn, lässt sich also weder genau orten noch sezieren oder analysieren. Wozu darüber reden? Selbst in Sachen Sex existiert eine klare Vorstellung in Markus' Kopf: Er ist für die Fortpflanzung bestimmt. Seinen Trieben nicht widerstehen zu können ist ein Zeichen von Schwäche und Unbeherrschtheit. Menschen, die sich nicht im Griff haben, verabscheut er. Seinen Satz: »Nur wer nicht begehrt, ist frei«, kann Steffi nicht mehr hören. Wenn Steffi ihre Tochter Sophie ansieht, deren kleine Fingerchen vertrauensvoll ihren Daumen umklammern, empfindet sie Ruhe und das Gefühl, alles richtig gemacht zu haben. Obwohl in ihrer Beziehung zu Markus eigentlich nichts richtig ist. Seine befremdlich pedantischen Gewohnheiten regieren ihr gesamtes Leben.

Ihr emotionales und körperliches Unglück kompensiert Steffi mit Einkäufen in Luxusboutiquen. Schmuck zu tragen, für den sie auf den Abendveranstaltungen bewundert wird, gefällt ihr immer besser. Eine Weile lenkt sie das ab. Tief in ihrem Inneren spürt sie jedoch ganz genau: Es ist ein Hirngespinst, alles aufrechterhalten zu können gegen die eigene Natur. Es ist eine Illusion zu erwarten, man könne sein Leben lang seine Bedürfnisse verdrängen und sich zusammenreißen. Es konnte nicht gut gehen, weil es nicht gut war.

Als Sophie zwei Jahre alt ist, möchte Steffi wieder mit dem Fliegen beginnen. Sophie geht bis zum Nachmittag in einen privaten Kindergarten, und sie bezahlen mit Ella eine zuverlässige Haushälterin, die die Kleine wie eine Oma liebt. Steffis Mutter reißt sich zudem förmlich darum, Zeit mit ihrem einzigen Enkelkind verbringen zu dürfen. Als Oma funktioniert Maria sehr viel besser als früher als Mutter.

»Ich möchte wieder als Stewardess arbeiten«, eröffnet Steffi schlicht eines Abends das Gespräch.

Markus zieht verächtlich die Augenbrauen in die Höhe.

»Du bist jetzt Mutter, und ich finde, du solltest unser Kind nicht alleine lassen.«

Sie solle nicht mehr fliegen, könne doch in Frankfurt arbeiten, noch mal studieren oder eine schicke Boutique in der Innenstadt eröffnen. Schließlich verdiene er mehr als genug.

So wütend und verletzt kannte Markus seine Frau bis zu diesem Zeitpunkt nicht. Sie reagierte, als hätte er ver-

sucht, ihr das Leben zu nehmen. Und so war es ja auch –
doch das begreift Markus erst später.

»Was bildest du dir ein, über mich und meinen Job zu
bestimmen?«

»Steffi, du könntest es dir leichter machen.«

»Leichter? Für wen?«

»Du weißt sehr genau, dass ich nachts zu Notfällen
wegmuss.«

»Ja, und dann ist immer noch Ella im Haus. Meine
Mutter wohnt um die Ecke und hat mehr als genug Zeit.«

Markus verspürt schon keine Lust mehr, obwohl die
Szene eben erst begonnen hat. Zornige Ungeduld steigt
in ihm auf. Er kneift die Augen zusammen, zu gern wäre
er einfach zur Tagesordnung übergegangen: ein kleines,
kaltes Bier aus dem Kühlschrank holen und die Tagesschau sehen. Es war 19.55 Uhr. Seit fünfundzwanzig Minuten schläft Sophie. Er will jetzt sofort zurück zur präzise getakteten Normalität, in der die Abläufe so genau
sortiert sind wie sein steriles Besteck vor jeder Operation.
Steffi bebt. In ihrer Stimme schwingt eine bissige Schärfe
mit, ein unterdrückter Hass, der lauter ist, als jedes
Schreien es sein könnte.

»Ich werde meinen Beruf nicht auch noch hinter deinen zurückstellen.«

»Du willst doch nicht das Verteilen von Säften und Fer-
tigessen mit dem Retten von Menschenleben vergleichen –
oder?«

Markus verlässt das Schlafzimmer, geht in die Küche und danach ins Wohnzimmer, wo er den Fernseher einschaltet. Die Diskussion findet er geradezu lächerlich. Abend für Abend setzt er sich, wenn er nicht in der Klinik ist, für eine Viertelstunde vor den Fernseher, um sich anzusehen, was in der Welt gerade wieder alles schiefläuft. Markus macht sich zu gern über die unfähigen Politiker und Wirtschaftsbosse lustig. Er liebt es, sich zu fragen: Was haben die schon im Griff? Nichts. Auf diesen erhabenen Moment würde er nicht wegen der Sperenzien einer Saftschubse verzichten. Sein Leben. Seine Regeln. Keine Diskussion. Nach dieser kurzen Auseinandersetzung geht es am nächsten Morgen weiter wie gehabt. Jedenfalls glaubt Markus das. Im Alltagstrott passen die beiden weiterhin symbiotisch gut zusammen: Gespräche über erste Ballettstunden von Sophie, Verabredungen zum Abendessen, Urlaube buchen, Weihnachten, Ostern, Silvester mit den Schwiegereltern planen. Leben im Rhythmus einer lückenlosen Organisation.

Nur eines ändert sich nach dem kurzen Wutausbruch von Steffi: Sie schlafen von nun an in getrennten Zimmern. Steffi zieht noch am selben Abend ins Gästezimmer. Eine Veränderung, die kaum eine Veränderung darstellt. Küsse, eng umarmt einschlafen oder körperliches Begehren fanden auch im Ehebett nie statt. Für eine kurze Zeit betrinkt sich Steffi jeden Abend. Markus beobachtet es. Still. Stoisch. Gott greift nicht ein, solange er und sein Universum nicht bedroht sind. Und weltliche Belange wie übertriebener Alkoholkonsum fallen nicht in seinen Interessensbereich. Steffi würde sich schon wieder in den Griff bekommen. Erst viel später erkennt Markus, dass sein Leben genau in dieser Zeit eine Unwucht bekam, die nicht mehr zu stoppen war. Das hatte er unterschätzt.

Während vordergründig weiter abends im elitären Kreis der vielen wohlhabenden Frankfurter Freunde gespeist wird und die Gespräche sich meist darum drehen, auf welche Eliteschule die Kinder später gehen sollen, will Steffi ihr Leben in der Luft nicht verlieren. Viele Mütter reden auf sie ein, sie bleibt dabei: Ich liebe meinen Job. Ich will wieder fliegen. Drei Monate später bekommt sie ihren ersten Flug zugewiesen. Markus kocht vor Wut. Steffi entzieht sich seiner Kontrolle. Als das Gartentor ins Schloss fällt und Steffi in ihrer Uniform Richtung Flughafen aufbricht, bricht auch ihr wahres Leben aus ihr heraus. Dass sie homosexuell ist, weiß sie eigentlich schon seit ihrem fünfzehnten Lebensjahr. Aber es sich wirklich eingestehen, sich dazu bekennen und alles aufgeben, was sie sich über Jahre erarbeitet hat? Nein. Das will sie nicht mehr. Zu gut kann sie durch ihren Beruf ein perfektes Doppelleben führen, ohne sich mit ihrer zweiten Identität als Frau, die Frauen begehrt, auseinandersetzen zu müssen. So stellt sich Steffi ihre Zukunft vor. Im Unterdrücken von Gefühlen kennt sie sich aus – und auch darin, sie im richtigen Moment vorzuspielen. In Frankfurt würde sie weiterhin die aufopfernde Mutter und Ehefrau mimen; in den vielen Hotels und Flügen um die ganze Welt die perfekte Liebhaberin für Sabrina sein. Wer die Wahrheit nicht ausspricht, ist noch lange kein Lügner.

Die Crew war früher Steffis Familie, und sie zählte zu den besten Flugbegleiterinnen der Fluglinie, weil sie auch in Extremsituationen immer ruhig blieb. Ob Reisende Flugangst hatten, Gäste an Bord betrunken waren und durch die Gänge torkelten oder Streit anfingen, Turbulenzen, laut knallende, grelle Blitzeinschläge: Steffis Puls blieb gleichmäßig, ihre Stimme fest, ihr Auftreten souverän. In Hongkong feierte sie wild, in San Francisco kannte sie die Schwulenszene, in Acapulco und Rio de Janeiro die schönsten Strände und in New York, New Delhi, Singapur und Moskau die Geheimtipps für angesagte, preiswerte Restaurants. Papa wäre stolz auf sein weltgewandtes Püppi gewesen, Mama Maria missfiel der unstete Lebenswandel.

Ein wenig Nervosität und Herzklopfen verspürt Steffi, als sie erstmals nach knapp drei Jahren wieder neben Sabrina im Crew-Bus zum Flugzeug sitzt. Wie ein Teenager vor seinem ersten Date rutscht sie auf ihrem Sitz hin und her. Ihr erster Flug nach der Krankheits- und Babypause geht von Frankfurt nach Dubai. Nach den sechs Stunden Flug müssen sie vierundzwanzig Stunden pausieren, so ist es die Regel. Vierundzwanzig Stunden nur mit Sabrina. Steffi schluckt. Fehlerfrei absolviert sie vollkommen konzentriert sämtliche Handgriffe und Aufgaben. Die Crew, der Zusammenhalt, die Passagiere, das Geräusch der Turbinen, die vertrauten Gerüche, die Freiheit – die große weite Welt winkt Steffi wieder zu. Endlich. Oben in der Luft, über den Wolken, erscheint alles Schwere plötzlich so leicht. Steffi sieht nachts aus einer der kleinen Fensterluken: unten winzige Lichtkegel, Städte, Dörfer, Menschen in ihren Häusern. Wie klein die Probleme von hier oben aussehen, denkt sie. Unbedeutend. Unwichtig. Unwirklich.

In Dubai werden sie mit dem Bus ins Millennium Airport Hotel gefahren. Sabrina sitzt wieder neben Steffi, sie unterhalten sich über Sophie, als ein Steward von hinten fragt: »Geht ihr noch mit uns ins Mahiki? Wir müssen doch deinen ersten Flug als Mutti feiern, Steffi.«

»Nein, ich muss wirklich schlafen«, sagt Steffi, obwohl sie den Club früher immer sehr mochte. In Wahrheit möchte sie keine Sekunde mit Sabrina verpassen.

Keiner von den vielen Kollegen ahnt, dass die beiden früher ein Liebespaar waren und gerade planen, wieder eines zu werden. Zudem gleicht Steffis Lebensgeschichte der einer Heiligen: mit einem angesehenen Chirurgen verheiratet, den Krebs besiegt, eine süße Tochter bekommen, zuverlässig und attraktiv. Keiner kann sich vorstellen, irgendetwas in Steffis Leben sei nicht absolut beneidenswert.

Die Wiedervereinigung mit Sabrina nach der langen Trennung übertrifft alles, was Steffi sexuell je spürte. In den Armen ihrer Geliebten begreift sie, wie sehr sie sich zurückgenommen, gemartert und gedemütigt hat. Wie sehr sie körperliche Nähe vermisst. Steffi weint hemmungslos.

»Warum zeigen wir unsere Liebe nicht?«, fragt Sabrina leise und umarmt sie wie ein Baby auf ihrem Schoß.

»Weil wir klug sind«, antwortet Steffi und küsst Sabrina durch einen Schleier aus Rotz und Tränen. Markus sei ein Monster. Ohne Punkt und Komma sprudelt es aus Steffi heraus. Sie erzählt Sabrina von ihrem Martyrium an Markus' Seite.

Alles in allem hatten Markus und sie in vier Jahren nur zehn Mal miteinander geschlafen. Drei Mal wurde sie schwanger. Er hatte ihren Zyklus genau berechnet. Steffi musste sich hinlegen, er legte sich auf sie, er drückte entschlossen ihre Beine auseinander, drang in sie ein, den Slip behielt sie an. Es dauerte nie länger als zwei Minuten. Erniedrigung ist kein kompliziertes Geschäft. In den zwei Minuten brüllte es immer in Steffis Kopf: »Sei hart, du kannst das aushalten. Gleich ist es vorbei und dafür hast du ein wunderschönes, sorgenfreies Leben.« Zwei Kinder verlor Steffi nach der Geburt von Sophie im dritten und vierten Monat. Auch so eine Geschichte, über die sich zwischen Markus und ihr eisiges Schweigen legte. Als Steffi anfing zu bluten, dachte sie beide Male nur: Es ist besser so. Allein lag sie im Bett, während Krämpfe sie schüttelten. Sophie schlief, Markus operierte in der Klinik. Es hätte ihn eh nicht interessiert.

»Und mit wem hätte ich darüber reden sollen? Ich war eigentlich froh, dass es kein Thema war.«

Sabrina starrt Steffi schockiert an.

»Du hättest mit mir reden können.«

»Ich wollte das Bild von einer richtigen Familie nicht zerstören. Nicht mal vor mir selbst.«

In dieser Nacht schlafen Steffi und Sabrina eng umschlungen ein. Am Morgen verlässt Sabrina um fünf Uhr Steffis Zimmer. So wie früher. Bevor sie geht, betrachtet Sabrina noch eine Weile die schlafende Steffi. Ihr wird kalt. Sehr, sehr kalt. Sabrina empfindet Mitleid mit der Frau, die alles zu haben scheint.

Am Abend fliegt Sabrina von Dubai ihre nächste Route nach Miami. Steffi begleitet einen Flug zurück nach Frankfurt. Sie arbeitet nur Teilzeit und würde nie mehr als acht Tage im Monat unterwegs sein. Als die Räder der Maschine wieder den Boden des Flughafens in Frankfurt berühren, freut sie sich auf ihre Tochter, ihr Herz hüpft, während ihr der Gedanke an Markus die Kehle zuschnürt.

Markus und Sophie holen sie von ihrem ersten Arbeitseinsatz ab. Sophie schlingt ihre kleinen Ärmchen um Steffis Hals. »Mama.« Das ist so wunderschön, Steffi ringt

38

mit den Tränen und vergräbt ihr Gesicht in den Haaren ihrer Tochter. Sofort hat sie ein schlechtes Gewissen. Wie konnte sie so egoistisch sein und ihre körperlichen Bedürfnisse über das Zusammensein mit ihrer Tochter stellen? Markus hatte doch recht: »Nur wer nicht begehrt, ist frei.« Steffi lächelt ihn unsicher an. Markus sagt kein Wort, fährt wortlos den Wagen nach Hause, schließt wortlos die Tür auf und geht wortlos ins Bett. Nachdem Steffi ihrer Tochter vorgelesen hat und Sophie mit einem zufriedenen Lächeln auf den Kinderlippen eingeschlafen ist, geht Steffi ins Bad und sieht in den Spiegel. Sie erkennt ihre Traurigkeit. Die kleinen Falten, die sich langsam in ihrem Gesicht versammeln, sind keine Lachfalten. Was soll sie tun? Steffi will keine undankbare Egoistin sein, die keinerlei Rücksicht auf ihre Familie nimmt. Ein Gefühl von Leere erfüllt sie, es lässt sich nicht mehr einfach abschütteln. Der Gedanke an weitere Shoppingtouren und durchorganisierte Wochenenden ohne Freizeit und Zärtlichkeit widern sie an. Die ganze Nacht grübelt Steffi, wälzt sich verschwitzt hin und her, findet keinen Schlaf. Ihre Gedanken kreisen auch um Sabrina. Schöne Gedanken.

Natürlich kennt Markus Sabrina. Oft war sie auf Familienfesten dabei. Wenn er es nicht schafft, seine Frau vom Flughafen abzuholen, bringt Sabrina sie nach Hause. Es ist für Markus immer klar, dass die beiden nicht nur Kolleginnen, sondern auch gute Freundinnen sind. Er mag

Sabrina sogar. Er spürt, sie tut Steffi gut. Über das Warum macht er sich keinerlei Gedanken. Bis zu jener Nacht in Kapstadt, an seinem dritten Hochzeitstag.

Im Flieger von Frankfurt nach Johannesburg schläft Markus sofort ein. In der Businessclass reicht man ihm vorher noch eine Daunendecke und ein Kissen. Der Umstieg nach Kapstadt verläuft reibungslos, und die letzten zwei Stunden bleibt er sogar wach. Irgendetwas stimmt nicht in seinem Leben – was ist es? Er kommt einfach nicht dahinter.

Im Cape Town Boutique Hotel empfängt das Personal ihn überschwänglich. Der Doktor aus Deutschland hat die teuerste Suite mit Meerblick gebucht. Ohne Umschweife bekommt Markus eine Schlüsselkarte für das einfache Zimmer seiner Frau, damit er sie dort mit einer Flasche Champagner in der Hand abholen kann, zum Umzug in die Suite.

»Überraschung zum Hochzeitstag, das ist wirklich sehr romantisch«, sagt der Concierge auf Englisch.

Markus' Ziel ist es allerdings, Steffi zu beschlafen. Zu Hause entzieht sie sich ihm, indem sie jede Nacht Sophie mit sich im Gästezimmer schlafen lässt. Eigentlich wollte er das zweite Kind mit vierzig. Wieder kostet Steffi ihn ein Jahr. Wieder muss er seinen Plan ihretwegen verschieben.

Steffi liegt auf dem Bett im Cape Town Boutique Hotel direkt in Camps Bay und liest den Artikel einer Zeitschrift: »Charme. Fokussiertheit. Skrupellosigkeit. Das Triumvirat der Eigenschaften von Psychopathen, die nicht etwa zu Mördern werden, sondern zu beruflich extrem erfolgreichen Menschen. Chirurgen belegen Platz vier in der Liste der beliebtesten Jobs für Psychopathen. Die Erklärung für dieses Phänomen liegt auf der Hand: An Menschen herumschneiden zu dürfen hat auch etwas sehr Sadistisches. Leben zu retten entspricht zudem dem Größenwahn dieser Menschen. Der Glaube an ihre Omnipotenz wird dadurch noch verstärkt.«

»Sabrina, das musst du lesen. Hier steht alles über Markus.«

»Du musst ihn verlassen. Das weißt du.«

Sabrina legt sich zu ihr aufs Bett und streichelt sanft Steffis schmalen Rücken. Seit ihrer Krebserkrankung wiegt Steffi nie mehr als zweiundfünfzig Kilo. Sie hält ganz still und genießt den Schauer, den Sabrinas Hände verursachen.

»Ja, ich weiß. Aber ich weiß nicht, wie.«

Steffi hat Angst, die Kontrolle zu verlieren, ihre Gefühle für Sabrina werden immer stärker. Immer öfter liegt sie jetzt nachts wach und überlegt fieberhaft, was die beste Lösung sei. Dass sie ihren dritten Hochzeitstag nicht mit ihrem Ehemann, sondern mit ihrer Liebhaberin verbringt, ist ein kleiner Racheakt. Steffi ahnt, Markus hätte an diesem Abend versucht, mit ihr zu schlafen. Rein theoretisch wäre es einer ihrer fruchtbaren Tage. Stattdessen ist sie glückselig mit Sabrina im Hotelzimmer. Da es ein Vierzehnstundenflug von Frankfurt nach Kapstadt war, mussten sie zwei Tage pausieren. Achtundvierzig Stunden allein mit Sabrina. Steffi liebt die klaren Regeln für das Fliegen. Sie streichelt nun auch ganz sanft über Sabrinas Schenkel. Sie schauen sich an, lange, küssen sich und versinken immer tiefer in ihrem Liebesspiel. Nur wer begehrt ist frei, denkt Steffi zwischendurch und schmunzelt.

Mit der Karte öffnet Markus das Zimmer seiner Frau. Dass sie da ist, hat der Concierge bestätigt. Die Vorhänge sind zugezogen, das Zimmer liegt im Halbdunkel. Vermutlich schläft Steffi, ist Markus' erster Gedanke.

Leise sucht er einen Lichtschalter und kann nicht fassen, was er sieht: Seine Frau im Bett, nackt ins Liebesspiel vertieft. Als er Sabrina erkennt, dreht sich die Welt langsamer. Jedes Detail in dem Hotelzimmer brennt sich in sein Hirn. Eiskalt überzieht Gänsehaut seinen gesamten Körper. Jedes Haar ist aufgestellt, wie Nadeln picken sie in seine Haut. In seinem Inneren schreit eine Stimme: »Das ist alles ein schrecklicher Irrtum. Das kann einem wie mir nicht passieren!« Im Raum steht Markus mit der Flasche Champagner in der Hand. Er kann sich von außen sehen, als schwebe sein eigener Geist über ihm und der ganzen peinlichen Situation: Spontanität ist der Erzfeind des Perfektionisten. Sabrina reagiert als Erste und springt aus dem Bett: »Markus, ihr müsst reden. Es tut mir leid. Alles wird gut.« Ihre Nacktheit schockiert ihn. Panisch senkt er den Blick, beginnt aus Versehen laut zu zählen: »Eins, zwei, drei, vier, fünf, sechs, sieben …« Hektisch sammelt Sabrina ihre Klamotten vom Boden auf. »…siebzehn, achtzehn, neunzehn …« »Steffi, ruf mich an, wenn ihr fertig seid, ich bin auf meinem Zimmer.« Sabrina hasst sich für ihre Konfliktscheue und nimmt sich vor, in spätestens zwanzig Minuten zurückzukommen, um nach dem Rechten zu sehen. »… zwanzig, einundzwanzig, zweiundzwanzig, dreiundzwanzig …« Vierundzwanzig. Markus' Körper vibriert. Dann fällt die Tür ins Schloss. Markus starrt Steffi – SEINE Frau – an. Ein Empfinden von tiefer Bewunderung für Steffis unglaublich präzise Planung und Ausführung streift durch seinen Kopf. Im Grunde ist Steffi die bessere Chirurgin. Vier Jahre am Stück hat sie an ihrer Lebensplanung und Vertuschung operiert – ein vorbildliches Doppelleben geführt. Lediglich der menschliche Faktor, die Unberechenbarkeit, die Spontanität, kam ihr in die Quere. Niemals hätte sie erahnen können, er würde etwas so Unvorhergesehenes tun, wie sie mit seinem Besuch zum Hochzeitstag zu überraschen.

Langsam stellt er den Champagner auf einem der Nachttische ab, ohne seinen Blick von Steffi abzuwenden. Auch jetzt ist Markus kontrolliert und diszipliniert, doch genau das macht seine verborgene Grausamkeit so gefährlich. Mit einem Schritt ist er bei Steffi am Bett.

Schmeißt sich brutal auf sie. Spreizt wütend ihre Beine. Hält ihre Arme weit auseinander. Seine sonst durch Regeln und Routine zusammengezurrte Aggression bricht ungefiltert hervor: »Du undankbare Schlampe.«

Fünfzehn Minuten später sitzt Markus am Strand und blickt zum Tafelberg. Zwischen den tief hängenden Wolken und im Vollmondschein sieht der Berg tatsächlich aus wie ein Tisch mit einer schneeweißen Decke. Das Meer rauscht in regelmäßigen Wellen mit kleinen Schaumkronen silbrig vor sich hin. Die Schönheit der Natur nervt Markus mehr, als dass er sie genießen kann. Wütend wischt er sich eine Träne aus dem linken Augenwinkel. Alles ist so surreal, fremd und erschreckend chaotisch. Gerade hat er seine Frau vergewaltigt, dieses Mal ist er sich dieser Tatsache bewusst. Als Steffi danach heulend unter der Dusche in ihrem Hotelzimmer steht und sich so intensiv wäscht, als könne sie Scham und Schande von ihrem Körper abrubbeln, muss Markus an die frische Luft. Ein schlechtes Gewissen empfindet er nicht. Im Gegenteil: Er fühlt sich sogar besser. Sie hat ihm alles genommen. Er ihr nur für fünf Minuten das Bestimmungsrecht über ihren Körper. In seinem Kopf macht er ein imaginäres Häkchen: Zweites Kind – ein Junge.

Matt und wie betäubt legt sich Steffi auf das Hotelbett, in dem es gerade passiert ist. Eine merkwürdige Zufriedenheit steigt in ihr auf: Es ist vorbei.

44

Jetzt kann alles gut werden, ihr echtes Leben beginnen, auch am Boden, auf der Erde, in Frankfurt. Steffi fühlt sich ganz porös, so als könne sie jeden Moment zu Staub zerfallen, das Element, das Markus noch mehr hasst als Zärtlichkeit und körperliche Nähe. Wunderschön. Schwanger sein konnte sie nicht. Nach der zweiten Fehlgeburt fing Steffi heimlich an, die Pille zu nehmen. Innerlich gratuliert sie sich selbst zu diesem weisen Schritt. Sie hatte angefangen, ihr Leben selbst zu bestimmen. Zum ersten Mal. Nicht die Welt um sie herum hatte sich verändert, Steffi selbst hatte sich verändert. Sobald sie zurück in Frankfurt wären, würden sie die Scheidung einreichen. Einvernehmlich. Er würde im Haus wohnen bleiben, sie würde sich etwas außerhalb von Frankfurt eine Wohnung mit kleinem Garten suchen. Steffi kannte Markus: Er würde ab und zu seine Tochter sehen wollen, um sie Freunden vorzuführen. Steffi würde er nie wieder treffen wollen, sie war ab sofort Persona non grata. Er würde weiter als angesehener Chefchirurg arbeiten, seine Studenten tyrannisieren, sich einmal im Monat am dritten Donnerstag mit seinen Freunden auf ein Bier im Parkcafé treffen. Er würde Alimente zahlen, jeden Morgen ein frisches weißes Hemd anziehen, die Tagesschau sehen und penibel jeden zweiten Tag seine Sportübungen machen. Dass Steffi – seine Exfrau – homosexuell ist, würde er mit keiner Silbe je erwähnen. Im Gegenzug würde Steffi die Vergewaltigung nicht anzeigen. Solange sich Markus an den Eckpfeilern des Funktionierens festhielt, würde sich für ihn kaum etwas ändern. Abstürzen würde er nicht. Lediglich den Olymp des Perfekten, des göttlichen Überfliegers auf allen Ebenen, musste er verlassen. Steffi fragte sich, ob ihm das überhaupt bewusst war.

Es klopft an der Zimmertür, Steffi öffnet und nimmt Sabrina unmittelbar fest in den Arm. Mitten auf dem Flur, splitterfasernackt, jeder könnte sie sehen.

»Wir müssen auschecken, in ein anderes Hotel ziehen. Es ist vorbei.«

Sabrina nickt stumm, sie ahnt, was passiert ist. Unter Steffis linkem Auge bildet sich ein Hämatom. Ihre Haut ist krebsrot vom langen heißen Duschen.

Markus will aufstehen, weg vom Strand, weg von dieser grässlichen Naturidylle, er kann nicht. Aus viel mehr war viel weniger geworden. Von einem Tag auf den anderen. Seine Frau war eine andere. Sein Zuhause war ein anderes. Ja, selbst seine Tochter sah Markus mit anderen Augen. Aber das Schlimmste war: Er selbst war ein anderer geworden. Ein Sich-Fremder. Er hatte die Kontrolle über seine Kontrolle verloren. Nach einer weiteren Stunde erhebt sich Markus langsam. Er muss dringend zurück zur Routine, zur Sicherheit. Zurück zur präzise genormten Normalität. Vom Strand zum Hotel: dreihundert Schritte. Von der Eingangstür bis zum Fahrstuhl noch mal zweiunddreißig. Das Zählen beruhigt ihn. Den Rest seines dritten Hochzeitstages verbringt Markus allein. Er holt ein kleines, kaltes Bier aus dem Kühlschrank in der Suite und schaltet den Fernseher ein. Gerade beginnt die Spätausgabe der Tagesschau. Das Leben geht einfach so weiter. Ohne Steffi. Markus spürt nichts. Er ist vierzig.

Herztaktlos

Plötzlich war es ruhig in Sebastians Kopf. Die Ruhe fühlte sich an wie die weiche Haut von Marie, ein Gefühl von Sicherheit und Geborgenheit, von Nähe. Sie waren wieder da, seine Frau und ihre Wärme. In ihm, außen, einfach überall. Sebastian war es egal, dass dieser Zustand nur von der Spritze kam, die ihm der Sanitäter gerade in den linken Arm gesetzt hatte. Sonst wäre die Frau, deren Liebe er sich so sehr wünschte, jetzt vermutlich tot. Erschlagen. Von ihm. Er schlief ein. Als Sebastian wieder erwachte, lag er in einem kalten, leeren Raum. Keine Vorhänge, keine Blumen. Nur langsam stellte sich die Gewissheit ein, dass das alles kein Albtraum war. Aus dem Plastikbeutel am Ende des Schlauches rann sein Leben zurück in die Wirklichkeit. Ein Plastikbeutel war Herr über sein Bewusstsein. Tröpfchen für Tröpfchen wurde er aus der wohligen Wärme gedrängt. Langsam erinnerte er sich wieder:

Die Liebesgeschichte zwischen Marie und ihm hatte so traumhaft begonnen. So leicht und unbeschwert, so sexy und vielversprechend. Sebastian war auf einer Gartenparty seines besten Freundes Jan gewesen. Da hatte er sie zum ersten Mal gesehen: die Zwillinge. Dunkle Locken, zart, besonders, offensiv.

Marie und Manu fielen aus dem Rahmen. Nur ein Blick, und Sebastian wusste, die beiden waren nicht vergleichbar mit den Frauen, die er bisher kennengelernt hatte. Marie und Manu. Manu und Marie. Sie bewegten sich synchron, lachten synchron, strichen synchron ihre dunklen Locken aus dem Gesicht, zogen sich ihre tief ausgeschnittenen T-Shirts zurecht und zeigten dabei den Ansatz ihrer vier kleinen, frech stehenden Brüste. Der einzige erkennbare Unterschied war, dass die eine einen langen, weiten Rock trug und die andere eine enge Jeans. Sebastian beobachtete die zwei aus der Ferne. Neben den süßen Brustwarzen, die sich deutlich durch den dünnen Stoff ihrer weißen T-Shirts abzeichneten, sprangen ihre schmalen Silhouetten ins Auge. Auf verwirrende Weise weckte diese mädchenhaft-kindliche Körperlichkeit sofort seinen Beschützerinstinkt. Im Gegensatz dazu stand ihre fordernde, selbstbewusste Art. Ihr perfekter Augenaufschlag ließ erahnen: Die beiden waren geübt im Umgang mit Männern.

Marie und Manu standen immer dicht nebeneinander. Wie eine kleine menschliche Mauer. Als ob sie dadurch den Neid aller anderen Frauen, die auf dem Fest im noblen Berlin-Wannsee anwesend waren, abwehren könnten.

Anna und die Zwillinge studierten Erziehungswissenschaften an der Freien Universität, Jan und Sebastian Jura. Das einzige Paar, das schon in Hochzeitsplänen schwelgte, waren die Gastgeber Jan und Anna. Die beiden waren frisch verlobt. Alle anderen waren ausschließlich mit ihrem Studentendasein beschäftigt. Sie bewunderten Jan und Anna für das Konkrete. Ihre Entscheidungsfreude kam ihnen mutig vor.

Es war eine dieser reizvollen lauen Sommernächte, in denen man sich in einer heilen, vollkommenen Welt wähnte. Am Steg schaukelten die Segelboote im Einklang mit den Wellen vor sich hin, während die Vögel zur guten Nacht zwitscherten und Mückenschwärme über dem Wasser flirrten, und doch war der Ku'damm nur fünfzehn Autominuten entfernt.

Leise Jazzmusik swingte aus der Günderzeitvilla von Jans Eltern über die Terrasse. Fast alle Gäste kannten sich schon aus der Grundschulzeit. Kaum einer musste während seiner Studentenjahre kellnern oder andere Jobs annehmen. Alle fuhren Autos, die ihnen ihre Eltern zum Abitur geschenkt hatten, ließen sich das Studium finanzieren und mussten im Gegenzug dafür das Leben leben, das die Eltern sich für ihre Kinder ausgedacht hatten. Sebastian störte das wenig. Sein Vater war Jurist, nun würde er auch einer, und eines Tages würde er dessen Kanzlei in Charlottenburg übernehmen. Sebastian behagte dieser einfache Weg ohne große Hindernisse und Stolpersteine.

Mit den cholerischen, unberechenbaren Ausbrüchen seines Vaters kannte er sich seit seiner frühen Kindheit aus. Damit konnte er umgehen.

Die einzigen Neulinge im Garten waren die Zwillinge. Sie waren aus Westdeutschland – mehr wusste Sebastian nicht. Warum Anna sie zu der Gartenparty eingeladen hatte, lag für ihn auf der Hand: Sie wollte den Kumpels ihres zukünftigen Ehemannes einen Gefallen tun und ganz nebenbei klarstellen, wie wenig sie sich von der Attraktivität ihrer perfekten Kommilitoninnen beeindrucken ließ. Anna selbst war nicht besonders attraktiv. Sie faszinierte durch ihre schlagfertige Intelligenz und ihren Humor. Wenn Anna lachte, bebte ihr ganzer gedrungener Körper, und ihr üppiger Busen wogte auf und ab wie ein Meer im Sturm.

Sebastian beobachtete verstohlen jede Bewegung von Marie und Manu, fragte sich, wie sie wohl wohnten. Stellte sich vor, wie sie zusammen abends in ihren T-Shirts und Unterhosen vor dem Spiegel im Bad standen und sich die Zähne putzten. Natürlich waren sie schöner als alle Frauen, die er außerhalb von Modemagazinen je gesehen hatte. Als Marie ihn an der Bar auf der Terrasse ansprach, sah er ihr erstmals wirklich ins Gesicht. Ganz nah. Ihre türkisfarbenen Augen strahlten glasklar durch den Vorhang ihrer vollen Locken. Trotz ihrer hohen Absätze reichte sie ihm nur bis zur Schulter.

»Hallo, ich bin Marie.« Sie lächelte, reichte ihm ihre kleine Hand. Ihr Händedruck war kräftig.

»Ich bin Sebastian, ein Freund von Jan, wir studieren zusammen Jura.«

»Ich weiß, ich habe euch an der Uni gesehen. Kann ich noch etwas von dem Wodka haben, bitte?«

Sie hielt ihm ihr Glas hin. Seine Hand zitterte, als er ihr einschenkte. Sie tat, als merke sie es nicht, berührte ganz sanft mit ihren Fingern seinen Unterarm. Sebastian begann zu schwitzen.

»Danke. Kommst du mit rüber zu meiner Schwester Manu?«

Unter den Blicken der restlichen Partygesellschaft folgte er ihr. Eine Stunde später war er endlich betrunken und bekifft genug, um normal und mit halbwegs fester Stimme mit Marie zu flirten. Nach zwei Stunden küssten die beiden sich. Maries volle Lippen waren weich, hungrig, beinah gierig. Ihre Brustwarzen kitzelten jetzt durch ihr enges T-Shirt seine Brust. An den Rest des Gartenfestes hatten Sebastian und Marie keine Erinnerungen, zu sehr waren sie mit sich beschäftigt.

Manu fuhr irgendwann alleine nach Hause. Marie mit zu Sebastian. Akribisch schaute sie sich in seiner Wohnung um. Strich über die Bezüge seiner Sessel und des Sofas, als wolle sie deren Qualität prüfen. Sie lobte seine Ordnung und die hohen Decken mit dem ausgefallenen Stuck. Sie las eine halbe Ewigkeit Buchtitel in seinem Regal und murmelte ab und zu: »Das kenne ich.«

In der Küche öffnete er noch einen Weißwein, sie setzte

sich auf seinen Lieblingsplatz und fragte: »Willst du mit mir schlafen?«

Bevor Sebastian antworten konnte, stieg sie auf seinen Schoß und zog ihr T-Shirt aus. Er streichelte sie, Marie bekam Gänsehaut, er trug sie ins Bett. Sie passte perfekt in seine Arme. Ihre Körper schienen millimetergenau füreinander bestimmt zu sein. In dieser ersten Nacht schliefen sie keine Sekunde, ihre Haut und seine schmolzen ineinander. Die Wärme, der Höhepunkt, immer wieder, alles war perfekt. Sein Körper hatte ein Zuhause gefunden. Es war magisch. Schon nach diesem ersten Beisammensein war er süchtig nach ihrem Geruch, ihrer Art, auf ihm zu sitzen, ihren Küssen. Alles war wie ein wunderschöner Traum.

Als Marie und Manu klein waren, hatte Mama Sabine jeden Abend die kleine, dunkle, feuchte Kellerwohnung in einer Seitenstraße der Reeperbahn verlassen. Wenn jemand fragte, was ihre Mutter denn von Beruf mache, sagten sie: »Kellnerin.« So hatte ihre Mutter es ihnen eingebläut: »Niemals die Wahrheit sagen, sonst dürft ihr nicht bei mir bleiben.«

Als Marie Sebastian am nächsten Morgen verließ, fragte er nicht, wann sie sich wiedersähen. Er spürte, es gab kein Zurück mehr. Ab sofort existierte auch in seinem Leben etwas Konkretes. Eine Phase, in der eine feste Beziehung, Kinder auf ihn warteten. Marie zog schon nach drei Wochen bei

Sebastian ein. Möbel brachte sie kaum mit aus der Zwei-zimmerwohnung, die sie sich in Neukölln mit ihrer Schwes-ter Manu geteilt hatte. Nur ein paar Koffer mit Klamotten, Schuhen, Büchern, Bettzeug sowie einen wunderschönen Le-Corbusier-Sessel, den ihr ein anderer Mann geschenkt hatte. Marie liebte diesen Sessel, in dem sie sich wie ein Kätzchen zusammenrollte, wenn sie müde war. Sebastian nahm sich vor, ihn beizeiten auszutauschen, gegen einen exakt gleichen aus der Kanzlei seines Vaters. Der Sessel des anderen Mannes ärgerte ihn. Sie sollte auf ihm liegen und schlafen, nicht im Geschenk eines anderen.

Ihre gemeinsame Wohnung mit Manu hatte Sebastian nie gesehen. »Ein typisches Studentenloch im zweiten Hinterhof mit wenig Tageslicht und viel Feuchtigkeit«, sagte Marie. Drum herum Araber, Türken, Spanier, Aust-ralier, Künstler, Studenten, Dönerbuden, Spielhallen und jede Menge merkwürdiger Billigshops. Nachts war das nicht unbedingt die angenehmste Gegend für Frauen. Marie und Manu schien das nicht zu stören. Sie mussten mit einem schmalen Budget auskommen, Bafög und et-was Erspartem von unterschiedlichen Studentenjobs. Die Gegend gehörte eben dazu. Über ihre Kindheit in Ham-burg redeten sie nie. Nachfragen umgingen sie geschickt.

Manu blieb in den dunklen Räumen in Neukölln allein zurück, Marie zahlte weiter ihren Mietanteil. Bei Sebas-tian wohnte sie umsonst. So war es ausgemacht. Schließ-lich gehörte die Eigentumswohnung in Charlottenburg ihm. Ein Geschenk seiner Eltern zum Ersten Staatsexamen. Manu war dort oft zu Besuch. Aber überwiegend, wenn Sebastian nicht zu Hause war. Er konnte es riechen, denn sie benutzte ein markantes Parfum, dessen Reste, vermischt mit dem Geruch ihrer Zigaretten, in der Küche hängen blieben, egal wie weit Marie das Fenster öffnete. Meist lernten Marie und Manu zusammen für ihren Master in Erziehungswissenschaften.

Ein Jahr lang war das Leben leicht und unbeschwert. Jenseits der Universität verbrachten Sebastian und Marie jede freie Minute miteinander. Schon wenn er die Tür zu ihrer gemeinsamen Wohnung aufschloss, spürte er die angespannte Vorfreude auf ihre Umarmung. Herzklopfen. Fast immer stand Marie am frühen Abend in der Küche und kochte. Manchmal war auch Manu noch da. Aber meistens waren sie unter sich. Es war, als ob ihr kleines Universum zu zweit keine weiteren Sterne brauchte. Sie genügten einander vollkommen. Sebastian empfand es als störend, wenn sein Telefon klingelte und Jan oder andere Freunde ihn zum Ausgehen überreden wollten. »Seit du mit Marie zusammen bist, bist du eine echte Spaßbremse«, sagte Jan. »Ach, das ändert sich auch wieder«, antworte er und wusste, dass es nicht stimmte.

Im Hamburger Milieu kannte jeder die kleinen Zwillingsschwestern, die morgens Hand in Hand zum Kindergarten liefen. Sie redeten immerzu miteinander, aber mit niemandem sonst. Die Besitzerin des Immer Auf hielt ihnen morgens belegte Brötchen hin. Die Mädchen nahmen sie, sagten Danke und verschwanden wieder in ihrer Welt.

Eines Freitagabends stand Jan einfach vor der Tür. Marie und Sebastian waren gerade dabei, von der Küche zum Balkon zu wechseln, um noch ein Glas Rotwein in der Abendsonne zu genießen. Unlust stieg in Sebastian hoch. Aber er konnte seinen besten Freund nicht so ohne Weiteres abwimmeln. Und Marie strahlte ihn an. »Jan, komm mit raus auf den Balkon, ich hole dir ein Glas.« Sie küssten sich herzlich zur Begrüßung. Jan klopfte Sebastian väterlich auf die Schulter und grinste: »Wenn der Prophet nicht zum Berg kommt, muss der Berg eben zum Propheten.« Es war erstaunlich nett zu dritt. Sie tranken die erste Flasche, die Sonne ging schnell unter. Sie redeten über alte Zeiten, die Uni, Zukunftspläne. Marie zündete Windlichter an. Die zweite Flasche war auch bald leer. Marie wurde müde. »Geht ihr zwei doch noch aus. Ich muss ins Bett.« Sebastian konnte nicht mehr ausweichen. Jans Freude über den unverhofften Männerabend war unübersehbar. Und schon standen sie auf der Straße und liefen wie in alten Zeiten in Richtung ihrer Lieblingsbar am Savignyplatz. »Wie geht es deinem Vater?« Sebastian konnte die Frage nicht beantworten. Seit einem guten halben Jahr hatte er keinen Kontakt mehr zu seinem alten Herrn.

Der Abend tat Sebstian gut. Es tat gut, mit jemandem über den Stress und die Ängste vor dem Zweiten Staatsexamen zu reden. Es tat gut zu hören, dass es völlig normal war, sich am Anfang einer Beziehung so abzukapseln. Morgen würde er sich auch um seinen Vater kümmern. Immerhin würde er ihm seine Kanzlei überlassen, und da gab es viel zu besprechen. Allein und reichlich alkoholisiert wankte Sebastian im Morgengrauen nach Hause und freute sich darauf, sich zu Marie ins vorgewärmte Bett zu legen. Seine Hände umschmeichelten ihren ganzen Körper. Während er ihren Geruch einatmete, wurde alles andere gleichgültig: Jan, sein Vater, die Kanzlei, das Studium. Das höchste Glücksgefühl empfand er in den zehn Sekunden nach dem Orgasmus, wenn Marie noch in seinem Arm lag und bebte. Die Zeit schien stillzustehen. Ruhe breitete sich in ihm aus, ein Empfinden des Angekommenseins. Endlich.

Am kommenden Tag schlief Sebastian bis zum späten Mittag. Marie, in Slip und T-Shirt, betrat ihr Schlafzimmer mit einem Becher Kaffee und einem Glas mit sprudelndem Alka Seltzer gegen seinen Kater. Sie setzte sich zu ihm aufs Bett: »Hier, du Partykönig.«

Konnte es eine coolere Frau geben? Er war hin und weg, trotz des dröhnenden Kopfes. Gestern hatte Jan definitiv einen wahren Satz gesagt: »So verliebt wie in Marie warst du noch nie. Sie hat dich voll im Griff.«

Er sah Marie an und fragte sich, ob sie umgekehrt genauso empfand.

»Ich gehe heute Abend mit Manu aus, okay?«

»Ohne mich?«

»Ja, du warst doch letzte Nacht auch ohne mich unterwegs.«

»Klar. Geht ruhig.«

Am frühen Abend verschwand Marie. Sie sah umwerfend aus: Sie hatte die Haare zu einem strengen Zopf geflochten, war nur ganz leicht geschminkt und trug eine enge schwarze Jeans. Sebastian ging unruhig in der Wohnung auf und ab. Marie und Manu. Manu und Marie. Er musste sich ablenken. Er durfte nicht hinterherfahren. Er musste ihr vertrauen, loslassen. Eifersüchtige Männer wirken schwach, das wusste er. Er liebte es, mit Marie auszugehen. War stolz auf die Frau an seiner Seite. Genau dieser Stolz war aber eine scharfe, zweischneidige Klinge. Er war nicht der einzige Mann, der ihrem Charme erlag. Egal ob im Theater, an der Kinokasse, im Restaurant oder in Bars, jeder Mann, der mit ihr sprach, vermittelte umgehend den Eindruck, als wollte er Marie einen Heiratsantrag machen. Wie schnell die Sehnsucht in den Augen der Männer aufblitzte, war frappierend. Konnte er es ihnen verdenken? – Die Eifersucht schwelte in Sebastian wie ein böses Geschwür.

Und jetzt waren die beiden allein da draußen, in Berlin. Er konnte nicht beschützend seinen Arm um Marie legen oder mit Adleraugen aus dem Hintergrund verfolgen, wie es ihr ging. Immer bereit, zu ihr zu stürzen und andere Männer von ihr fernzuhalten.

Die Angst stellte sich sofort ein, wenn die Tür ins Schloss fiel. Manu und Marie standen an den kleinen, halben Fenstern und versuchten, die Beine ihrer Mutter so lange wie möglich im Auge zu behalten. Allein in der Wohnung halb unter der Erde, war jedes Geräusch für die Zwillinge eine Bedrohung. In ihrem kleinen Kinderzimmer brannte die ganz Nacht Licht. Die Mädchen drückten sich eng aneinander. Sie schliefen in einem Bett, redeten mit ihren Kuscheltieren, spielten immer dasselbe Spiel: Vater, Mutter, Kinder.

Sebastian öffnete in der Küche eine Flasche Rotwein und setzte sich mit seinem Glas an den Computer. Er wollte seinem Vater eine Mail schreiben. Das erschien ihm als Versuch der Annäherung am besten und einfachsten. Nur zehn Minuten nachdem er seine Nachricht abgeschickt hatte, erhielt er schon Antwort. Sebastian brauchte zwei Stunden und zwei weitere Gläser Wein, bevor er es endlich schaffte, sie zu öffnen.

Lieber Sebastian,
ich bin erfreut, von Dir zu hören. Im Haus ist es sehr ruhig ohne Deine Mutter. An den Wochenenden ist es besonders schwer, allein zu sein. Wir müssen uns bitte mal

zusammensetzen und einiges besprechen. Meine Gesundheit ist nicht die beste, und ich überlege, die Kanzlei schon eher abzugeben. Wie geht es mit dem Studium voran? Ich werde morgen Nachmittag auf den Friedhof gehen und Deiner Mutter ein paar Blumen bringen. Wie wäre es, wenn Du mich begleitest? 16 Uhr?

Herzlichst,

Dein Vater

Er musste die Nachricht immer und immer wieder lesen. Ein Eingeständnis von Schwäche hatte es bis zu diesem Zeitpunkt von seinem Vater noch nie gegeben. Sebastian sagte zu, seinen Vater am folgenden Tag am Grab seiner Mutter zu treffen. Es war Mitternacht. Wie gern hätte er Marie angerufen und ihr von seinem plötzlich fast sentimentalen Vater berichtet. Aber er riss sich zusammen. Seine Schwäche musste er weiterhin vor ihr verstecken. Wenn jemand Marie fragte, warum sie ihn liebe, antwortete sie: »Weil ich mich bei ihm sicher fühle. Er würde mich nie alleinlassen, ist ein Fels in der Brandung, seine Versprechen gelten nicht nur in guten Zeiten.« Zumindest der letzte Teil ihrer Antwort stimmte, den Rest konnte er gut spielen. Marie kam um 2.30 Uhr zu ihm ins Bett. Aufgekratzt kuschelte sie sich an ihn. Er hatte nicht geschlafen, wieder und wieder auf den verdammten Digitalwecker gestarrt. Kaum lag sie in seinem Arm, beruhigte sich sein Atem. Morpheus umarmte ihn.

Am kommenden Morgen war Marie bester Laune. Sie frühstückten auf dem Balkon, und sie ermutigte ihn, Blumen zu kaufen und pünktlich am Grab seiner Mutter zu sein. Sie selbst wollte nicht mitkommen. »Das wäre unpassend. Du hast deinen Vater so lang nicht gesehen.« Und sie und Manu waren außerdem zum Lernen verabredet.

An einem Sonntagnachmittag das Grab seiner Mutter zu besuchen war so bürgerlich, dass Sebastian fast lachen musste. Als er die große Allee des Waldfriedhofs in Berlin-Dahlem entlangging, sah er schon aus der Ferne seinen Vater. Gebeugt, mit hängenden Schultern. Sein Rücken bebte. Weinte er etwa? Der Mann, der sie knapp drei Jahrzehnte lang tyrannisiert hatte, der seine cholerischen Ausbrüche nicht in den Griff bekommen und vor dem seine Mutter und er gezittert hatten, wenn er die Hand erhob, sah hilflos aus. Einen Moment überlegte Sebastian, wieder zu gehen, ihn ganz allein seiner Trauer zu überlassen. So wie sein Vater es damals mit ihm gemacht hatte. Als er am Grab seiner Mutter gestanden hatte. »Der Tod gehört zum Leben«, hatte sein Vater gesagt. Mehr nicht. Mehr als diesen Satz gab es nicht. Das Leben seines Vaters ging weiter, als hätte seine Mutter nie existiert. Noch während Sebastian überlegte, wo er abbiegen konnte, drehte sein Vater sich um und hob müde die linke Hand zum Gruß. Sebastian bemühte sich, ein gleichgültiges Gesicht zu zeigen. Dabei war ihm selbst

62

zum Heulen zumute. Bilder seiner Mutter stiegen in ihm hoch. Sie fehlte ihm, und jetzt stand er da, und es war absurd: Tag für Tag pochen wir auf unseren Verstand, dachte er, unsere Vernunft, und kippen doch immer wieder um, erliegen unseren Gefühlen, müssen ein Weinen unterdrücken, um den Schein zu wahren. Darin war Sebastian gut. Sehr gut sogar.

»Hallo Peter.« Er schaffte es, seinen Vater kurz freundschaftlich in den Arm zu nehmen, doch sein Vater sank zusammen und klammerte sich fest. Sein Körper wurde von Weinkrämpfen geschüttelt. Sebastian musste ihn trösten wie ein kleines Kind. Er konnte sich nicht erinnern, dass sein Vater ihn jemals so getröstet hatte. Vorsichtig löste Sebastian sich aus der Umklammerung. Der körperliche Kontakt zu seinem Vater war ihm unangenehm. Ungeschickt dekorierte er die mitgebrachten Blumen um den Grabstein seiner Mutter. Weiße, langstielige Lilien. Die hatte sie am liebsten gehabt. Ob er noch auf einen Kaffee mit nach Hause komme, fragte sein Vater. Er konnte ihm den Wunsch nicht abschlagen.

Wie lange war er nicht im Haus seiner Eltern gewesen? Seit der Trauerfeier für seine Mutter, die vor drei Jahren an Krebs gestorben war? Bis zum Schluss war er täglich bei ihr im Hospiz gewesen. In seinem Haus wollte sein Vater die Sterbende nicht um sich haben. Der Geruch von Krankenhaus und Krankheit ekelte ihn, so Peter damals. Ohne seine Mutter war die Villa nicht mehr das

Zuhause, das er aus Kindheitstagen kannte. Wie ein seelenloses Steinungeheuer hockte das Haus zwischen perfekt zurechtgestutzten Zierbäumen. Ein Gärtner schien sich um den von seiner Mutter mit viel Liebe gehegten Garten zu kümmern. Die Blumenterrassen mit ihren in den Rasen eingebetteten Schmuckbeeten blühten in prächtiger Sommerbepflanzung. Sebastian wollte weglaufen. Wie früher als kleiner Junge. Schon damals hatte er vor der erdrückenden Größe der Villa und der noch erdrückenderen Kälte seines Vaters fliehen wollen. Weiter als bis ans Gartentor war er nie gekommen.

Sein Vater und er saßen im Wohnzimmer mit Blick über den Garten und tranken Kaffee. Peter hatte sich mit kerzengerade durchgedrücktem Oberkörper in seinem Ohrensessel niedergelassen und machte nicht mehr den Eindruck von Kraftlosigkeit.

»Wann wirst du mit den Prüfungen fertig sein?«

»Das Zweite Staatsexamen ist in zehn Wochen.«

»Bist du gut vorbereitet oder brauchst du Hilfe?«

»Alles läuft gut.«

Durchdringend sah sein Vater an. »Nur gut?«

»Sehr gut.«

»Und sonst?«

»Ich wohne jetzt mit einer Frau zusammen.«

»Kenne ich sie von früher?«

»Nein, Marie ist aus Westdeutschland und studiert Erziehungswissenschaften.«

»Lässt sich damit denn Geld verdienen?«

»Sie ist eine starke Frau. Ich gehe davon aus, dass sie in der Lage sein wird, damit Geld zu verdienen.«

»Du bist schwach, übernimm dich nicht mit einer Frau, der du nicht gewachsen bist.«

Ein Schlag in die Magengrube. Jetzt ging es nur noch um die Erwartungen seines Vaters und das Einzige, was je in seinem Leben gezählt hatte: die Kanzlei. Neben Sebastian wollte er einen zweiten Juniorpartner einstellen. Der zweite Schlag. Ihm allein traute sein Vater nichts zu.

Die Vorstellung, Mama würde eines Nachts nicht wieder nach Hause kommen, ängstigte die Mädchen zutiefst. Ihren Vater kannten Marie und Manu nicht. Angeblich war er kurz nach ihrer Geburt gestorben. Aber so richtig glaubten die Zwillinge der Erklärung ihrer Mutter nicht. Schließlich war sie auch keine Kellnerin.

Niedergeschlagen verließ Sebastian eine Stunde später sein einstiges Zuhause. Die Sonne schien, die Vögel sangen, er drehte sich nicht um, wollte die prächtigen Blumenbeete nicht sehen. Nicht fühlen, wie leer und einsam sein Vater in seinem Reich hockte und auf den Tod wartete. Die Gewissheit, dass er seinem Vater gegenüber kein schlechtes Gewissen haben musste, stellte sich wie eine rachsüchtige Genugtuung ein. Innerlich gratulierte er sich selbst dazu, dass er Peter hatte monologisieren lassen.

65

Sein Vater kannte keine Details aus Sebastians Leben, und das war auch gut so.

Einen Monat nachdem Marie und Manu ihren Master absolviert hatten, bestand Sebastian sein Zweites Staatsexamen mit Auszeichnung. Eine nervenaufreibende Zeit mit Prüfungsängsten, viel zu viel Kaffee und viel zu wenig Schlaf lag hinter ihnen. Parallel zu den Klausuren und Abschlussarbeiten hatten sie eine Reise geplant. Drei Monate sollte es als Backpacker durch Thailand und Kambodscha gehen. Zu dritt. Wochenlang hatte Sebastian deshalb ein ungutes Gefühl. Natürlich wäre er lieber nur mit Marie auf Reisen gegangen. Das auszuprechen wagte er nicht. Er wusste, dass Marie ein schlechtes Gewissen hatte, da Manu keine Beziehung führte und sich ohne ihre Schwester oft einsam fühlte. »Für einen Zwilling ist es doppelt schwer«, sagte sie. Ein Zwilling sei dazu verdammt, nicht gut allein sein zu können. Alleine fehle ihm der Sinn im Leben. Seit das Herz eines Zwillings im Mutterleib zu schlagen angefangen habe, bedeute Leben: Zweisamkeit im ewig gleichen Rhythmus. Sebastian fühlte sich wie die falsche Note in einer perfekt komponierten Sonate.

Vor ihrer Abreise feierten Marie und er noch eine Party. Ungefähr dieselben Gäste wie einen Sommer zuvor auf der Gartenparty strömten in ihre Wohnung. Sebastian war perplex, wie weit er sich in zwölf Monaten von seinen Freunden entfernt hatte. Wie ein Fremder stand er neben ihnen und lauschte Geschichten, deren Anfang er vor

Monaten verpasst hatte. Jan und Anna waren da. Anna war inzwischen schwanger – selbst das war ihm neu. In Jans Stimme schwang ein kühler Unterton mit, als er Sebastian die ersten Ultraschallbilder des Babys zeigte: »Willst du immer noch Patenonkel werden?« Sebastian nickte – es berührte ihn allerdings kaum, obwohl Jan sein bester Freund war. Sein Blick war auf der Suche nach Marie. War alles okay mit ihr?

Diesen Beschützerinstinkt spürte Sebastian, seit er denken konnte. Schon als Dreijähriger hatte er versucht, seine Mutter vor den Wutausbrüchen seines cholerisch-tyrannischen Vaters zu schützen. Er entwickelte ein Feingefühl für jede Bewegung und jede Regung seines Vaters. Mit fast hundertprozentiger Sicherheit konnte er als Fünfjähriger vorhersagen, wann es wieder einmal so weit war. Alkohol spielte dabei immer eine Rolle. Rotwein, Whisky. Sein Vater erfand irgendeinen Vorwand, irgendeinen Fehler, der seiner Mutter angeblich bei der Bewirtung wichtiger Geschäftspartner unterlaufen war. Sobald sie anfing, sich zu verteidigen, begann er sie nachzuäffen. Goss sich noch mehr Whisky ein und starrte sie hasserfüllt an. Sebastian lag dann meist hellwach im Bett, bereit, hinunterzurennen und seine Mutter vor den Schlägen seines Vaters zu verteidigen. Er spürte seinen Herzschlag unter der Schädeldecke. Seine Knie schlotterten. Er fror in seinem dünnen Baumwollpyjama, nicht, weil es kalt war, sondern vor Anspannung und Angst. Klatsch. Er hasste dieses Geräusch. Das war das Zeichen. Er stürmte die Treppe hinunter. Sein Vater holte schon zum nächsten Schlag aus, als sich Sebastian von hinten mit aller Kraft gegen ihn warf. »Lass Mama in Ruhe!« Jedes Mal drehte sich sein Vater voller Erstaunen zu ihm um. Jedes Mal so, als wäre Sebastian noch nie zuvor dazwischengegangen. Jedes Mal entlud sich seine Wut dann an ihm. Er schlug Sebastian hart und ohne erkennbaren Grund. Einfach nur, weil er jetzt da war. Sebastians Herz raste, seine Mutter weinte. Auch aus Scham darüber, ihrem Sohn nicht helfen zu können. Nie sprachen sie im Nachhinein über diese nächtlichen Ereignisse. Mit zehn Jahren war Sebastian perfekt darin, die Aggressionsschübe seines Vaters auf sich zu ziehen. Er brachte ihn mit absichtlichen Missgeschicken dazu, ihn zu beschimpfen. Die Triebabfuhr in kleinen Portionen an ihm war leichter zu ertragen als die in voller Härte gegen seine Mutter. Später, als Sebastian größer wurde und stärker, schlug Peter ihn und seine Mutter nicht mehr. Immerhin war er in seiner Unberechenbarkeit schlau genug, zu wissen, dass er den Kürzeren ziehen würde. Sein Sohn war ihm schlicht körperlich überlegen geworden. Unbewusst erzog sein Vater Sebastian so zu einem Mann, dem Verantwortungsgefühl und Fürsorglichkeit für das schwächere Geschlecht in Fleisch und Blut übergegangen waren. Seine Freundinnen liebten das. Im Gegenzug aber verkümmerte Sebastians Blick auf sich selbst. Seine Belange waren ihm nicht wichtig. Er kannte sie kaum. Bevor sich ein gesunder Egoismus überhaupt in ihm entwickeln konnte, verschloss er die Jalousien seiner Seele.

Mitten in der Nacht, als die Tür hinter dem letzten Gast ins Schloss gefallen war, begannen Marie und er ihre Rucksäcke für Thailand zu packen. Dann schliefen sie miteinander und liebten sich ein letztes Mal. So schön, wie er es bisher mit ihr gekannt hatte. Das Aufstehen am nächsten Morgen um 6.30 Uhr fiel ihnen schwer. Mit müden Augen saßen sie zu dritt im Regionalexpress Richtung Flughafen Schönefeld. Während Sebastian noch einige Magazine für den langen Flug kaufte und Manu draußen eine letzte Zigarette rauchte, stand Marie mit den drei Rucksäcken vor dem Schalter. Sie war gereizt. So nervös, ungehalten und verspannt kannte er sie bisher gar nicht. Für einen kurzen Moment verwirrte ihn ihre offensichtliche Aggression.

Im Flugzeug stieg Maries Laune wieder, und sie stöberten voll Vorfreude in ihren Reiseunterlagen und Reiseführern. Drei Monate Freiheit breiteten sich verheißungsvoll vor ihnen aus. Sebastian saß zwischen Marie und Manu. Auf Platz B, dem, den er so hasste. Ihre Ähnlichkeit verwirrte ihn immer noch. So dicht neben sich hatte er sie noch nie zusammen gesehen. Es reizte ihn, die klitzekleinen, feinsten Unterschiede ihrer symmetrischen Gesichter zu studieren, aber er starrte nach unten, lauschte ihren Gesprächen. Hätte er nicht gewusst, wer wo saß, hätte er die Stimmen nicht zuordnen können. Sie redeten von links und rechts. Zeigten auf Bilder, besprachen die besten Routen, fuhren auf seinem Schoß abwechselnd mit ihren Fingern die Strecken auf den Karten ab. Sie waren in ihrer Welt. Er bekam eine leichte Erektion, schämte sich dafür, und das erregte ihn noch mehr. Ob sie es bemerkten? Er klappte schnell den Tisch herunter und legte die Karte darauf.

Irgendwann schliefen sie alle ein, und sein Kopf sackte zur Seite. Er erwachte von Maries starrem Blick, der wütend auf ihm ruhte. Er lehnte an Manus Schulter. Sie schnarchte ganz leise. Den Rest des Fluges blieb er wach, Maries Kopf lehnte jetzt an seiner Schulter. Auch sie schnarchte ganz leise. Im selben Takt.

»Papa ist in Amerika und muss ganz viel arbeiten. Aber eines Tages kommt er zurück, und wir können alle zusammen in eine schöne und warme Wohnung ziehen«, erklärte Manu Marie jeden Abend, wenn sie alleine waren. »Mama mag Papa nicht, deshalb sagt sie uns, er ist gestorben. Aber in echt lebt er noch. Bestimmt. Er hat nur viel zu tun.« Dann spielten sie ihre Rettung, wie der Papa kam und sie aus dem Souterrain befreite, und ihrer Mutter kaufte er eine eigene Bar, in der sie Chefin und nicht Kellnerin war. Mitkommen nach Amerika durfte ihre Mutter nicht. Mama war eine Puppe, Papa der Kuschellöwe, Manu war ein Einhorn und Marie ein Teddy.

Bangkok empfing sie mit heißer, schwül-staubiger Luft. Innerhalb weniger Minuten klebte die gesamte Kleidung am Körper. Stadt der Engel wird Bangkok von den Thailändern genannt. Warum, erschloss sich Sebastian nicht. Es roch nach Räucherstäbchen, Fischsoße, muffigem Abwasser, Curry, Kokos, Bratfett und Abgasen. Es war hektisch, bunt, schrill und angenehm anders als alles, was er bisher an Städten gesehen hatte. Sie brachten ihre Rucksäcke ins Hotel Chatrium Riverside direkt an Bangkoks großem Fluss Chao Phraya. Ihre letzte schicke Bleibe. Nur für die Tage in der thailändischen Metropole stiegen sie in einem Fünfsternehotel ab, danach wollten sie sich in kleine Hütten einmieten.

Marie und Sebastian bezogen ihr Doppelzimmer, Manu hatte auf der anderen Seite des Flurs ein Einzelzimmer. Als die Tür hinter Marie und ihm ins Schloss fiel, befürchtete er, sie würde die Situation im Flugzeug ansprechen. Aber sie war viel zu aufgeregt. »Lass uns schnell auspacken, duschen und dann die Stadt erkunden.« Wie Entdecker einer für sie neuen Welt trieben sie durch die Straßen und saugten die Eindrücke auf. Lachende, hübsche Kinder in Schuluniformen. Tuk-Tuks. Lärm. An jeder Ecke boten Händler ihnen handgeschneiderte Kleidung, falsche Rolex-Uhren oder Stadttouren an. Der Stress der Prüfungszeit fiel innerhalb weniger Stunden von Sebastian ab. Ihre Ménage à Trois funktionierte irgendwie, auch wenn Manu und Marie ihn ein wenig ausschlossen, wenn sie Hand in Hand vor ihm durch die engen Gassen streunten. Er sagte nichts. Beobachtete sie und freute sich über ihre kindliche Freude an dem exotischen Treiben. Marie schien seinen Kopf an der Schulter ihrer Zwillingsschwester vergessen zu haben.

Am dritten Tag ihres Aufenthalts in Bangkok wollte Manu am Abend nicht mit ihnen in den Patpong gehen. »In einen Rotlichtbezirk? Das kenne ich aus Hamburg. Die Reeperbahn war schon der Horror.« Sebastian freute sich auf einen Abend alleine mit Marie. Endlich würde sie für einige Stunden wieder nur ihm gehören. Da Marie etwas länger brauchte, um sich ausgehfertig zu machen, wartete Sebastian in der Lobby und trank ein Bier. Als Marie aus dem Fahrstuhl trat, überwältigte ihn ihr Anblick. Sie trug kurze, abgeschnittene Jeans, ein T-Shirt und Turnschuhe. Ihre braunen Locken wippten fast bis zu ihrer schmalen Taille. Sie fixierte ihn. »Schön, dass wir einen Abend für uns haben.« Sie nahm einen kräftigen Schluck aus seiner Bierflasche.

»Findet Manu das wirklich okay?«

»Ja, vollkommen. Sie weiß, dass es für dich nicht einfach ist, die ganze Zeit mit uns beiden unterwegs zu sein.«

Das stimmte. Ein Hauch von kaltem Zigarettenrauch stieg Sebastian in die Nase. »Marie, hast du geraucht?«, wollte er fragen. Er unterließ es. Vermutlich hatte sie nur in Manus Dunst gestanden.

In ihren allabendlichen Spielen mit den Kuscheltieren war Papa immer der Prinz/König/Ritter/Retter. Der Held. Sobald Marie und Manu in ihre imaginäre Welt vertieft waren, schwand die Panik. Sie tauchten ab und genossen das wohlige Gefühl von Sicherheit und Geborgenheit zwischen ihren kleinen plüschigen Freunden. Andere Freunde gab es nicht. Auch nicht im Kindergarten. Zu zweit einsam – das war der Status der feenhaft wirkenden Mädchen mit den wunderschönen braunen Locken.

Mit einem knatternden Tuk-Tuk fuhren Sebastian und Marie direkt in das neongrelle Rotlichtviertel und steuerten auf die erste Bar zu, die sie in der von Touristen, Händlern, Prostituierten und Lady Boys überfüllten Silom Road entdeckten. Sebastian konnte kaum atmen vor Eindrücken: so viel Schönheit, Durcheinander, Verführung, Armut und falscher Verruchtheit zugleich. Waren sie jetzt Sextouristen? Erstaunt beobachtete Sebastian, wie Marie an der Bar einen doppelten Wodka trank. Sie lachte und animierte ihn, ebenfalls mehr zu trinken. Die Lichtorgel flackerte, die Bässe dröhnten. »Heute Abend möchte ich etwas Verrücktes ausprobieren«, sagte Marie. Sie bestellten weiter Wodka und beobachteten die grazilen Thailänderinnen und Lady Boys bei ihren provozierenden Tänzen. Im hinteren Teil des Ladens gab es Separees für Lap-Dances, mehr Privatsphäre und Sex mit den Damen und/oder Herren, die zuvor ihre trainierten Körper auf der Bühne präsentiert hatten. Marie war diejenige, die entschied. Eine nicht mehr ganz so junge Frau, die in einer Schuluniform mädchenhaft tanzte. Sebastians Fantasie ging mit ihm durch. Sollte er da wirklich mitmachen? Würden sie das morgen nicht bereuen? Marie lachte provozierend. »Erzähl mir nichts, ich sehe deinen Blick.« Und wieder hatte sie intuitiv die richtige Idee gehabt. Die Idee, wie sie ihn verrückt machen konnte.

Weitere Wodka-Shots folgten, und schon bald saßen sie in einem der hinteren Zimmer, und er beobachtete, wie Marie und die von ihr auserkorene Schönheit sich auf einer einfachen Pritsche liebkosten und gegenseitig entkleideten. Das Pulsieren zwischen seinen Beinen war kaum zu ertragen. Beide trugen nur noch ihre Unterwäsche. Dann waren sie vollkommen nackt. Kim – so hieß die Prostituierte – zog ihn sanft zu sich heran und presste ihre vollen Lippen auf seinen Kehlkopf. Biss leicht und verspielt zu. Sie legte seine Hand zwischen ihre Schenkel. Marie beobachtete sie und begann seine Hose zu öffnen. Trotz seines wodkawirren Verstandes rührte sich eine Ahnung in Sebastian, die ihm sagte: Das ist keine gute Idee. Gegen seine Intuition begann er, die Verführungskünste der beiden Frauen zuzulassen und ja, zu genießen. »Be a good boy«, hauchte Kim in sein Ohr, während sie ihm geschickt und professionell ein Kondom überzog und Maries Körper so zu ihm drehte, dass er perfekt in sie hineinglitt. Marie stöhnte im Rhythmus seiner Stöße.

Von hinten befriedigte er beide Frauen abwechselnd, kam aber mit Marie zum Höhepunkt. Darauf achtete er. Kim schnappte sich die hundert Euro, die Marie wie vereinbart vorher auf dem klapprigen Plastiktisch deponiert hatte und verschwand mit ihrer Schulmädchenuniform unterm Arm. Marie lag noch einen Moment an ihn gekuschelt, sie sah verheult aus. Oder war es die verschmierte Schminke? Sie sah ihn an. Direkt. Wie am ersten Abend sah er wieder diese Augen. Glasklar türkis. Sie zogen sich wortlos an und, genau, wie er befürchtet hatte, war die Stimmung eisig. Gefühllos nach zu vielen Gefühlen.

Manu und Marie waren inzwischen zu den besten Lügnerinnen herangewachsen. Sie waren überdurchschnittlich intelligent und bestanden das Abi mit Einserschnitt. Ganz allein. Mit fünfzehn Jahren waren sie ausgezogen. Ihr Leben war darauf ausgerichtet, einen reichen Mann zu finden, damit sie niemals so enden würden wie ihre Mutter Sabine. Sie hassten sie. Seit sie siebzehn waren, gab es keinen Kontakt mehr zur Nuttenmutter, wie sie sie nannten.

Am folgenden Morgen ging es in den Norden Thailands. Mehrfach versuchte Sebastian mit Marie zu reden, ihr klarzumachen, dass der Dreier eigentlich ihre Idee gewesen war und er derjenige, der sie gebremst hatte – anfangs jedenfalls. Sie blockte ab. »Darum geht es nicht.« Er verstand die Welt nicht mehr. Worum ging es dann? Wofür bestrafte sie ihn? Eine innere Unruhe ergriff ihn, eine Unruhe, die er so noch nie gespürt hatte. Sein Herz fühlte sich an, als ob ein Dorn darin steckte. Er konnte ihn nur nicht finden. Von nun an teilten sich Marie und Manu ein Zimmer, und er war alleine. Sie schrieben Karten an Freunde und Bekannte in die ferne Heimat. Er wurde nicht gefragt, ob er unterschreiben wollte. Sie planten Trips und Routen, er saß hinterm Steuer, wurde zum Rucksackträger und Bezahler degradiert. Er war nicht mehr als ein lästiges Anhängsel. Es war die Hölle. Bis sie auf Ko Samui ankamen. Neun Wochen waren sie kreuz und quer durch Thailand gereist. Sebastian las viel, hielt sich im Hintergrund, sehnte sich mehr und mehr zurück nach Berlin, um dort mit Marie sein Leben wieder so zu leben, wie es bislang gewesen war. Alles konnte wieder gut werden. Marie hatte festgestellt, dass sie schwanger war.

Manu hielt sich nun sehr zurück, gab Marie und ihm wieder Raum, ließ ihnen Platz für Gedankenspiele über die Zukunft zu dritt. Eines Morgens war sie einfach nicht mehr da.

»Manu ist zurück nach Berlin geflogen.«

»Warum?«

»Sie schaut sich eine Wohnung an, direkt bei uns um die Ecke.«

»Was?«

»Sie will bei uns in der Nähe sein, wenn das Baby da ist.«

Was sollte er sagen? Marie umarmte ihn. Sie saßen im Paradies. Am Meer, unter Palmen an einem Strand vor einem überwältigenden Sonnenuntergang, und Sebastian schnürte es die Kehle zu.

Zurück in Berlin, vergrub sich Sebastian in Arbeit. Die Übernahme der Kanzlei beanspruchte ihn und seinen Partner. Seine Zulassung als Anwalt bei der Kammer lag zwar rechtzeitig vor, und selbstverständlich hatte er einen Teil seines Referendariats in der Kanzlei seines Vaters verbracht, aber die Verantwortung, die nun auf seinen Schultern lastete, hatte er unterschätzt. Schon nach einer Woche verteidigte er zum ersten Mal einen Mandanten in Berlin vor Gericht. Kein großer Fall, aber ein sehr emotionaler. Er hätte gerne darüber gesprochen. Marie und Manu waren jedoch damit beschäftigt, die Wohnung umzugestalten. Was bei Sebastian beruflich passierte, interessierte sie nicht. Und wider Erwarten war er froh, dass Manu nun um die Ecke wohnte und ihre Zeit mit Marie verbrachte, sie unterstützte. Das Kind war ein Junge und würde Max heißen. Maries Bauch wuchs, sie nahm zu, ihr kindlicher Körper verwandelte sich in eine weibliche Gestalt. Mehr Busen, mehr Po, mehr Bauch, geschwollene Beine. Sebastian erwischte sich dabei, wie er Manu anstarrte. Sex gab es nicht mehr mit Marie. Er übernachtete häufiger im Büro am Ku'damm. Er ertrug es nicht, in der Nähe seiner Frau zu sein, die sich in etwas verwandelte, was ihm unheimlich war. Aus dem Schmetterling wurde eine Raupe. Nachts wäre er im Traum nicht mehr auf die Idee gekommen, die Decke wegzuziehen und sich bei Maries Anblick zu befriedigen, wie er es früher oft gemacht hatte. Er wusste, das war unfair und gemein. Er schämte sich.

Die Monate zogen vorbei. Je hektischer es in der Kanzlei wurde, desto ruhiger wurde Sebastian. Je weniger Marie sich für ihn interessierte, desto mehr entzog er sich. Sie fehlte ihm. Aber er war gut darin, sich mit Arbeit abzulenken. Dann wurde Max geboren. Marie rief in der Kanzlei an und sagte, die Wehen seien nun so regelmäßig, dass es Zeit sei, in die Klinik zu fahren.

»Ich hole dich ab, Schatz.«

»Ich bin schon mit Manu unterwegs.«

»Ich komme. Halte durch.«

Wie in Trance fuhr Sebastian in die Klinik. Einfach war es nicht für Marie. Der Muttermund wollte sich nicht öffnen. Sie krampfte, ihre Wehen schüttelten sie durch. Sie warf sich stöhnend von einer Seite auf die andere, und Sebastian konnte nichts tun. Manu war mit ihnen im Geburtszimmer und saß am Fenster auf einem Stuhl. Sebastian hielt Maries verschwitzte Hand. Wenn eine starke Wehe kam und Marie presste, schienen ihr die Augäpfel aus den Höhlen springen zu wollen. Die Geburt war hart. Die Hebamme blieb ruhig. Er begriff: Er hatte keine Ahnung von dem, was hier gerade passierte. Die Schmerzen wurden stärker. Die Hebamme lag auf Maries

Bauch und drückte mit. Plötzlich war er einfach da: Max. Ganz still. Kein Weinen. Plötzlich war auch Manu da. Sie hielt Max, bevor Sebastian reagieren konnte und bevor die Nabelschnur durchtrennt war. Marie wurde ohnmächtig. Die Hebamme drückte einen Notfallknopf. Ein Arzt eilte herbei, stillte die Blutung, ein Tropf mit Kochsalzlösung und beruhigende Worte folgten. Sebastian hielt weiter Maries Hand und starrte Manu an, die seinen Sohn in den Armen hielt.

Schon als Kinder hatten Manu und Marie die Rollen getauscht. Ein Spiel. Aus einem Tag in der Schule mit vertauschten Rollen wurde eine Woche. Die längste Zeit war ein Monat. Marie wurde zu Manu und Manu zu Marie. Akribisch planten sie, wie sie es schaffen wollten, ganz und gar in der Rolle der jeweils anderen aufzugehen. Vom Kleidungsstil her waren die beiden Schwestern eigentlich unterschiedlich. Manu war ein Hosen-, Marie ein Kleidchenmädchen. Manu war sportlicher, lauter, frecher und ein Kumpeltyp. Marie schüchtern, zurückhaltend, sensibel. Wenn Manu ein Missgeschick passierte, wurde sie wütend und laut. Marie hingegen weinte leise in sich hinein und wollte alleine sein.

Max und Marie ging es gut. Sie schliefen und mussten noch zwei bis drei Tage im Krankenhaus bleiben. Allein in der Wohnung, fühlte Sebastian die Leere und Einsamkeit. Manu hatte ihm seinen Sohn kurz zum Halten und Bewundern gegeben. Zum Weinen vor Glück hatte er keine Kraft mehr. Max war jetzt wichtiger als alles andere auf der Welt. Sebastian war sein Vater auf Probe, das wurde ihm schlagartig klar – und wie sehr er ihn auf Anhieb liebte. Dieses kleine Bündel Mensch.

Sebastian war von dem Tag an, als sein Sohn und Marie das Krankenhaus verlassen hatten, jeden Abend zu Hause. Er wollte nicht nur der Erzeuger sein, wie sein Vater, er wollte teilhaben. Alte Freunde aus vergangenen Tagen kamen und beglückwünschten sie. Innerhalb weniger Wochen verwandelte sich Marie von der Raupe zurück in einen Schmetterling. Einen, der noch schöner war als zuvor. Bald durften sie wieder miteinander schlafen. Jetzt würde sich alles zum Guten wenden. Die erste Nacht mit Marie, in der sie nicht mehr nur Mutter war, sondern wieder sexy, wild und gierig, war ein Versprechen. Ein Versprechen, dass sie es schaffen konnten. Zurück zur alten Zeit. Der glücklichen, die fast schon zu einer Illusion geworden war. Sie nahm ihn mit brachialer Gewalt. Einer Freude, einem Willen. Wie damals in Bangkok. Nach dem Sex lief Marie in die Küche und kam mit einem Glas Wodka zurück.

»Und? Bist du jetzt zufrieden?«

»Ich verstehe nicht, was du meinst.«, sagte Sebastian.

»Du hast doch alles bekommen, wovon du je geträumt hast.«

»Ich träume nicht mehr.«

Marie warf ihr Glas nach ihm. »Was hast du schon je erkannt: nichts.«

Marie und Manu hatten sich schon mit acht Jahren geschworen, einen Mann zu finden, der sie liebte und immer für sie da war. Aber nur einen Mann, der sie auseinanderhalten konnte und nicht auf ihre Tauschaktionen reinfiel, würden sie gelten lassen – nur so konnten sie glauben, dass er tatsächlich eine von ihnen ehrlich liebte.

Sebastian hatte versagt. Er hatte sie nicht erkannt. Thailand war das Experiment gewesen. Er das zu erforschende Objekt. Er war durchgefallen in dem Moment, als er in Bangkok mit Manu und der Prostituierten geschlafen hatte. Seine Geilheit hatte ihn blind gemacht. Sie saß im Flur auf dem Boden. Das Licht war aus. Sie drehte eine nicht angezündete Zigarette in den Fingern hin und her. Sie trug Jeans.

»Warum sitzt du hier im Dunkeln?«

»Ich denke nach. Hast du Feuer?«

»Willst du wirklich wieder anfangen?«

»Ich habe nie aufgehört.«

»Wie meinst du das?«

»Wer bin ich?«

»Was soll die Frage?«

»Weißt du es wirklich nicht?«

Sebastian rannte ins Bad, sein Herz raste, seine Hände zitterten. Er musste sich übergeben. Er starrte in den Spiegel über dem Waschbecken. Wer war er? Warum hatte er nichts bemerkt? Er wusste nicht einmal, ob er der Mann war, der in den Spiegel hineinsah, oder der, der aus ihm herausstarrte. Er war vollkommen verwirrt. Mit dem Blick in den Spiegel kam die quälende Gewissheit. Plötzlich verstand er. Manu und Marie hatten sein Leben übernommen, ihn sexuell und emotional abhängig gemacht und warteten jetzt darauf, ihn abzuschieben. Dass er weiter gut für sie sorgen würde, wussten sie genau. Dann stieg die Wut in ihm hoch. Von einem Moment auf den anderen hasste er Marie dafür, dass sie ihm sein Leben, so wie er es sich immer ausgemalt hatte, wegnahm.

Sebastian war sein Leben lang gut damit gefahren, Ruhe zu bewahren. Nun griff diese Strategie nicht mehr, und eine andere kannte er nicht. Nur die von früher, als er ein kleiner Junge gewesen war und zum Angriff gegen seinen Vater überging.

Im Zimmer nebenan nahm er Max' Wimmern wahr. Es war ihm egal. Der Lärm in seinen Ohren war kaum auszuhalten. Es rauschte. Er spürte den Herzschlag unter der Schädeldecke. Er brüllte dagegen an, stürzte sich auf Marie, die in der Küche eine Flasche für Max vorbereitete. Mit der ganzen Kraft seines Körpers warf er sich gegen sie. Sie knallte gegen die Küchenzeile. Blut strömte aus ihrem Hinterkopf.

»Wer bist du?«, schrie er.

Dann drückte er mit den Händen ihren Hals zu. Die Flasche kullerte lautlos über den Boden ins Blut. Er hob die Hand und schlug zu. Immer wieder. Marie krümmte sich, drehte sich weg. Ein Schlag auf Sebastians Hinterkopf beendete den Exzess. Manu. Er roch ihr Parfum und kaltes Nikotin. Sie war es auch, die die Polizei und den Krankenwagen rief. Mehr als ein weinendes Häuflein Mann fanden die Sanitäter und Polizisten nicht mehr vor. Einmal noch bäumte er sich auf, weil der Schmerz in seiner Brust ihn rasend machte. Bevor die Spritze in seinen linken Arm Wirkung zeigte, sah er noch Max auf dem Arm einer seiner Mütter. Welcher? Er würde es nie erfahren. Er hatte mitgespielt in einem Spiel, dessen Regeln er nicht kannte. Jetzt hatte er alles verloren.

Ich-gehe-weg-von-euch-allen hieß der Ort, an dem er in Zukunft leben würde. Weder Marie noch Manu würde er je wiedersehen. Nicht seine Freunde. Was aus Max werden sollte, wusste er nicht. Das würde sich klären. Irgendwann. Ihm zuliebe blieb die ganze verdammte Geschichte ein quälendes Geheimnis zwischen Manu, Marie und ihm. Im Freundeskreis hieß es, sie hätten sich in aller Freundschaft getrennt. Ein Satz, den Sebastian hasste. Irgendwann, wenn Max groß genug war, würde er ihn aufklären. Vielleicht.

Sebastian starrte blicklos aus dem Fenster der Psychiatrie, erschrocken über die unglaubliche Stille, die ihn umgab. Er hatte alles verloren. Dabei war er bereit gewesen, alles zu geben. Er war immer noch der Mann, der ein Versprechen nicht nur für gute Zeiten gab. Nach einem dreiwöchigen Klinikaufenthalt war sein Therapeut neben Max der einzige Mensch, zu dem Sebastian noch regelmäßigen Kontakt hielt. Dreimal in der Woche jeweils eine Stunde. Es half. Seinen Platz in der Kanzlei übernahm vorerst ein anderer Partner. Irgendwann würde er wieder einsteigen. Vielleicht. Wenn sein Vater ihn ließ.

Sein größtes Problem in der Beziehung zu Marie und Manu war: von Lügen und Betrügen verstand er nichts. In seinem ganzen Leben war immer alles klar gewesen. Ohne Hindernisse. Ohne Stolpersteine. Ohne doppelten Boden. Selbst die Streitereien seiner Eltern unterlagen einem immer wiederkehrenden klaren Muster. Da kannte er sich aus, erlebte keine Überraschungen. Damit konnte er umgehen.

Es wurde wieder Sommer. Langsam gewöhnte sich Sebastian an sein neues Leben allein. Anna und Jan hatten wie jedes Jahr vor den großen Ferien ihre Gartenparty veranstaltet, er hatte durch die E-Mail eines früheren Freundes davon erfahren. Alle würden da sein. Auch Marie und Manu – vermutlich standen sie wieder eng zusammen. Sie würden ihr Spiel einfach weiterspielen. In seinem alten Freundeskreis waren sie ein fest etablierter Bestandteil. Manu wurde bewundert für die Aufopferung, mit der sie Max und Marie unterstützte. Sebastian war nicht eingeladen worden. Er hatte komplett versagt. Den Anschluss verpasst. Die falsche Abfahrt genommen, weil er sich auf die Einbahnstraße Marie lotsen ließ. Eine Einbahnstraße, die sich als Sackgasse erwiesen hatte. Keiner seiner Freunde wusste davon.

Kuckucksvater

Wenn der Sommer kehret wieder,
Kehr' auch ich ins Land zurück.
Singen dann die Vögel Lieder,
Sing' auch ich mein Meisterstück.

Und ich muß dann immer wandern
Ohne Nest und heimatlos.
Doch es ziehn mir gern die andern
Meine eignen Kinder groß.

Hoffmann von Fallersleben

Jana saß vor ihrem Computer am Schreibtisch im Wohn-
zimmer und checkte ihren Instagram-Account, ihre
Mails, las Nachrichten und Kommentare, loggte sich auf
Facebook ein und scrollte eine Stunde lustlos durch das
Leben ihr bekannter und fremder Menschen. Dann ging

sie ins Bett, schaltete den Fernseher an und schlief irgendwann vor den flimmernden Liebesgeschichten aus Hollywood ein. Mitten in der Nacht erwachte sie und suchte den Ausschaltknopf auf der Fernbedienung. Klick. Schwarze Stille. Am Ende eines einsamen Tages.

So liefen die Abende der einunddreißigjährigen Pharmazeutin schon seit zehn Monaten. Seit Jana aus München nach Leverkusen gezogen war, um bei einem großen Konzern eine neue Stelle anzutreten. Die hervorragende Bezahlung und das Renommee hatten sie weggelockt aus ihrer Heimatstadt – weg von ihrem Vater, weg von ihrem kleinen Freundeskreis, weg von sich selbst. Immerhin hatte sie nun beruflichen Erfolg während des Alleinseins.

In Leverkusen hatte sie eine schöne Altbauwohnung gefunden, und ihre Arbeit forderte und befriedigte sie. Aber außer den Begegnungen mit ihren Kollegen gab es keine zwischenmenschlichen Beziehungen mehr, körperliche schon gar nicht – die hatten ohnehin noch nie stabil existiert. In der Welt der Formeln, Zahlen, des logischen Denkens und der Analyse war Jana immer mehr zu Hause, da fühlte sie sich sicher und wohl. Zudem hatte Jana ein ausgeprägtes Schamgefühl. Sie war überdurchschnittlich intelligent und durchschnittlich attraktiv. Ihre Augen hatten eine merkwürdig undefinierbare Farbe. »Wie Matsch«, sagte ihr Vater liebevoll, als er sie als kleines Mädchen im Arm hielt. Janas Mund war schmal – ein leicht schiefer Strich im Gesicht, fast gänzlich ohne Lippen. Mit ihren kurzen, stämmigen Beinen und ihrem schlanken, etwas zu langen Oberkörper hatte sie sich inzwischen abgefunden, ihre winzigen Brüste kaschierte sie mit einem gut gepolsterten BH. Auch wenn Jana allein ins Bett ging, trug sie ihn. Nur ihre vollen, glänzenden, haselnussbraunen, schulterlangen Haare liebte sie. Sie waren das Einzige, was sie unbeschwert und oft an sich berührte.

Als Jana an einem Samstagabend in ihr mit bunten Kissen übersätes Bett stieg, musste sie lange suchen, bis sie eine romantische Komödie fand, die sie noch nicht kannte. Fehlerfrei mitsprechen konnte sie sämtliche Filme mit Doris Day. Das Bild der naiven Blondine, die sich bieder und konservativ, aber auch erotisch im US-amerikanischen Zeitgeist der 1950er-Jahre präsentierte, faszinierte sie. Von diesen Filmen voller Klischees nährte sich die vernachlässigte Frau in der klugen Jana. Auf absurd kindliche Weise gaben sie ihr Hoffnung. Sobald sie voll und ganz von dieser Traumwelt absorbiert war, fühlte sie sich aufgehoben, angekommen und angenommen. Gerade als sie sich für einen Film entschieden hatte, klingelte es an der Tür. Erstaunt erhob sich Jana aus dem Bett. Unsicher zupfte sie ihren BH unter dem Schlafanzugoberteil zurecht, bevor sie zur Tür ging. »Ja, hallo«, sagte sie misstrauisch durch die Gegensprechanlage. »Hallo, hier ist Svenja, ich bin gerade bei dir vorbeigelaufen, habe Licht gesehen und spontan geklingelt.« Vor Freude darüber, dass jemand an sie gedacht hatte, schossen Jana kurz

Tränen in die Augen, aber sie riss sich zusammen und sagte: »Wie nett. Komm doch rauf. Dritter Stock links.« Der Türöffner surrte, und Jana stürmte in die Küche, um Tee aufzusetzen. Auch Svenja war zeit ihres Lebens ein kleines Zahlengenie gewesen, auch Svenja wurde schon während ihrer Schulzeit selten zu Partys eingeladen und noch seltener von Jungs, auch Svenja hatte ihr Studium als Beste ihres Jahrgangs und in einer unfassbar kurzen Zeit beendet und war nur leidlich attraktiv mit ihrer starken Brille, ihren raspelkurzen aschblonden Haaren und ihrer gedrungenen Figur, und auch Svenja genoss großes Ansehen als Wissenschaftlerin. Jana hatte Svenja von Anfang an vertraut – etwas, das ihr bisher noch nie passiert war.

Drei Minuten später saßen Svenja und Jana zusammen am Küchentisch. Sie unterhielten sich über ihre derzeitigen Projekte – Svenja war Chemikerin – und über das miese Essen in der Kantine. Nach einer Stunde entdeckte Svenja eine Flasche Gin auf dem Küchenregal: »Es ist Samstag, lass uns ein Glas trinken. Hast du Tonic?«, fragte sie. Aus einem Glas wurden zwei und dann drei. Mit steigendem Alkoholpegel landeten die beiden, nach hart geführten Diskussionen über das Für und Wider einiger neuer Medikamente, beim Thema Männer und Beziehungen. »Es kann doch nicht sein, dass du noch nie einen Freund hattest«, sagte Svenja ungläubig, nachdem Jana ihr einsilbig und beklommen gestand, dass sie bisher nur zwei kurze Affären und einen One-Night-Stand gehabt

hatte. Sie beichtete Svenja, wie sehr sie andere Frauen um
ihre Erfahrungen und Erinnerungen beneidete, auch
wenn diese nicht immer nur positiv waren. »Etwas zu haben ist doch immer mehr, als nichts zu haben«, sagte sie.
»Wo ist dein Laptop?«, fragte Svenja. Ehe Jana sich weh-
ren konnte oder darüber nachdenken, ob ihr das, was
dann passierte, gefiel, begann Svenja damit, sie bei einem
Datingportal anzumelden. »Das machen heute alle so«,
erklärte sie beruhigend, und: »Du wirst dich wundern,
wie viele Verabredungen du haben kannst. Du bist ja zu
nichts verpflichtet, probier es einfach aus.« Svenja hatte
ihren Freund Robert auf diese Weise kennengelernt. Jetzt
waren sie bereits seit zwei Jahren ein Paar, seit vier Monaten verlobt, und im Sommer würden sie heiraten. Jana
machte große matschige Augen – der Strich in ihrem Gesicht wurde zu einem erwartungsvollen Lächeln.

Voller Enthusiasmus füllte Svenja für Jana das Profil
aus. Von der Altersangabe bis zum Geburtsort, von der
Ausbildung bis zu Hobbys (Joggen, Filme, Lesen), Größe,
Kleidergröße, Interessen (Politik, Umwelt, Kunst). Alles
nichtssagende Allgemeinplätze, fand Jana, aber sie stimm-
ten in etwa, deshalb willigte sie ein. Für das Profilbild gab
es nicht viel Auswahl. Eigentlich gab es überhaupt nur das
Foto, welches auch auf der Website des Pharmakonzerns
von ihr erschien: eine kühl blickende Frau, die durch ihre
offensichtliche Unnahbarkeit auch eine ungewöhnliche
Art der Unabhängigkeit und Stärke transportierte. Dann

kam der letzte und angeblich aussagekräftigste Punkt für die erfolgreiche Partnervermittlung: Jana sollte sich in eigenen Worten selbst beschreiben. »Das kann ich nicht«, sagte sie und lief dabei knallrot an. Svenja dachte einen Moment nach, genehmigte sich den letzten Schluck Gin Tonic aus Janas Glas und schrieb:

Na ja, was schreibt man hier? Ich finde das wirklich nicht leicht. Mit Phänomenen und Formeln in der Biochemie kenne ich mich zwar aus, aber auf der emotional-menschlichen Ebene fehlen mir offensichtlich die Worte. Nur so viel: Ich bin liebevoll, romantisch, klug, aber nicht überheblich, sondern eher zurückhaltend. Ganz sicher bin ich nicht perfekt, aber eine absolut zuverlässige und treue Partnerin.

Ja, so war Jana. Da stand es in wenigen Zeilen. Bevor Jana etwas entgegnen konnte, stellte Svenja das Profil online und grinste: »Warte ab, du wirst dich wundern.« Eine Minute später blinkte ein Feld: Hundertfünfundvierzig passende Kontakte. Jana wunderte sich, und Svenja ließ sie alleine zurück. »Ich muss jetzt nach Hause, Robert wird gleich kommen«, sagte sie und umarmte Jana herzlich. Dass sie von nun an mehr als nur Kolleginnen waren, spürten beide. »Bis Montag«, sagte Svenja. Ein harmloser Satz, aber einer, der Jana unsagbar zuversichtlich stimmte. »Bis Montag.«

Bis Montag klickte sich Jana stundenlang durch die Flut von Bildern und Beschreibungen der männlichen Akademiker. Waren all diese Männer wirklich allein? Wie sie? Während sie die potenziellen männlichen Partner durchsah, verspürte sie eine immer stärker werdende Sehnsucht, wie eine Woge, die im Unterleib kitzelnd begann und von dort langsam in den Kopf stieg. Fast hätte sie sich am Sonntagabend selbst berührt, zum ersten Mal. Aber ihre eigenen Gedanken trieben Jana die Röte ins Gesicht. Verschämt ging sie im Kopf die biochemischen Vorgänge durch, die für ihren Zustand verantwortlich waren. Bisher hatte sie noch keine der Nachrichten gelesen, die ihr einige der Männer bereits zugeschickt hatten. Pling. Wieder eine. Nummer 31. Janas Alter, und dann war es auch noch ungefähr zehn Uhr abends – die Uhrzeit, zu der sie geboren wurde. Da war er. Der perfekte Anfang. Filmreif. Michael, Architekt, fünf Jahre älter als sie, hatte ihr geschrieben:

Hallo liebe Jana, Dein Profil hat mich berührt und neugierig darauf gemacht, zu erfahren, wer wirklich dahintersteckt. Ich würde Dich gerne kennenlernen. Ich wohne ebenfalls in Leverkusen, bin Architekt und auf der Suche nach dem Verlust meiner Einsamkeit ;-) Michael

Michaels Profilbild zeigte einen ernst blickenden Mann mit beeindruckenden, glänzend grünen Augen und markant-hagerem Gesicht, umrandet von dunklem Haar, das ihm in Locken in die Stirn und bis über die Augenbrauen fiel. Jana schluckte und verschluckte sich, als sie hektisch an ihrem Tee nippte. Binnen Sekunden hatte sie sich verliebt.

Stundenlang las Jana wieder und wieder, was Michael geschrieben hatte, und inspizierte seine Fotos. Was für ein schöner Mann, dachte sie. Jana stellte sich vor, wie er sich wohl bewegte, wie seine Stimme klang und wie er lachte, als schon eine zweite Nachricht kam: *Ich könnte in drei Tagen, also am Mittwoch, abends, 21 Uhr, im Café Baltha-zar? Liebe Grüße, Michael.* Janas Finger zitterten, als sie wie ferngesteuert zurückschrieb: *Ja, das passt. Bis dahin grüßt Dich Jana*

An diesem Abend schaute sie keinen Film, sondern lag mit geschlossenen Augen in ihren Kissen und schwebte durch ihre Wachträume und Wunschvorstellungen. Ihre Fantasie spielte ihre eigene Romanze. Dass sie Michael auch in der Realität treffen würde, war für sie viel zu abstrakt. Auch Montag und Dienstag beschäftigte sie sich weiter mit ihrer fiktiven Liebeswelt. Als der Mittwoch kam, stieg eine unglaubliche Nervosität in Jana auf, eine, die ihre gesamte Konzentration blockierte. In der Kantine erzählte sie Svenja mit brüchiger Stimme von ihrem bevorstehenden Date. »Aber das ist doch fantastisch«, entgegnete Svenja. »Ich kann das nicht, niemals. Ich werde keinen Ton herausbekommen«, sagte Jana. »Das im Internet ist eine andere Sache, da kann ich mich als etwas anderes ausgeben, als ich wirklich bin. Da muss ich nicht

mit einem echten Mann ein echtes Gespräch führen.«
Aber sie konnte es. Sie traf Michael, und alles wurde anders als bisher.

Natürlich war Jana eine halbe Stunde zu früh im Café Balthazar. Fünf Minuten vor der verabredeten Zeit übermannten Jana Fluchtgedanken. Wie entspannend wäre es jetzt, den Raum einfach zu verlassen und stattdessen zu Hause den Rechner aufzuklappen? Jana hatte Angst vor der Entzauberung ihrer Traumvorstellung von dem Mann, den sie erst seit drei Tagen aus dem Netz kannte und mit dessen Bild im Kopf sie seither so sicher einschlief wie vorher mit ihren Hollywoodfilmen.

Als Michael das Café Balthazar betrat, sah er Jana sofort, obwohl sie sich in die hinterste Ecke gesetzt hatte. Ohne zu zögern, ging er auf sie zu, Jana erhob sich umständlich und ungeschickt, stolperte ihm direkt in die Arme – dunkelrot. Michael fing sie auf und hielt sie galant fest. Nicht zu fest. Dann sah er ihr in die Augen: »Hallo, Jana.« Es war wie im Film. Von diesem Moment an glaubte sie felsenfest an das Schicksal, ihr Schicksal, das Schicksal der ersten Liebe. Michael bestellte Rotwein, Jana einen Tee. Michael war ein sehr körperlicher Mann, er ging einfach über Janas Unsicherheit hinweg, als würde er sie nicht einmal bemerken. Immer wieder nahm er ihre Hand, legte seine auf ihr Knie, saß ganz dicht neben ihr auf dem altmodischen Plüschsofa des Cafés. Jana sog seinen Geruch ein, er roch verheißungsvoll männlich, und ihr ganzer Körper vibrierte innerlich. Trotz ihrer Schüchternheit und Nervosität schaffte es Jana, das Gespräch nicht abebben zu lassen. Sie sprachen über Architektur, Janas Job, Kunst, Politik, und er erzählte erstaunlich offen davon, wie oft er von Frauen schon enttäuscht worden war. Gebannt lauschte sie seinen Geschichten und bemitleidete ihn dafür, dass seine Noch-Ehefrau Nadine ihn finanziell ausnahm und versuchte ihm seinen Sohn Mick zu entziehen. Nadine hatte es sogar fast geschafft, seinen Glauben an die Liebe zu zerstören: »Aber ich habe mich irgendwann einfach entschieden, dass ich mich nicht unterkriegen lasse von so einer manipulativen Person«, schloss Michael die Geschichte seiner unglücklichen Ehe ab. Dann bezahlte er die Rechnung und brachte Jana bis vor ihre Haustür. Als er unterwegs seinen Arm um ihre Schultern legte, traute sie sich kaum zu atmen, so sehr genoss sie den Moment. Seine weichen Lippen drückte er ihr zum Abschied auf den Mund: »Ich möchte dich unbedingt bald wiedersehen«, sagte er und sah ihr tief in die Augen. Es schien Jana, als könnte Michael alleine mit seinem Blick Geheimnisse ihrer Seele erkunden, die nicht einmal sie selbst kannte. Das war unheimlich – unheimlich schön.

Drei Monate später zog Michael bei Jana ein. Viele Möbel brachte er nicht mit. Lediglich einen wunderschönen schwarz-silbernen Schreibtisch, dazu zwei Freischwinger in den gleichen Farben, ein silbergerahmtes

Schwarz-Weiß-Foto seiner Eltern bei deren Hochzeit und eine Wandgarderobe aus bunten Kugeln. »Alles andere habe ich meiner Frau überlassen«, erklärte er Jana, während er einen Müllsack mit seinen Kleidern ins Schlafzimmer trug. Jana sortierte seine Sachen in die extra freigeräumte Seite ihres Wandschranks. Michaels Habseligkeiten fügten sich nahtlos in ihre spärlich möblierte Wohnung. Ihre bunten Kissen hatte Jana schon nach dem ersten Treffen in den Keller gebracht, genau wie ihre kindlichen Schlafanzüge und einige weitere kitschig-verspielte Accessoires. In ihrer Wohnung herrschte nun ein neues Flair, das die Anwesenheit eines Mannes vermittelte: Im Badezimmer standen Michaels Rasierutensilien, Parfum, Männershampoo, die Handtücher waren nicht mehr rosa, sondern grau, an der Garderobe hingen Jacketts und Mäntel, darunter standen seine teuren braunen und schwarzen Lederschuhe, die er am Wochenende konzentriert auf Hochglanz polierte. Janas Gästezimmer – in dem vorher nur ein wackeliges Ikea-Bett und ein kleines Regal gestanden hatten – wurde zum Kinderzimmer umfunktioniert. Sie kaufte mit Rennautos und Flugzeugen bedruckte Bettwäsche, füllte das Regal mit Kinderbüchern, Malzeug und ihren alten Gesellschaftsspielen; sogar eine Kiste mit Lego und einen CD-Spieler samt Kinderhörspielen besorgte sie vor dem ersten Treffen mit Mick. Jana gefiel, dass Michael ihr nun sagte, was sie wie tun sollte. Es fühlte sich richtig an. Sie würde eine gute Frau sein, ihn nicht enttäuschen. Die Ordnung in der Wohnung erfolgte nach seinen strikten Anweisungen, die Wahl des Abendessens diktierte er Jana am Telefon, er wählte das Fernsehprogramm aus, plante die Wochenenden. Jana störte das nicht, sie genoss es, von Michael Aufträge und Einkaufslisten in Empfang zu nehmen. An der Miete beteiligte sich Michael vorerst nicht, dafür wollte er die Strom- und Telefonrechnung und die GEZ-Gebühren übernehmen. »Sobald ich geschieden bin und Mick öfter bei uns ist, habe ich auch wieder mehr Geld, und dann zahle ich einfach die gesamte Miete.«

Wenn Jana jetzt nach Hause kam, interessierten sie E-Mails, Facebook, Instagram nicht mehr, auch romantische Filme waren ihr vollkommen unwichtig geworden. Michael und sie aßen zusammen Abendbrot, luden auch mal Freunde ein, sie gingen ins Kino oder auf Vernissagen. Janas Umzug nach Leverkusen hatte einen Sinn bekommen. Und mehr noch: Sie führte endlich das Leben an der Seite eines Mannes, wie sie es sich schöner nicht hätte vorstellen können. Es war alles so, wie sie es sich gewünscht hatte. Jana lebte nun in ihrem eigenen Film. Sie war von einem Tag auf den anderen aus der sozialen Unsichtbarkeit aufgetaucht. An Michaels Seite wurde sie als Frau wahrgenommen. Sie begann sich zu schminken, trug Schuhe mit Absatz, ihre Haare meistens offen und Blusen mit Ausschnitt. Für Jana fühlte es sich an, als würde sie Michaels Liebe wie eine unsichtbare, eigens für sie geschmiedete Kette um den Hals tragen.

Im Bett benahm sich Michael merkwürdig. Zu Beginn ihrer Beziehung fand es Jana noch schön, dass sie ihn stundenlang streicheln musste, er sie dabei aber nicht berührte, sondern sie ganz in Ruhe fasziniert seinen drahtigen Körper erkunden konnte. Michael zeigte ihr wortlos präzise, was sie mit ihren Händen machen sollte, bei ihm und später auch bei sich selbst. Rücken an Rücken liegend schliefen sie dann ein. Am Morgen drehte er sich zu ihr um, sie hatten dann kurzen, schnellen Sex. Der Akt an sich glich eher der Erfüllung einer Pflicht. Nie zog er Jana ihren BH aus.

Michaels dreijähriger Sohn Mick, der jedes zweite Wochenende von Donnerstag bis Sonntag zu ihnen kam, tyrannisierte Jana. Er weigerte sich, irgendetwas zu essen, was Jana zubereitet hatte. Er wollte nicht eine Sekunde allein in seinem Zimmer verbringen. Eigentlich war er nur erträglich, wenn Zeichntrickfilme im Fernsehen liefen und es dazu Schokoladenpudding gab. Da Michael meistens donnerstags und freitags länger arbeiten musste, fiel Jana an diesen Tagen auch die Aufgabe zu, Mick um spätestens 17 Uhr aus dem Kindergarten abzuholen. Mitleidig beobachteten die Erzieherinnen sie dabei, wie sie mit größter Geduld versuchte, Mick seinen Anorak und seine Stiefel anzuziehen. »Ich will zu meiner Mama«, brüllte er oder: »Anna soll mich abholen, ich will zu Anna!« Jana

blieb ruhig, versuchte Mick mit Versprechungen zu be-
sänftigen. Nichts half.

Jana hätte zu gern mit Micks Mutter Nadine gesprochen, sie gefragt, warum der hübsche kleine Junge so wütend und wer Anna war. Aber das wollte Michael nicht.
Strikt hatte er jeglichen Kontakt zu der Mutter seines
Sohnes untersagt: »Sie ist eine grandiose Lügnerin und
würde dir nur wehtun, Schatz – wie mir.« Selbst wenn
Michael dann nach Hause kam, kümmerte er sich nicht
um seinen Sohn. »Du bist die Frau und willst mit mir
eine Familie gründen. Dann kannst du jetzt schon mal
üben«, sagte er. Seine Ansprüche und Erwartungen an
Jana wurden immer überzogener, er forderte beständig
Bewunderung und Lob von ihr. Und Jana war eine Frau,
die Verantwortung bis zur Überforderung übernahm, so
gern wollte sie Michael beweisen, dass sie auch für ihre
gemeinsamen Kinder eine gute Mutter sein würde. Mick
stellte sie auf eine harte Probe.

Als der Herbst kam, kaufte Jana für Mick ein Laufrad.
Sie übten damit im Park hinter dem Kindergarten. Mick
stürzte und schlug sich die Knie auf. Natürlich schrie er
sofort nach seiner Mutter. Am Abend zeigte sich Michael
mit seinem Sohn von seiner besten Seite. Er nahm ihn in
den Arm und erklärte Mick haargenau, wie die Haut wieder zusammenwachsen und heilen würde. »Sie wird wie
neu sein«, sagte er. Doch als Mick eingeschlafen war,
schubste Michael Jana brutal in die Küche: »Kannst du

nicht besser aufpassen? Wie unfähig bist du bitte?« Hart ruhte sein Blick auf ihr. »Ich esse heute nicht mit, ich treffe ein paar Kollegen.« Weg war er und Jana wieder einmal alleine mit Mick. Irgendwann in der Nacht kam Micheal zurück. Früh am Morgen, als der kleine verschlafene Mick mit seinem Kuschelhund und dem Schnuffeltuch zu ihnen unter die Decke geschlüpft kam, war alles vergessen. Mick kuschelte sich in Janas Bauchkuhle und schlief noch mal ein. Michael wärmte sie, mit seinem Rücken an ihrem Rücken. Für dieses Gefühl, diesen Moment der absoluten friedlichen Dreisamkeit wollte Jana alles geben. Doch am Frühstückstisch kippte an diesem Samstagmorgen die Stimmung. Mit sanfter Stimme versuchte Jana Michael klarzumachen, dass es sicher einfacher wäre, wenn er öfter da wäre, dass Zuverlässigkeit und Routine für Kinder hilfreich sein könnten: »Regelmäßigkeit und klare Regeln geben Mick vielleicht Sicherheit in diesem für ihn chaotischen Zustand.« Michael hörte ihr zu, schien aber nicht interessiert: »Es ist seine schlimme Mutter, die verwöhnt ihn zu sehr, und wir sollen das ausbügeln?« Jana nervten die ewigen Anspielungen und abschätzigen Bemerkungen über Micks Mutter Nadine, die sie nicht einmal kannte: »Und wennschon, dann lass es uns doch besser machen«, entgegnete sie zaghaft. Mit einem kräftigen Ruck setzte Michael seinen Stuhl zurück vom Küchentisch, der krachend umfiel. Ganz dicht stellte er sich vor die erschrockene Jana und baute sich bedrohlich vor ihr auf: »Einen Mann wie mich wirst du nie wieder abbekommen. Also belehre mich nicht. Du bist seit ein paar Monaten Teilzeit-Ersatzmutter und willst mir sagen, wie das geht?« Ohne ein weiteres Wort oder einen Blick zurück verließ er die Wohnung. Seine harten Schritte hallten im Treppenhaus, dann war es still. Jana blieb reglos sitzen, selbst Mick hatte der kurze, heftige Ausbruch seines Vaters verstummen lassen.

Erinnerungen stürmten auf Jana ein. Erlebnisse, von denen sie dachte, längst mit ihnen abgeschlossen zu haben. Sie sah das Gesicht ihres Vaters vor sich. Aschfahl vor Schmerz, als ihre Mutter ihm verkündete, dass sie sich in einen anderen verliebt hatte. Als Janas Mutter ihren Vater verließ, brach für den Mann, der immer gut für sie gesorgt hatte, eine Welt zusammen. Er sollte sich von diesem Schlag nie wieder erholen. Kurz nach der Scheidung begann er zu trinken. Er verlor beinah seinen gut bezahlten Job als Systementwickler bei einem Autokonzern. Jana blieb bei ihrem Vater, mit ihrer Mutter und deren neuem Mann – und später auch mit ihren neuen Halbgeschwistern – verbrachte sie nur hin und wieder mal einen Tag. Geburtstage, Weihnachten. Pflichterfüllungen. Mehr nicht. Im Alter von zehn Jahren nahm sich Jana vor, ihren eigenen Mann später nie so zu enttäuschen, ihn glücklich zu machen und als Mutter und Ehefrau niemals zu versagen. Bis vor wenigen Jahren hatte sie ihre Mutter immer noch dafür gehasst, dass diese ihren Vater verlassen und ihm damit seiner Fröhlichkeit, seines Humors und seiner Zuversichtlichkeit beraubt hatte.

Mick glotzte sie aus seinen schmollenden Kinderaugen an. »Papa kommt gleich wieder, er muss kurz noch mal zur Arbeit«, log Jana. »Soll ich dir noch etwas vorlesen?« »Nein, Papa soll das«, schrie Mick. Jana hätte zu gern geweint und sich im Bett hinter einem ihrer Hollywoodfilme verschanzt, aber das ging nicht. Mick brauchte ihre Aufmerksamkeit und verbrauchte ihre letzten Kraftreserven. Jana versuchte Michael anzurufen. Sein Telefon war ausgeschaltet. Permanent.

Es war nicht das erste Mal, dass er Jana und Mick sich selbst überließ und einfach verschwand. Bisher hatte er Jana jedoch immer gesagt, wo er war. Meistens musste Michael länger im Architekturbüro bleiben, oder er musste kurzfristig irgendwo in Deutschland eine Baustelle beaufsichtigen. Dieses Mal sagte er nichts. Blieb einfach weg, und das ausgerechnet in der Woche, in der Mick länger bei Jana und ihm bleiben sollte, da seine Mutter verreist war. Jana kämpfte gegen ihre Panik an und parallel gegen Micks Wutanfälle.

Am Montagnachmittag, als sie mit Mick vom Kindergarten zurückkam, fand Jana im Briefkasten einen Brief des Stromanbieters. Sie konnte es nicht fassen: Michael hatte nicht ein einziges Mal gezahlt. In einer Woche würde der Strom abgestellt werden, wenn nicht sofort die Rechnungen der letzten Monate beglichen würden. Wieder einmal versuchte sie Michael zu erreichen, sein Handy war weiterhin ausgeschaltet. Langsam kroch ein ungutes, ein sie zersetzendes Gefühl in ihr Herz und ihren Kopf. Mick saß friedlich vor dem Fernseher und löffelte Schokoladenpudding. In dieser Nacht durfte er bei Jana im Bett schlafen. Was sollte sie tun? Sie konnte doch nicht Mick eine Woche lang einfach bei sich behalten, ohne jeglichen Kontakt zu seinem Vater.

Am kommenden Morgen in der Kita erklärte sie der Erzieherin mit glühendem Gesicht, sie müsse dringend Micks Mutter Nadine erreichen, habe aber ihre Nummer verlegt. »Ich kann Frau Krüger gerne anrufen und ihre Nummer hinterlegen«, schlug die Erzieherin vor. Noch am selben Tag rief Nadine Jana an und erklärte ihr, sie würde ihren Sohn selbstverständlich sofort abholen und ihren Urlaub abbrechen. »Sollen wir uns vielleicht mal treffen?«, fragte Nadine am Ende des Telefonats. »Ja, sehr gerne«, entgegnete Jana. Am Donnerstagabend um 20 Uhr sollte sie zu ihr kommen. »Wir müssen mal reden«, hatte Nadine ernst gesagt, bevor sie auflegte. Als Jana Nadines Küche betrat, saß dort Mick auf dem Schoß einer weiteren Frau. Das war Anna. Auch Anna dachte, sie sei mit Michael liiert. Auch bei ihr hatte er einen Müllsack voller Anziehsachen, ein paar Möbel und immer mal wieder Mick untergebracht. Bei Anna hatte er sich allerdings nicht als Architekt, sondern als Versicherungsmakler ausgegeben. Und: Anna war von ihm schwanger. »Auch ich habe für Mick ein Kinderzimmer eingerichtet«, sagte sie. Jetzt würde es ein Zimmer für zwei Kinder werden. Janas Gesicht zerfiel, wurde vollkommen ausdruckslos. Wie Matsch. Der Verrat sickerte in jede Pore ihres Körpers, über die Haut ins Herz, biss sich dort fest.

Michael besaß eine extrem gute Menschenkenntnis und ein Gespür für Frauen, die einsam waren. »Nach der Geburt von Mick war Michael für ein ganzes Jahr spurlos verschwunden«, erzählte Nadine. Als er wieder auftauchte, war sie einfach nur froh, dass Mick wenigstens ab und zu einen Vater haben würde. »Was hätte ich denn machen sollen?«, fragte sie entschuldigend. Mick sei immer so glücklich gewesen, wenn sein Papa Zeit mit ihm verbrachte. »Und ich war froh, mal ein paar Stunden oder Tage für mich zu haben.« Für eine Scheidung fehlte Nadine schlicht das Geld. »Und wie soll man sich von einem Mann scheiden lassen, der nirgendwo gemeldet ist und der Panik hat, zu einem Anwalt zu gehen oder in einem Gericht aufzutauchen, weil er gesucht wird und einige Behörden gerne mit ihm sprechen würden?« Michael hatte seit der Geburt von Mick keine Alimente gezahlt, das übernahm die Unterhaltvorschusskasse. Schon gar nicht hatte er je Steuern gezahlt. Er hatte sich immer nur aushalten lassen und hin und wieder für dubiose Geschäfte größere Summen Bargeld erhalten. »Zuletzt hat er, glaube ich, mit Drogen gedealt.« Als Anna schwanger wurde, wollte sie endlich Micks Mutter Nadine kennenlernen, auch weil Michael in den letzten Monaten immer seltener bei Anna war und Mick auch nicht mehr jede zweite Woche von Donnerstag bis Sonntag zu ihr kam. Natürlich nicht. Da war er jetzt ja immer bei Jana. Während Jana in sich gekehrt einfach nur vor sich hin starrte, sprachen Anna und Nadine weiter. Sie redeten darüber, was für ein Hochstapler Michael doch sei, wie gekonnt er sie alle belogen und manipuliert hatte. »Manchmal denke ich, er glaubt an seine Lügen. Er ist aber einfach nur stinkfaul und scheitert an seinen eigenen Ansprüchen«, sagte Anna wütend. So ging es immer weiter. Nadine und Anna redeten sich in Rage. Sie waren anders als Jana. Sie hassten Michael, waren rachsüchtig und wütend. »Ich werde jetzt gehen«, sagte Jana mitten im Gespräch.

Oben im dritten Stock von Janas Haus waren alle Fenster dunkel – auch heute war Michael nicht zurückgekommen. Jana traf sich am folgenden Abend im Café Balthazar mit Svenja, sie tranken Tee. »Das Schlimmste ist doch, jemanden zu lieben, der nie aufhören wird, dich zu enttäuschen«, sagte Svenja. »Ich weiß, dass er mich belogen hat. Aber ich denke trotzdem immer noch: Lieber unglücklich verliebt als das verdammte Alleinsein«, entgegnete Jana. Nun hatte sie ihre eigene Erfahrung und Erinnerungen: »Ich habe das Schlimmste und Beste mit ihm gesehen. Da war beides.« Dann versagte ihre Stimme. Svenja traute sich nicht, Jana in den Arm zu nehmen, so zerbrechlich zart kam sie ihr vor. Sie nahm einfach nur

Janas kalte Hand ganz sanft in ihre. Schweigend. Svenja spürte, dass jedes Wort falsch wäre, jeder Satz unnötig. Zusammen schweigen zu können ist schwer. Sie konnten es. Dann musste Svenja gehen.

Alleine. Das war Jana jetzt wieder. Trunken von den Erinnerungen an Michael und Mick, die ihr ununterbrochen wahllos und ungefragt durch den Kopf schwirrten, lief sie nach Hause. Er hatte nichts mitgenommen, nicht seinen Schreibtisch, nicht seine Garderobe, nicht seine Klamotten und Schuhe und auch nicht seine Utensilien aus dem Badezimmer. Selbst seinen Sohn hatte er einfach so zurückgelassen. So stürmisch wie Michael in ihr Leben getreten war, verließ er es auch wieder. Von alles auf nichts. Kalter Entzug. Jana zitterte, ihr Körper bebte. Kein Medikament der Welt könnte den seelischen Schmerz, die Enttäuschung eindämmen. Dass er die Liebe ihres Lebens war, verstand sich von selbst, eine andere hatte es nie gegeben. Janas Zukunft würde jetzt also wieder so aussehen wie ihre Vergangenheit: jeden Abend alleine vor ihrem Laptop. Stundenlang Nachrichten durchstöbern, E-Mails wieder und wieder checken, auf Facebook und Instagram anderen bei ihrem Zusammenleben zusehen und es kommentieren, als würde sie daran teilhaben. Zum ersten Mal seit sie Michael kennengelernt hatte, loggte sie sich wieder auf dem Datingportal ein. Hundertvierundvierzig Männer warteten noch auf sie. Lautlos weinend scrollte sie sich durch die Akademiker, die angeblich alle zu ihr passen sollten, las Nachrichten. Bei keiner regte sich etwas. Jana spürte sich jetzt noch weniger als bisher an solch einsamen Abenden. Sie klappte ihren Computer zu. Auch der Fernseher schwieg. Hollywood hatte ausgedient. Ihre bunten Kissen hatte sie aus dem Keller hochgeholt und auf ihrem Bett verteilt – wie früher.

Desinteressiert legte Jana die Anziehsachen raus, die sie am nächsten Tag tragen würde, wählte einen Pullover, den Michael immer besonders an ihr mochte. Sie verharrte kurz. Jetzt hatte auch sie eine Erinnerung. Sie hatte geliebt. Sie hatte es geschafft. Ein gebrochenes Herz birgt viele Schätze, dachte sie. Vor allem die der Selbsterkenntnis. Jana zog sich bis auf den BH aus, ging ins Badezimmer, um sich die Zähne zu putzen, ihre Haare zu einem strengen Zopf zu flechten, ihr Gesicht sorgsam einzucremen. Während sie mechanisch ihr altes allabendliches, einsames Zubettgehprogramm absolvierte, blieb sie beim Blick in den Spiegel über dem Waschbecken an ihrem Gesicht hängen, an sich selbst, schaute sich einfach nur an. Sah, was sie sah, nicht auf die Art und Weise, wie sie sonst ihrem Spiegelbild entgegenblickte. Jana konzentrierte sich auf ihre Augen, darauf, was sie sagten. Ein paar Atemzüge lang gelang es ihr, sich von sich selbst lösen, und sie sah, wie klein und verletzlich sie sich durch ihre Liebe zu Michael und Mick gemacht hatte – zu einem fragilen Vogel aus Pergamentpapier. Ganz allein. Sie öffnete das erste Röhrchen. Klick.

Nachdem Jana zwei Tage hintereinander nicht zur Arbeit erschienen war und auf Anrufe nicht reagiert hatte, fuhren Svenja und Robert zu ihr nach Hause, klingelten Sturm. Ein Nachbar ließ sie ins Treppenhaus, und mit wachsender Panik stiegen sie in den dritten Stock, klopften sich an Janas Wohnungstür die Knöchel wund. Svenja rief Jana an und hörte aus dem Inneren der Wohnung ihren Klingelton: Que sera, sera, what ever will be, will be, the futures not ours to see, que sera, sera. Als die Polizei eintraf, konnten die betroffenen Beamten nur noch Janas Tod feststellen. Sie lag im Bett, die leeren Packungen Schlaftabletten und Valium auf dem Nachttisch, ihre Augen waren geschlossen, und sie lehnte mit angewinkelten Beinen mit dem Rücken an ihre alten bunten Kissen gekuschelt – nur mit ihrem BH bekleidet. Der Strich in ihrem Gesicht sah friedlich aus.

Bei Trennung Mord

Eine gefühlte Ewigkeit stand Sabiha nun schon vor der Polizeistation Abschnitt 31 in Berlin-Mitte. Das Licht über der Eingangstür flackerte und verstärkte ihre nervöse Anspannung. Sabiha wagte immer wieder ein paar Schritte auf die Tür zur Wache zu, streckte zaghaft ihre Hand Richtung Klingel aus. Würde jetzt doch jemand kommen. Eine Polizistin? Jemand, der sie fragte, ob sie Hilfe bräuchte. Niemand kam. Und Sabiha verließ der Mut. Das Bewusstsein, dass sie mit diesem einen Schritt, diesem einen Klingeln ihr ganzes Leben verändern würde, verstörte sie. Es war wie in einer wilden Strömung, wie in den Flüssen, in denen ich als Kind in der Türkei so gerne schwamm, dachte sie. Ich muss den Kopf über Wasser halten, sonst werde ich ertrinken. Ich muss nachdenken. Sehr gut überlegen und abwägen. Ihre Anspannung legte sich. Ein wenig.

Sabiha überquerte die Straße und lief in die schützende Dunkelheit des Weinbergparks. Unter einer Eiche machte sie es sich bequem, so gut es eben ging. Ihr Rucksack diente als Kopfkissen, ihre Jacke als Decke. Sie fühlte sich zum ersten Mal seit Monaten sicher. Allein in der Dunkelheit. Unter freiem Himmel, zwischen Büschen und Bäumen. Eine Flasche Wasser hatte sie dabei und viertausend Euro in bar, die sie in einem Gürtel eng um ihre Taille geschnürt trug. Morgen würde sie eine Entscheidung treffen. Klingeln. Den einen Schritt in ein neues Leben wagen. Sie hatte zwar Angst. Sehr viel Angst. Aber die Sehnsucht nach diesem neuen Leben überwog. Jetzt musste sie schlafen. Sabiha war am Ende ihrer Kräfte.

Onkel Ali hatte Sabiha zum ersten Mal auf einem Familienfest ihrer Eltern geküsst. Es war eines dieser typischen Sommerfeste in Sabihas Geburtsort in Ostanatolien unweit des Vansees. Frauen saßen am Brunnen und wuschen schwatzend ihre Wäsche; Schafe und Ziegen liefen über die Straßen. Kleine Jungs ritten auf Eseln, und alte Männer mit krummen Beinen trieben Viehherden vor sich her. Kinder spielten vergnügt in den staubigen Gassen. Meist mit selbst gebasteltem Spielzeug. Trotz Elektrizitätsleitungen und Satellitenschüsseln, die strahlend weiß in der Sonne glänzten, fühlte man sich in eine andere Zeit versetzt. Alles war langsamer, träger, karger. Tomaten, Melonen, Kartoffeln, Zuckerrüben und Oliven, viel mehr ließ sich der verdorrte Boden nicht abtrotzen. Die Arbeit auf den Feldern war hart. Der Geschmack des Geernteten dafür intensiver als alles, was Sabiha in Deutschland für viel Geld in Bioläden kaufte.

Die meisten Kinder aus dem Dorf Goründü trugen T-Shirts und Trainingsanzüge mit westlichen Aufdrucken und Schriftzügen von Firmen und Filmen, die sie nicht kannten. Schuhe brauchten die Kinder im Sommer nicht. Auch Sabiha und ihre zwei kleinen Schwestern Miray und Zehra genossen es, an den langen heißen Tagen stets barfuß durch die Straßen zu streunen. Ihre ersten acht Lebensjahre hatte Sabiha in Goründü verbracht. Es war eine glückliche Zeit. Die glücklichste in ihrem Leben. In Goründü flickten die Kinder ihre alten Fahrradreifen mit Sandpapier, stinkendem Gummikleber und Lösungsmittel. Immer und immer wieder wurden sie repariert. Ein Fahrrad zu besitzen erhöhte die Anerkennung unter den Kindern um ein Vielfaches. Gern trieben Sabiha und ihre Freunde auch mit ausrangierten Fischerbooten auf dem Vansee vor sich hin. Manchmal mussten sie den Eltern bei der Ernte helfen, sonst kümmerte sich kein Erwachsener um sie. Das Leben war frei und so angenehm leicht wie der warme Sand, der am Strand so schön zwischen den nackten Zehen hindurchrieselte.

Um ein Kopftuch ging es damals noch nicht. Sabiha war zu jung. Bevor ihre monatlichen Blutungen anfingen, das Unreinsein, lebte sie längst in Köln, und die Eltern waren nach dem Umzug sehr darauf bedacht, ihren Töchtern einen guten Start in die neue westliche Welt zu ermöglichen, statt sich an die Konvention aus der alten Heimat zu halten, nach der ein Mädchen ein Kopftuch zu tragen hatte, sobald sich die Brust anfing zu wölben und einige Härchen an der Scham zu sprießen begannen. Außer dieser einen Lockerung führte Vater Hussein ein absolut strenges Regime. Die unbefleckte Ehre der Familie war das höchste Gut.

Das ganze Jahr über arbeitete und lebte die Familie Çetin in Köln. In den Sommerferien fuhr sie, wenn genug Geld vorhanden war, zurück in die alte Heimat, in ihr kleines Haus in Goründü. Sabiha und ihre Schwestern Miray und Zehra fieberten dieser Zeit immer voller Vorfreude entgegen: keine Schule, keine streng überwachten Hausaufgaben, keine harten Ohrfeigen und kein abweisendes Schweigen der Eltern, wenn eine Note mal schlechter als eine Zwei war. In den Sommern in Goründü schien auch Papa Hussein wie ausgewechselt: Seine Härte wich einer Entspannung und einem Stolz. Im Dorf stieg sein Ansehen von Jahr zu Jahr. Er hatte es geschafft. Er arbeitete in Deutschland, und seine Kinder würden eine gute Ausbildung bekommen, es einmal besser haben. Dass er in Köln als türkischer Taxifahrer von seinen Gästen oft misstrauisch beäugt wurde, verschwieg er. Dass es immer öfter Anfeindungen gab erst recht. Deutschland war für ihn eine Möglichkeit aufzusteigen. Spätestens wenn er Rentner war, wollte er zurück und in der Heimat seinen Lebensabend verbringen. Hussein war gläubiger Muslim, und für ihn hatten Männer und Frauen unterschiedliche Aufgaben wahrzunehmen, und Frauen hatten sich bedingungslos unterzuordnen und zu gehorchen. Aber ein Extremist war er nicht. Nein. Er sah sich als einen Mann, der die islamischen Traditionen pflegte.

Als Sabiha achtzehn Jahre alt wurde, hatte sie zwei Monate zuvor ihr Abitur mit Bravour bestanden und sollte nun Jura studieren. Sabiha freute sich sehr, dass ihr Vater eine Ausbildung für sie vorgesehen hatte, die auch ihr gefiel. Zum Glück wollte er nicht mehr, dass sie Ärztin würde. Juristin. Vielleicht sogar Richterin. Sabiha schwor, alles zu geben. Höchstleistung zu bringen. Ihre Eltern mit ihrem Erfolg zu ehren. So zu funktionieren, wie man es von ihr erwartete, gehörte zu dieser Zeit noch zu einem festen Baustein in Sabihas Persönlichkeit. Einen anerkennenden Blick von ihrem Vater zu bekommen resultierte aus Leistung: beste Noten, tadelloses Benehmen, Mutter Ayşe im Haushalt zur Hand gehen. Keine Jungs. Keine Verabredungen. Keine Schminke. Partys oder Alkohol waren tabu. Sabiha und ihre Schwestern teilten sich ein kleines Zimmer in einem heruntergekommenen Neubau im rechtsrheinischen Stadtteil Mühlheim. Die verstaubten Jalousien blieben Tag und Nacht geschlossen. Eigene Interessen oder gar ein selbstbestimmtes Leben waren nicht vorgesehen für die Töchter von Vater Hussein. Abitur und Studium dienten lediglich dazu, später die Familie unterstützen zu können und einen guten türkischen

Mann zu finden. Sabiha war in den Jahren zuvor meist Klassenbeste. Dennoch wusste sie, dass sie mit den anderen Mädchen nicht mithalten konnte. Sie trugen bessere Kleidung, waren geschminkt, gingen schon mit fünfzehn Jahren regelmäßig zum Friseur. Allein dass Uhren an ihren Handgelenken glänzten und sie Handys besaßen, zeigte: Sie kamen nicht aus armen Familien. Sie mussten nicht permanent sparen, jeden Cent umdrehen.

Sabiha hasste ihre weiten unförmigen Röcke und die schrecklich bunten Blusen aus Polyester. »Dann könnten wir auch gleich ein Kopftuch tragen«, sagte sie zu ihren Schwestern. Oft spürte sie, wie mitleidige Blicke auf ihr ruhten. Wäre sie nicht so gut in sämtlichen Fächern gewesen und hätte sie nicht jeden ihre Hausaufgaben in den Pausen abschreiben lassen, hätten ihre Mitschüler das stille Mädchen grausam gemobbt. Oft fühlte sich Sabiha vollkommen alleingelassen. Ihre Eltern sprachen selbst nach neun Jahren in Köln gerade so viel Deutsch, wie sie im Berufsleben brauchten. Sie schämte sich dafür. Zu Elternabenden gingen ihre Eltern nie. Dort hätten auch sie sich für ihre mangelnden Sprachkenntnisse geschämt.

Immer wieder fragte sich Sabiha, woher sie ihr Talent hatte: Obwohl Sabiha erst mit acht Jahren ihr erstes deutsches Wort vernahm, sprach und schrieb sie schon ein Jahr später perfektes Deutsch. Manchmal beobachtete sie ihre Geschwister und stellte die offensichtlichen optischen

Unterschiede fest. Gehörte sie wirklich dazu? Zu dieser
Familie? Zu gern stellte sich Sabiha vor, wie sie sich zwei-
teilen würde: Ein Ich wäre weiterhin die gute gehorsame
Tochter. Das andere Ich könnte ohne ein schlechtes Gewissen ein modernes deutsches Mädchen sein. Hussein
liebte seine drei Töchter, das verwöhnte Nesthäkchen der
Familie war allerdings sein Sohn Hamid. Nach drei Mädchen war er der Stolz, der Segen, das Glück, die Erlösung.
Eigentlich hatte Mama Ayşe kein weiteres Kind mehr ge-
wollt. Aber Hussein hatte darauf bestanden und recht behalten: Endlich ein Sohn. Der Stammhalter. Dem knapp
zweijährigen Hamid zu Ehren wurde auch das Fest gegeben, an dem Onkel Ali Sabiha zum ersten Mal küsste.
Hamid sollte den vielen Verwandten und Freunden endlich präsentiert werden.

Die Luft im Garten in Goründü war durchdrungen
vom Geruch gerösteter Zucchinis, frisch gebackenen Fla-
denbrots und würzigen Lammfleischs. Rauchschwaden
zogen in den Nachthimmel. Aus einem alten Radio er-
klang orientalische Zithermusik, die sich mit den ange-
regten Gesprächen der zahlreichen Gäste mischte. Fast
die gesamte Dorfgemeinschaft war gekommen, um der
Familie zur Geburt des ersten Sohnes zu gratulieren. Stolz
hielt Mama Ayşe ihren Hamid hoch und zeigte ihn herum. Dabei sah sie mit ihren tiefen Furchen im Gesicht
und den sorgenvollen Augen eher aus wie die Großmutter des kleinen Jungen. Die Geburt von vier Kindern und

das Leben als Arbeiterin in einer Kölner Kabelfabrik hatten ihre Spuren hinterlassen. Aber an diesem Abend strahlte sie. Sabiha ließ ihren Blick durch den Garten schweifen. Sie kannte jeden noch so abgelegenen Winkel darin. Sie ging hinüber zu der kleinen von Pflanzen bewucherten, mit giftgrünem Wasser gefüllten und von Fröschen besiedelten Badewanne. Wie gern hatte sie als kleines Mädchen darin geplanscht. Mit der Hand fuhr sie durch das angenehm kühle Wasser. »Hier fühle ich mich fast zu Hause«, sagte sie zu sich.

Ali war der beste Freund von Vater Hussein. Sabiha und ihre Schwestern nannten ihn so lange sie denken konnten Onkel Ali. Schon immer mochte Sabiha Onkel Ali sehr. Sie fühlte so etwas wie eine kindliche Schwärmerei für den attraktiven Mann, der als Jurist in Frankfurt zum Millionär geworden war. Aber in diesem Sommer war es anders. Sabihas Herz schlug nun schon wie das einer Frau, und Ali schien ähnlich zu empfinden. Sabiha durfte heimlich einen kleinen Schluck Wein aus seinem Glas probieren, und sie genoss das leichte Schwindelgefühl, welches sich danach einstellte. Beim traditionellen Kreistanz Halay beobachtete Ali sie, und später beim Zeybek berührte er ihren Po. Sabiha wurde noch schwindeliger. Sie schaute Ali ehrfurchtsvoll in die Augen, um zu ergründen, was die Berührung zu bedeuten habe. Ali schaute zurück und lächelte. »Du bist schön, eine richtige Frau bist du geworden«, raunte er ihr ins Ohr. Sabiha schlug errötend die Augen nieder.

Ja, Sabihas Aussehen war etwas Besonderes. Ihre Augen glühten nicht wie die dunklen Augen ihrer drei Geschwister, nein, sie waren hell. Wie Bernstein funkelten sie. »Wie die aufgehende Sonne, mein Kind«, hatte Oma Bekis stets gesagt. Ansonsten erinnerte Sabiha an Schneewittchen: ihre Haare und die von Natur aus geschwungenen, halbmondförmigen Augenbrauen waren schwarz, ihre Haut schimmerte marmorweiß, und ihre Lippen leuchteten so rot, als würde sie Lippenstift tragen – was sie natürlich nie tat.

Es war gegen Mitternacht, der Mond tauchte den Garten in ein silbriges Licht und verwandelte ihn in einen verwunschenen Ort voller Schatten und nächtlichem Zauber. Ein leichter Wind in den Bäumen ließ die Blätter rascheln. Für Sabiha klang es, als würden die Pflanzen miteinander kommunizieren. Die meisten Gäste waren bereits gegangen, Sabihas Mutter und die beiden kleinen Schwestern mit dem Abwasch beschäftigt. Vater Hussein war mit einigen Freunden ins Dorf zum Shisha-Rauchen verschwunden. Sabiha lauschte den Geräuschen der Nacht und betrachtete den Sternenhimmel. Ali setzte sich zu ihr auf eine Bank im hinteren Teil des Gartens. Kaum saß er neben ihr, wanderte seine Hand an der Innenseite ihrer Schenkel hinauf. Er küsste sie sanft. Sabiha erstarrte. Bebte. Noch nie hatte ein Mann sie so berührt oder auf den Mund geküsst.

Ihr Herz pochte so laut, sie glaubte, man könne es bis ins Dorf zu Vater Hussein hören. »Du kommst nach den Ferien zu mir in die Kanzlei nach Frankfurt und machst dort ein Praktikum«, sprach Ali schwer atmend. Das sei mit Vater Hussein so entschieden. Er blickte sie erneut durchdringend an. Verwirrt ließ er Sabiha dann zurück. Auch er wollte im Dorf noch eine Wasserpfeife rauchen.

Sabiha fühlte sich geschmeichelt. Ihre Arglosigkeit in Bezug auf Männer ließ sie Alis sexuelle Anspielungen falsch deuten. Zwar hatte sie Jungen im Umgang mit Mädchen an der Schule beobachtet, sich aber immer ferngehalten. Zu Onkel Ali empfand sie tiefes Vertrauen. Schließlich war er nicht nur bei ihren Eltern hoch angesehen. Auch in ihrem Heimatort Goründü und sogar in Istanbul küsste man voller Respekt seine Hand und erwies dem angesehenen Juristen, der sich auf Handelsrecht zwischen Deutschland und der Türkei spezialisiert hatte, größte Hochachtung. Gerüchte darüber, Ali kenne sich auch bestens in mafiösen Strukturen seines Heimatlandes aus, ließen diese Ehrfurcht nur noch größer werden.

Sabiha lief plötzlich ein Freudenschauer über den Rücken. Es kam ihr wie eine viel zu große Anerkennung vor, bei Ali in der Kanzlei in Frankfurt ein Praktikum machen zu dürfen. Das Schicksal schien unendlich viel Glück für sie bereitzuhalten. Sie rannte ins Haus. Ihre Schwestern würden große Augen machen, wenn sie die Neuigkeit erführen: ein Praktikum in Frankfurt. Dass dies der letzte friedliche Sommer werden würde, den Sabiha im heimischen Garten erlebte, auf diesen Gedanken wäre sie zu diesem Zeitpunkt nie gekommen.

Die nächsten Wochen vergingen wie im Flug. Sabiha und ihre Schwestern kümmerten sich gemeinsam mit Mama Ayşe um den Garten, sie aßen abends draußen, und Papa Hussein schlug sie kein einziges Mal. Nur mit an den Vansee durfte Sabiha nicht mehr. »Das schickt sich nicht für eine erwachsene Frau. Ich will kein Gerede im Dorf«, sagte Vater Hussein. Stattdessen lag Sabiha in ihrem Zimmer, beobachtete den Ventilator und stellte sich ihr zukünftiges Leben in Frankfurt und später an der Uni vor. Das zweite Ich schien zum Greifen nah.

Dann brachen sie auf. Flogen zurück nach Köln. Das kleine Haus wurde verrammelt und bis zum nächsten Jahr allein gelassen. Um den Garten kümmerten sich zwei Tanten. Papa Hussein würde Sabiha nach ihrer Ankunft direkt zu Onkel Ali nach Frankfurt fahren und die Praktikumszeit besprechen. »Auch wenn du nicht mehr bei uns zu Hause wohnst, gelten dieselben Regeln«, sagte er zu seiner Ältesten. »Du wirst auf Ali hören, als wäre er dein Vater. Du kennst das alte Sprichwort: Achtung verbindet, Verachtung trennt. Also: Folge ihm achtsam, und er wird dir sehr viel beibringen. Es ist eine große Ehre, dass er dich bei sich aufnimmt.« Sabiha nickte. Ihre Schwestern umarmten sie voller Stolz und auch ein wenig Neid. Es war das letzte Mal, dass sie sich sahen.

Auf der Fahrt von Köln nach Frankfurt schwiegen Hussein und Sabiha fast die ganze Zeit. Konzentriert fuhr ihr Vater in seinem alten Mercedes-Taxi über die Autobahn. Ein türkischer Radiosender lief, und ab und zu summte Hussein eine Melodie mit. Sabiha war aufgeregt. Fast wie damals, als sie nach Deutschland auswanderten. Außer Köln und einen Tag Berlin hatte sie noch keine andere Stadt in Deutschland gesehen. Auf die zahlreichen Klassenreisen durfte sie nie mit. Einmal waren ihre Mitschüler sogar nach London geflogen. Für die Reise hatten ihre Eltern kein Geld, und Almosen vom Staat wollte Vater Hussein nicht annehmen. Also musste Sabiha auch diese Tage wieder in einer anderen Klasse verbringen. Sie schaffte auch das. Eine ihrer besten Eigenschaften war, dass sie sich schnell an Situationen und Anforderungen anpassen konnte, ohne dass es sie anstrengte. Einfach so.

In Frankfurt trafen sich Vater Hussein und Sabiha mit Onkel Ali in einem türkischen Café unweit seiner Kanzlei. Hussein küsste Alis Hand und führte sie danach zur Stirn. Sabiha wiederholte die Geste der Hochachtung. Merkwürdigerweise schien es ihr, als ob Ali nervös sei. Hussein bestellte süßen Tee und Mohnkuchen für alle drei und bestand darauf zu bezahlen. Wortlos saß Sabiha mit am Tisch und hörte aufmerksam zu.

»Ali, wir kennen uns nun schon seit vierzig Jahren. Ich vertraue dir meine älteste Tochter Sabiha an. Sie wird dir folgen, als wärst du ihr Vater, und ich erwarte jeden Abend einen Bericht von euch.«

»Hussein, ich bin froh, diese ehrenvolle Aufgabe zu übernehmen. Sabiha wird es an nichts fehlen, und ich werde dafür Sorge tragen, dass sie viel bei mir lernt und sich um einen Studienplatz bewirbt.«

Als Hussein sich nach einer guten Stunde wieder auf den Heimweg nach Köln machte, erstarrte Sabiha. Sie war noch nie ohne ihre Familie in einer fremden Umgebung gewesen. Ali redete sanft auf sie ein: »Sabiha, mein Kind, du wirst dich sicher sehr wohlfühlen.« Er strich ihr über den Kopf, nahm ihren kleinen Koffer und deutete mit einer strengen Handbewegung an, dass sie losgehen solle. Vor dem Café wartete bereits ein junger Mann, der Alis Wagen vorgefahren hatte. Sabiha machte große Augen: In so einem schicken Auto war sie noch nie mitgefahren. Das Penthouse in einem Luxusneubau im Europaviertel übertraf ebenfalls alle ihre Vorstellungen. Es gab einen Pförtner in der marmorgetäfelten Eingangshalle und einen taghell beleuchteten Fahrstuhl, der so leise surrte auf seinem Weg nach oben, als würde er sich gar nicht bewegen. Am liebsten hätte Sabiha sofort ihren Schwestern davon berichtet. Aber es war abgemacht, dass Vater Hussein abends anrufen würde. Meine Familie muss jetzt die Vorwahl von Frankfurt wählen, um mich zu erreichen, schoss es ihr auf dem Weg nach oben durch den Kopf. Sie kam sich sehr erwachsen vor.

Oben angekommen, begrüßte Alis Haushälterin Umay Sabiha überschwänglich. Die alte Dame arbeitete und wohnte schon seit über zwanzig Jahren bei Ali und nahm sie innig in den Arm. »Herzlich willkommen«, sagte Umay. »Ich habe dein Zimmer bereits vorbereitet.« Es war das schönste Zimmer, das Sabiha je gesehen hatte. Ein kleines Bett stand in einer Ecke, eine große Leuchte daneben. Ein Schreibtisch und ein schöner alter Holzschrank verziert mit Ornamenten. Die Wände waren schneeweiß, und es gab sogar richtige schwere Vorhänge, keine billigen Jalousien. Aus ihrem Fenster sah sie den Main, der unten ruhig vor sich hin strömte. So viel Glück auf einmal! Sabiha schloss die Augen und dankte Allah. Er musste sie wohl sehr, sehr lieb haben.

Die ersten Wochen schien alles gut zu laufen. Die Abende verbrachte sie mit Umay, die eine hervorragende Köchin war und Sabiha ganz nebenbei noch Tischmanieren beibrachte. »Kind, sitz gerade. Sonst bekommst du einen krummen Rücken«, pflegte sie zu sagen. Oder: »Ellenbogen gehören nicht auf den Tisch.« Sabiha lernte. Passte sich an. Wieder fiel es ihr leicht. An den ersten Abenden musste sie sich lediglich daran gewöhnen, von Umay bedient zu werden, statt aufzuspringen und ihr zur Hand zu gehen. »Bleib sitzen«, so Umay streng mit einem Schmunzeln. »Du bist hier nicht mehr bei deinen Eltern.«

Auch in der Kanzlei fügte sich Sabiha ein, als hätte sie nie etwas anderes gemacht. Zuallererst wurde ihr erklärt, wie der Computer funktioniert. Bisher war Sabiha lediglich ab und zu mit ihren Schwestern in einem türkischen Internetcafé gewesen und wusste nur, wie man E-Mails verschickt. Nun musste sie Gerichtstermine und Meetings mit Klienten in das Kalendersystem eintragen. Auch Akten durfte sich die anfangs schüchterne Praktikantin ansehen, und Ali hatte ihr Bücher zur Vorbereitung auf das Studium geschenkt. Alle Angestellten waren höflich und zuvorkommend. Schließlich stand Sabiha unter dem persönlichen Schutz des Chefs. Sabiha genoss ihren Aufenthalt in Frankfurt mehr und mehr; ihr anfängliches Heimweh verflog, und ihr Selbstbewusstsein wuchs.

In Onkel Alis Welt schien es sich nicht auszuschließen, eine gute türkische Tochter zu sein und dennoch ein modernes westliches Leben zu führen. Zu gern beobachtete Sabiha die schicken Anwaltsgehilfinnen und Sekretärinnen: die langen roten Fingernägel, die glitzernden Ringe an ihren gepflegten Händen, der Sitz ihrer engen Hosen und Blazer, die Röcke, die nur eine knappe Handbreit über den Knien endeten. Besonders gefiel Sabiha ihr ungezwungenes und doch respektvolles Benehmen. Wie ein leeres Gefäß absorbierte sie das Verhalten der Kolleginnen: Bewegungen, Redewendungen, Blicke, den Umgang mit Klienten. Sogar ihre Stimme wurde mit jedem Tag ein wenig kräftiger. Nur wenn Onkel Ali wütend war, herrschte eine angespannte Stimmung im Büro. Man fürchtete ihn. Ali konnte sehr zornig und aufbrausend werden. Wenn er begann, in der Kanzlei auf und ab zu laufen und Suren aus dem heiligen Koran zu zitieren, zitterten seine Angestellten. Wehe, jemand kam ihm dann in die Quere oder konnte eine Frage nicht klar und schnell beantworten. Auch das registrierte Sabiha, nichtsdestotrotz verliebte sie sich in Ali. Eine ganz unschuldige Teenagerliebe. So hell wie ihr Teint, so rein war ihre Seele. Schon morgens, wenn sie im Gästezimmer seines Penthouses erwachte, pochte ihr Herz. Wie andere Mädchen ihres Alters Popstars oder Schauspieler bewunderten, so schwärmte sie für ihren mächtigen Onkel.

Langsam tauchte sie ein wenig auf aus dem strengen Eingesperrtsein ihrer Familie. Wurde lockerer, lachte leise mit den Kollegen und traute sich sogar, zum gemeinsamen Mittagessen die Kanzlei zu verlassen. Das Geld dafür steckte ihr Umay morgens zwinkernd zu. In ihren billigen Kleidern kam sich Sabiha schäbig vor. Wieder konnte sie nicht mithalten. Aber im Gegensatz zur Schulzeit wurde sie hier nicht mitleidig beäugt. Ihr wurden sogar Komplimente gemacht. Wie ebenmäßig ihre Haut sei und wie bemerkenswert ihre Augen. Zu gern hätte Sabiha ihren Vater gebeten, ihr etwas Geld zu schicken, damit sie sich ein Kostüm oder einen Hosenanzug kaufen könnte. Aber sie wagte es nicht. Sie kannte die Antwort: »Du bist dort, um zu lernen, und nicht, um Männern zu gefallen. Eitelkeit ist eine Sünde. Du willst doch keine Hure sein.«

Danach hätte er sie zu Hause in Köln mit einem harten Schlag ins Gesicht ohne Essen ins Bett geschickt. Sabiha spürte immer öfter, wie Onkel Ali sie eingehend musterte. Was er sah, schien ihm zu gefallen. Denn er lächelte dann, und Sabiha lächelte auch. Mit gesenktem Blick. Es machte sie unendlich glücklich.

Drei Wochen nach dem Beginn ihres Praktikums kam Ali zu ihr an den kleinen Tisch im Eingangsbereich der Kanzlei. »Wir müssen dir etwas zum Anziehen besorgen. Ich möchte dich morgen mit zu einem Abendessen mit Freunden nehmen«, sagte er. Sabiha errötete: »Ich habe kein Geld.«

»Es wäre mir eine Freude, dir etwas zu schenken. Du machst deine Arbeit hier sehr gut und hast eine Belohnung verdient.« In der Mittagspause ging Sabiha mit der jungen Sekretärin Nehir in eine Boutique. Mit gekonntem Blick kleideten Nehir und die Verkäuferin Sabiha ein und trauten ihren Augen nicht: In einem engen schwarzen Cocktailkleid und mit Pumps kamen Sabihas schlanke Taille, ihr wohlgeformter Busen und ihre langen Beine zum Vorschein. Sabiha wagte erst nicht, in den Spiegel zu schauen. Die Worte ihres Vaters hallten wieder und wieder in ihren Ohren. Stets hatte er betont, wie wenig weiblich sie sei. Zu groß und zu mager für eine richtige türkische Frau. Außerdem schickte es sich nicht, solche Kleider zu tragen. »Du bist ein anderer Mensch«, sagte Nehir hingegen jetzt begeistert und klatschte vor Freude in die

Hände. »Morgen werde ich dich noch ein wenig schminken und deine Haare hochstecken.« Scheu wagte Sabiha einen Blick zu ihrem Spiegelbild – ja, sie war in diesem Moment eine andere. Sie war das zweite Ich, das moderne westliche Mädchen. Die Sabiha, die sie so gern sein wollte. Vor lauter Nervosität schlief Sabiha in dieser Nacht keine Sekunde. Immer und immer wieder stellte sie sich vor, wie es sein würde, in dem schönen Kleid wie eine richtige Frau an Onkel Alis Seite zu sitzen, in einem feinen Restaurant. Im Kopf ging sie wieder und wieder Umays Benimmregeln durch. Sie hatte sie verinnerlicht und würde sie perfekt umsetzen. Einfach so.

Der Abend bei einem kleinen exklusiven Italiener lief perfekt. Jedenfalls dachte Sabiha das. Sie hatte alle Regeln befolgt: keine Ellbogen auf dem Tisch, sie saß kerzengerade, mit gesenktem Blick, antwortete nur, wenn sie direkt angesprochen wurde. Den Wein, den Ali ihr anbot, lehnte sie mit dezentem Kopfschütteln ab. Dann fuhr Alis Chauffeur sie nach Hause. Allein. Der Rest der Gesellschaft blieb noch. Erfüllt von den Eindrücken legte Sabiha sich ins Bett.

Ali klopfte nicht, als er vier Stunden später kam. Er ging einfach durch die Tür direkt zu ihrem Bett. Er hob die Decke hoch, murmelte, es sei alles gut, und drehte sie auf den Rücken. Es dauerte nur wenige Minuten. Dann zog er sanft die Decke wieder über ihren Körper und schloss behutsam die Tür von außen. Sabiha schluchzte.

Leise. Gebrochen. Verkehrt in jeder ihrer Welten. Die gute, folgsame Tochter starb in diesem Augenblick. Es würde sie nie wieder geben.

Am nächsten Morgen saß Sabiha vor Umay am Frühstückstisch und plauderte betont unbefangen darüber, wie schön ihr erster Abend in einem richtigen Kleid und in einem richtigen Restaurant gewesen sei. Umay registrierte sehr wohl das leichte Zittern in ihrer Stimme. »Du begreifst sehr schnell, zu schnell«, sagte sie besorgt. In der Kanzlei lächelte Sabiha nicht mehr, wenn Ali sie musterte. Sie wurde wieder stiller, in sich gekehrter.

Ali war klar, dass Sabiha aufgrund ihrer kulturellen, religiösen und familiären Prägung durch die Entjungferung von nun an von ihm abhängig war. So stellte er es sich vor. So hatte er es geplant. So sollte es sein. Nun besaß er sie. »Sobald du etwas älter bist, werde ich bei Hussein um deine Hand anhalten«, versprach Ali in der zweiten Nacht. Sabiha glaubte ihm. Sie hoffte auf ein gutes Ende, eines, in dem sie nicht Schande über ihre Familie bringen würde.

Es folgten weitere opulente Abendessen mit Alis Freunden und Geschäftspartnern. Ali kam nun regelmäßig in ihr Zimmer. Sabiha wehrte sich nie. Das anschließende Weinen legte sich nach und nach, die Schuldgefühle blieben – begleiteten sie von nun an wie ein zweiter Schatten. Später würde Sabiha sagen, dass sie vergewaltigt wurde, aber auch, dass sie die Geschenke und den Luxus, den ihr

Ali so plötzlich ermöglichte, zu schätzen wusste, geradezu gierig aufnahm. Sie wusste, dass sie sich kaufen ließ, dass sie log und damit Verrat an ihrem Vater beging. So ehrlich blieb sie sich selbst gegenüber. Bei den immer seltener stattfindenden abendlichen Telefonaten mit Papa Hussein wurde lediglich über die Kanzlei gesprochen und darüber, wann Sabiha mit ihrem Jurastudium anfangen würde. Papa Hussein wusste auch nach drei Monaten von nichts. Niemals hätte er eine intime Beziehung vor der Eheschließung zugelassen – auch nicht mit seinem besten Freund. Hussein war so sehr mit dem Glück des späten Sohnes beschäftigt, dass er gar nicht bemerkte, wie sich seine älteste und einst liebste Tochter immer weiter von ihm entfernte. Zudem eskalierte in Köln die Situation zwischen ihm und Sabihas jüngeren Schwestern. Die beiden waren nicht so schnell und anpassungsfähig und auch nicht so begabt wie Sabiha. Miray und Zehra trafen Jungs, kamen spät nach Hause, und ihre Noten wurden immer schlechter. Erst gab es Schläge und Gebrüll, dann wurden sie eingesperrt. Schlussendlich zog Hussein die für ihn einzige logische Konsequenz: Sie wurden verheiratet.

Völlig aufgelöst riefen sie heimlich Sabiha an. Sie hörte zu, gab Ratschläge, wusste aber: Es war zu spät. Hussein hatte eine Entscheidung getroffen. Miray und Zehra zogen mit kaum siebzehn und sechzehn Jahren zurück in die Türkei. Ihre Ehemänner kamen aus anständigen Familien in der Nähe von Goründü. Sie würden so leben wie einst ihre Großmütter: Kinder gebären, hart auf den Feldern arbeiten, sich unterordnen. Aber auch ein Zuhause am Vansee haben und eine Familie. Sabiha verspürte Neid.

Einen Monat später erhielt sie die Zusage für einen Studienplatz an der Humboldt-Universität in Berlin. »Eine meiner Töchter wird immerhin der Familie Ansehen und Ehre bringen«, sagte Hussein voller Stolz. Er habe es schon jedem Verwandten und Bekannten erzählt. Sabiha schluckte am anderen Ende der Telefonleitung. Sie fühlte sich wie eine Verräterin, spürte Verzweiflung und Verlorenheit. Reden konnte sie mit niemandem. »Jeder ist für seine Sünden selbst verantwortlich«, so hatte es Vater Hussein seinen Töchtern immer eingebläut. Sabiha begriff nun, was das bedeutete. Der Studienplatz erschien ihr wie ein letzter Hoffnungsschimmer. Sie würde alles geben, lernen, die Beste sein. Wieder eine Chance. Vielleicht könnte sie Onkel Ali dann davon überzeugen, sie zu heiraten. Dann wäre wieder alles gut. Dann könnte sie zurückkehren zu ihrem ersten Ich, der guten, folgsamen Tochter. Ihrem Vater könnte sie wieder in die Augen sehen, würde der Familie keine Schande bringen.

Um ein Zimmer in Berlin brauchte Sabiha sich nicht zu kümmern. Ali bot ihr an, in seine Eigentumswohnung am Viktoria-Luise-Platz in Schöneberg zu ziehen. Was sollte sie tun? Sie nahm den Vorschlag dankbar an. Ali würde sie jedes zweite Wochenende besuchen kommen und gab für die Zeit dazwischen genauso strenge Anweisungen, wie es vor ihm schon Vater Hussein getan hatte. Sabiha wurde nun von zwei Seiten beherrscht und kontrolliert. Die ersten Wochen an der Universität ließen Sabiha ihre Misere fast vergessen. Der Vorlesungsplan war anspruchsvoll und gut strukturiert. In der Masse der Studenten konnte sie perfekt untertauchen, was ihr sehr entgegenkam. Da Sabiha von Onkel Ali mit neuer Kleidung ausgestattet worden war, sie sogar eine Rolex-Uhr trug und er ihr zum Beginn des Studiums einen Laptop und einen schicken Rucksack geschenkt hatte, fühlte sie sich sicher. Sogar eine Kreditkarte besaß sie. Alis Kreditkarte, die ihren Namen trug. Er kontrollierte die Kontoauszüge, und Sabiha war gleichzeitig zu bescheiden, um mehr als Mensa-Essen, Bücher und ihre Monatskarte davon zu bezahlen. Dennoch gab ihr die Karte ein Gefühl von Freiheit. An der Uni wurde sie nicht mehr schief angesehen, sie war nicht mehr das arme Mädchen aus Ostanatolien. Allein war sie trotzdem, eine Außenseiterin, wie schon zu Schulzeiten. Aber immerhin hatte Ali ihr ein Leben in Berlin als beinah modernes westliches Mädchen ermöglicht. Am besten gefiel es ihr in der Bibliothek. Sie genoss die Ruhe, stöberte in den Büchern und lernte intensiv jeden Tag stundenlang.

Der Schattenmann fiel Sabiha das erste Mal auf, als sie sich in der dritten Woche auf dem Campus verirrt hatte und mehrmals zwischen den Gebäuden hin- und herlief, weil sie einen Hörsaal nicht fand. Der dürre Mann mit dem vernarbten Gesicht irritierte sie, weil er so gar nicht in die Umgebung passte. Dreimal begegnete sie ihm, und jedes Mal drehte er sich demonstrativ weg, wenn er sie sah. Er verursachte in ihr ein ungutes Gefühl, doch sie vergaß die Begegnungen wieder. Die Vorlesungen, Aufgaben, Hausaufgaben und Klausuren vereinnahmten ihre Gedanken. Außerdem würde Ali an diesem Wochenende zu Besuch kommen. Einerseits ängstigte Sabiha die Vorstellung, wieder mit dem alten Herren (so nannte sie ihn mittlerweile in ihrem Kopf) schlafen zu müssen, andererseits hoffte sie inständig, er würde ihr endlich einen Heiratsantrag machen. Dann wäre ihre Ehre wiederhergestellt.

Bei den edlen Abendessen in Berlin studierte Sabiha eingehend die eiskalten, machtbesessenen Gesichter von Alis Geschäftspartnern. Nie sprach sie unaufgefordert ein Wort. Instinktiv senkte sie den Blick, wenn einer der Männer sie direkt anredete, was selten geschah. Ali und seine Freunde waren offensichtlich Männer, die außerhalb des Systems standen. Sie waren niemandem Rechenschaft schuldig; ihnen war alles erlaubt, Regeln und Gesetze galten für sie nicht. Sie lebten in ihrem eigenen autoritären Geflecht, an dessen Spitze Ali thronte. Sie sprachen ohne Scheu in Sabihas Gegenwart darüber, wie man mit geschickten Schachzügen Steuerzahlungen durch Geldwäsche umgehen konnte, welche Restaurants sich gut für Schutzgelderpressungen eigneten oder über explosive Ware und deren Weg von Tschetschenien nach Europa.

»Sie ist das Beste, was ich je besessen habe«, sagte Ali lachend während eines Dinners. Sabihas Augen glänzten glasig. Alis Freunde dachten vor Rührung, aber es war Panik. Langsam begriff sie, dass Ali mit ihr nur eins seiner Machtspiele spielte. Ihre Familie, das kleine Zimmer, ihre Schwestern, ja selbst die schweigsamen Abendessen mit ihrem herrischen Vater und das Bedienen ihrer Eltern fehlten ihr. Sie dachte an Goründü und Miray und Zehra. Hatten sie es nicht weitaus besser getroffen? Was war der ganze Luxus wert, wenn es nur ein geliehener war? Einer, für den sie später am Abend wie eine Hure wieder ihren Körper zur Verfügung stellen musste.

Der Widerwille, den Sabiha vor Alis Annäherungen empfand, stieg mit jedem Übergriff. Ihr makelloser Körper war ihr fremd geworden. Er war wie ein Werkzeug, ein Gegenstand, der zur Erledigung bestimmter Aufgaben einfach benutzt wurde. Ein Stein trug in diesen Momenten mehr Leben in sich. Ihr Geist löste sich aus der Situation; sie ging manisch im Kopf die Gesetze und Paragrafen durch, die sie am Tag zuvor in der Bibliothek auswendig gelernt hatte. Ihre Augen fixierten einen Punkt an der Wand. Ali stöhnte. Diese Momente glichen einem Albtraum. Und das Schrecklichste daran war, dass sie mitten in diesem Albtraum nicht mal schreien konnte, um aufzuwachen. Am nächsten Tag konnte Sabiha kaum laufen. Im Hamam ließ sie sich nach den Nächten mit dem alten Herren gleich zweimal hintereinander waschen. Das Gefühl, schmutzig zu sein, blieb; es war in ihr, nicht außen.

Wie ein wandelndes kleines Nichts, durchsichtig, ja fast unsichtbar schlich sie durch die Stadt. Einmal bekam sie mitten in einer Vorlesung einen Schweißausbruch. Es begann auf der Stirn: kleine Perlen bildeten sich. Auch auf ihren Armen, Beinen – ja am ganzen Körper zeigte sich die Angst in Form von Schweiß. Hastig atmete sie ein und aus. Die Panik begann wie ein böses Insekt wild mit den Flügeln um sich zu schlagen; den Drang, laut zu schreien, konnte Sabiha ihrer verunsicherten Seele nur verbieten, indem sie sich selbst den Mund zuhielt. Es war, als ob die Schmerzen der Nacht zuvor nun zeitverzögert zurückkehrten. Sabiha verließ den Hörsaal, ihren Gefühlen hilflos ausgesetzt. Sie beruhigte sich erst nach Stunden wieder. Lernen lenkte Sabiha ab und ermöglichte ihr die Flucht in eine andere, eine geistige Welt. Es gab ihr Kraft weiterzumachen. Einfach so. Manchmal setzten sich Kommilitonen neben sie in der Mensa an den Tisch. Sie sprachen dann über Dozenten und Professoren. Sabiha galt als äußerst ehrgeizig und talentiert. Einige hielten sie für arrogant, denn sie wirkte vollkommen unnahbar – und schwer zu durchschauen.

Sie aß kaum, las ununterbrochen in ihren Jurabüchern, schlief nur unruhig wenige Stunden. Längst war sie, wenn Ali nicht zu Besuch war, ins Gästezimmer gezogen. Im Schlafzimmer ertrug sie es nicht. Ihre Einsamkeit und Schlafstörungen trieben Sabiha hinaus aus der Wohnung auf die Straßen. Stundenlange Spaziergänge durch die Nacht halfen ihr, sich etwas zu beruhigen. Ihre Gedanken rasten in der stillen Wohnung sonst so schnell wie Kugeln in einem Roulette, das niemals anhielt. Die Schuldgefühle wurden immer schlimmer, sie verabscheute ihr zweites Ich. Dieses Ich des modernen westlichen Mädchens, das in der muslimischen Welt eine billige Hure war. »Du bist ein schlechter Mensch, hast deine Familie betrogen«, sagte sie zu sich. Keiner würde ihr den Beischlaf mit Ali verzeihen. Nicht ihre Schwestern, nicht ihre Mutter Ayşe und schon gar nicht ihr Vater und ihr kleiner Bruder. Keiner würde sie unterstützen, sie auffangen. Kein vernünftiger Mann würde sie je noch zur Frau nehmen. Eine unbändige Wut auf sich selbst überkam sie, sie war selbst schuld an ihrer Misere. Hatte ihr Vater ihr nicht beigebracht, sich nicht von Eitelkeit und Luxus verführen zu lassen? Hatte er sie nicht vor der Reaktion, die so eine Frau bei Männern auslöst, gewarnt? »Jeder ist für seine Sünden selbst verantwortlich«, murmelte sie vor sich hin, während sie durch eine kleine Straße lief und plötzlich den Schattenmann wieder sah, der hinter ihr in einen vorbeifahrenden Radfahrer gelaufen war und diesen beschimpfte. Dass er aus dem Nordkaukasus stammen musste, erkannte Sabiha sofort an dem für diese Region typischen Singsang seiner groben Sprache. Ihr Herz hämmerte, und sie rannte, ohne nach links oder rechts zu schauen, zurück in ihre Wohnung. Ali ließ sie überwachen. Aber warum? Sie hatte ihm doch nichts getan.

Wieder folgte eine schlaflose Nacht. Der Schlüssel steckte von innen, und Sabiha nutzte in dieser Nacht zum ersten Mal die zusätzliche Stahlverriegelung der Tür. Eingesperrt in der Wohnung ihres Peinigers. Niemand würde ihr helfen. Zitternd und unruhig saß sie vor der verrammelten Tür. Sabiha verlor endgültig die Fassung: Ihre bedingungslose Unterordnung hatte sie in eine ausweglose Situation gebracht. Unkontrolliert liefen Tränen über ihre Wangen. Sie rannte wimmernd ins Badezimmer, musste sich übergeben. Drei Tage und Nächte blieb Sabiha in der Wohnung, ihr war elend, sie ahnte nun, dass sie schwanger war. Ali rief weiterhin nur einmal am Abend an, um sie zu fragen, wie es an der Uni lief. Sabiha gab knappe Antworten und berichtete, was sie gelesen und gelernt hatte. Ali schien zufrieden. Am Wochenende würde er nach Berlin kommen. Bis dahin brauchte Sabiha einen Plan. Eine Idee, wie sie ihm sagen konnte, dass sie ein Kind von ihm erwarte, und wie sie ihn dazu bringen könnte, sie zu heiraten. Der Schattenmann hatte offensichtlich nicht verraten, dass er sie draußen gesehen hatte.

Am vierten Tag ging sie wieder in die Uni. Zweimal glaubte sie, den Schattenmann zu sehen, war sich aber nicht sicher. Sie begann immer neue Wege und Routen zu gehen. Sie fuhr mit dem Bus statt mit der U-Bahn. Da sie sein vernarbtes Gesicht nie unter den zahlreichen Passanten entdeckte, glaubte Sabiha schon, sie habe sich das Ganze bloß eingebildet. Dann kam das Wochenende und mit ihm Onkel Ali. Immer und immer wieder ging Sabiha in der Nacht vor seiner Ankunft die Sätze durch, die sie ihm sagen wollte. Immer und immer wieder betete sie, er solle gnädig sein und sich über das Kind in ihrem Bauch freuen. So kam es nicht. Ohne zu zögern, schlug Ali sie. Brutal und nicht nur mit ein paar Ohrfeigen ins Gesicht wie einst ihr Vater. »Ich will von einer Hure wie dir doch keinen Bastard! Was nützt du mir, wenn du fett und hässlich wirst?« Ali verlangte eine Abtreibung und dass sie von nun an die Pille nähme. Er würde ihr nur dann das Studium und die Wohnung weiter finanzieren. »Ansonsten gehst du wie deine Schwestern zurück nach Goründü. Aber als Hure, die keinen Mann mehr findet. Als Geächtete, die ihre Familie nicht wert ist. Vielleicht stirbst du auch einfach.« Er lachte abfällig und befahl ihr, sich für das Abendessen schick zu machen, und sagte: »Hör auf zu heulen.« Dann setzte sich Ali an seinen Computer im Wohnzimmer und führte via Skype Gespräche mit Kollegen in Istanbul.

Er hatte ihre letzte Hoffnung ausgelöscht. Einfach so. Er hatte den schlimmsten Verrat an ihr begangen, den es

gibt. Und auch an ihrem Vater. Ali war nicht der Ehren-
mann, für den ihn alle immer gehalten hatten. Sabiha
betrachtete ihn einen Moment, sah seine weißen, immer
noch vollen Haare, den durchgedrückten Rücken, hörte
die harte Stimme. Sie ging ins Bad, packte leise und
schnell ihren Rucksack, nahm die Flasche Wasser, die am
Bett stand, und verließ mucksmäuschenstill die Wohnung. Ob es das Baby in ihrem Bauch war oder die Angst
vor Onkel Ali, konnte sie im Nachhinein nicht erklären.
Eine Flucht war schlicht der einzige Ausweg. Sabiha
nahm den Seitenausgang, sie ging erst über den Hinterhof und von dort durch den Seitenflügel nach draußen.
Ein Blick nach links, einer nach rechts – kein Mensch war
zu sehen. Sie rannte los. Ziellos. Nach einiger Zeit stieg
sie in die U-Bahn und fuhr kreuz und quer durch Berlin,
starrte aus dem Fenster. Häuser, Menschen, Bahnhöfe zogen vorbei. Nichts hatte mehr Bedeutung. Wie ein starker Wind zog Sehnsucht nach Sicherheit und Ruhe durch
ihren Körper. Wenn sie ihr Leben selbst in die Hand nehmen wollte, musste sie zur Polizei gehen, das war Sabiha
jetzt klar. Aber was sollte sie sagen? Im Grunde war ihr
bis auf die Schläge von Onkel Ali doch nichts zugestoßen – oder doch? Irgendwann verließ Sabiha die U-Bahn:
Rathaus Spandau. Endstation. Es war Freitagabend, und
unterschiedliche Gruppen betrunkener Jugendlicher standen auf dem Platz vor dem Bahnhof herum. Sabiha entschied, dass dies kein guter Ort war, um am EC-Automaten

mit Alis Karte Geld abzuheben. Sie fuhr wieder zurück, diesmal über Zoologischer Garten Richtung Mitte. Am Hackeschen Markt hob sie viertausend Euro ab, lief Richtung Brunnenstraße und kaufte in einem Spätkauf eine dieser hässlichen Bauchtaschen, die eigentlich nur männliche Touristen trugen. Sabiha wollte das Geld eng um sich schnüren, ihren Pullover zog sie über die Gürteltasche. Eigenes Geld bei sich zu haben gab ihr ein Gefühl von ein wenig Unabhängigkeit.

Als sie am nächsten Morgen im Weinbergspark erwachte, fühlte sie sich besser. Wie ein gehetztes Tier, das seinem Feind entkommen war, war sie in einen ohnmächtigen Tiefschlaf gefallen. So gut hatte sie seit Monaten nicht geschlafen. Nun war es so weit: Sie würde den Schritt in ein neues Leben wagen.

Vor der Polizeistation atmete sie zweimal kräftig ein und aus und fühlte, wie das Blut ihr in den Kopf stieg. Ihre Wange zierte ein blauer Fleck von Alis erstem Fausthieb in ihr Gesicht. Sie klingelte. Mit einem lauten Surren öffnete sich die Tür zur Polizeistation Abschnitt 31. Mit ruhiger Stimme und gesenktem Blick erklärte sie dem verschlafenen Polizisten am Eingang ihr Anliegen.

»Sie wollen also eine Anzeige erstatten?«, fragte er.

»Ja.«

»Ihren Ausweis bitte.«

Sabiha legte ihn in die Durchreiche. Nach einem Blick auf sie und dann wieder auf den Ausweis sagte der Polizist:

»Warten Sie bitte, ich informiere meine Kollegin, die
wird die Anzeige aufnehmen.«

Eine Viertelstunde später wurde sie von einer sympa-
thischen Polizistin um die vierzig abgeholt und in ein
karg eingerichtetes Büro mit halb vertrockneten Zimmer-
pflanzen, gelblichen Tapeten und Neonlicht geführt.

»Sie wollen eine Strafanzeige wegen Bedrohung und
Körperverletzung erstatten. Bitte schildern Sie, was genau
Ihnen wann zugestoßen ist.« Sabiha sprach sehr leise, fast
flüsterte sie.

»Ich bin vor einer Woche abends die Straße entlangge-
laufen, als plötzlich ein Mann, vermutlich ein Tschetschene, auftauchte. Er verfolgt mich schon seit geraumer
Zeit.«

»Waren Sie zum Tatzeitpunkt allein unterwegs?«

»Ja.«

»Bitte beschreiben Sie, wie sich der Täter Ihnen genä-
hert hat.«

»Er hat mich einfach verfolgt.«

»Hat der Täter etwas zu Ihnen gesagt?«

»Nein.«

»Wie kommen Sie darauf, dass es sich dabei um einen
Tschetschenen handelt?«

»Er hat geflucht, und ich konnte seine Sprache erkennen.«

»Haben Sie den Täter zuvor schon einmal gesehen?«

»Ja, bei mir an der Uni. Der Humboldt-Universität.«

»Im Gespräch mit meinem Kollegen sagten Sie, dass Sie glauben, dass der Mann auf Sie angesetzt wurde, um Sie vielleicht sogar zu töten. Wie kommen Sie darauf?«

»In dem Land, in dem ich geboren wurde, gehört so etwas leider immer noch zur Tradition.«

»Gibt es Personen, die bei Ihnen waren und somit als potenzielle Zeugen fungieren könnten?«

»Nein.«

Über drei Stunden befragte die Beamtin Sabiha sorgfältig und fotografierte ihre Hämatome. Ihre nüchterne Sachlichkeit half Sabiha, ruhig zu bleiben. Die Beamtin schien etwas ratlos, was sie mit dem Fall anfangen sollte. Sie griff zum Telefonhörer, um erst mal einen Platz in einem Frauenhaus für Sabiha zu organisieren.

»Sie können dort so lange bleiben, wie Sie wollen. Da Sie mittellos sind, übernimmt das Sozialamt die Unterkunft.«

Auf dem Weg ins Frauenhaus könne Sabiha in Begleitung von zwei Schutzbeamten noch einige Sachen aus der Wohnung holen. Sabiha war unsicher, ob das eine gute Idee sei, stimmte aber schlussendlich zu, weil sie zumindest ihre Jurabücher mitnehmen wollte. Womit sollte sie sich sonst beschäftigen? In einem Streifenwagen fuhr Sabiha mit den Beamten zu Alis Wohnung. Ihre Hände zitterten so sehr, dass sie es nicht schaffte, die Wohnungstür zu öffnen. Einer der Polizisten nahm ihr den Schlüssel ab. Zuerst betraten die Polizisten die Wohnung. Ali war nicht da. Wie in Trance sammelte Sabiha ihre Bücher zusammen, nahm ihren Laptop und ein paar Kleidungsstücke und verstaute alles in einem kleinen Koffer. Den Wohnungsschlüssel legte sie auf den Wohnzimmertisch. Das war es also, ihr neues Leben. Sie strich kurz über ihren Bauch. Ihr wurde schlecht. Weinen konnte sie nicht mehr.

In der ersten Woche im Frauenhaus schlief Sabiha die meiste Zeit. Die Schwangerschaft zog die letzte Energie aus ihrem Körper, und außerdem musste sie dann nicht unablässig die durch ihren Kopf donnernden Fragen aushalten.

Hatte sich die Trennung von Ali gelohnt? Hätte sie nicht doch mit ihrem Vater sprechen sollen? Eigentlich hatte sich ihre vermeintliche Selbstbestimmung ins absolute Gegenteil gekehrt. Das wirklich neue Leben, welches nun auf sie wartete, hatte nichts mit dem zu tun, wovon sie geträumt hatte. Das dritte Ich war ein einsames Mädchen ohne eine Idee für ihre Zukunft. Wenn Sabiha wach auf ihrer schmalen Pritsche in dem Acht-Personen-Zimmer lag, konnte sie nicht fassen, wo sie gelandet war. Jeder Ort, an dem sie vorher war, war besser als dieses Zimmer voller verängstigter Frauen. Einige sprachen über ihr Schicksal. Sabiha schwieg. Nachts weinten fast alle leise. Sabiha hielt sich die Ohren zu.

Die Sozialarbeiterin empfahl Sabiha, einen Gynäkologen aufzusuchen, um sicher zu sein, ob sie wirklich schwanger sei. Und auf dem Weg dorthin passierte es:

Ohne jede Vorwarnung rannte der vernarbte Tschetschene, kurz bevor Sabiha das Ärztehaus erreichte, direkt von vorne auf sie zu und versuchte ihr ein Messer in den Bauch zu rammen. Sabiha drehte sich, er streifte nur ihre Seite und verschwand innerhalb von Sekunden. Das Blut färbte die Straße rot; Sabiha verlor das Bewusstsein. Erst im Krankenhaus nach einer Notoperation erwachte sie wieder. Sie hatte viel Blut verloren, aber lebensbedrohlich war die Verletzung nicht. An ihrem Bett saß die Sozialarbeiterin aus dem Frauenhaus und sah sie sorgenvoll an. Sie hatte ein schlechtes Gewissen, weil sie die Lage, in der sich Sabiha befand, unterschätzt hatte. Sanft streichelte sie die Hand der jungen Türkin.

»Das Baby ist noch da und kerngesund.«

Sabiha wollte nicht reden. Sie schloss die Augen. Vier Tage und Nächte dämmerte sie vor sich hin. Ärzte kamen und gingen, die Wundheilung verlief gut. Da die Patientin kein Wort sprechen wollte, wurde eine Psychologin hinzugezogen. Frau Dr. Mansour – eine Perserin, die schon seit ihrem fünften Lebensjahr in Berlin lebte – schaffte es, zu Sabiha durchzudringen. Die erfahrene Therapeutin begriff als Erste, was das tatsächliche Problem an Sabihas Beziehung zu Ali gewesen war: Sabiha wusste zu viel. Sie könnte Namen nennen und Geschäftsfelder. Sie kannte Treffpunkte und Kontakte. Ohne es zu wissen, wurde Sabiha zu einer Zeugin, die Ali, spätestens seit sie aus seiner Wohnung weggelaufen war, aus dem

Weg räumen wollte. Zuvor ließ er sie nur routinemäßig überwachen. Jetzt aber war sie zu seiner persönlichen Feindin geworden. Zu einer Person, die ihm und seinen Geschäftspartnern schaden konnte. Mit ihrer Flucht hatte Sabiha außerdem seine sogenannte Ehre verletzt. Sie, die Hure ungebildeter Eltern, hatte gewagt, sich ihm, dem mächtigen Juristen, der alles bekam, was er wollte, zu widersetzen. Frau Dr. Mansour besuchte Sabiha täglich. Sie sprach mit ihr über das verquere Bild, welches über Männer und Frauen in der muslimischen Kultur und gerade in der älteren Generation von Ali und ihrem Vater noch vorherrschte. Sie machte ihr Mut und brachte Sabiha dazu, noch ein weiteres Mal eine Aussage bei der Polizei zu wagen. Dieses Mal würde es um Sabihas Wissen über die Verbindungen Alis zur türkischen Mafia gehen. Dieses Mal nahm man Sabiha ernst – sehr ernst sogar. Sofort wurde ihr angeboten, sie in ein Zeugenschutzprogramm aufzunehmen. Ein Zeugenschutzprogramm? Sabiha war äußerst misstrauisch. Fragte sich, wie das funktionieren sollte in einer Welt, in der jeder Schritt kontrolliert und aufgezeichnet wurde. Wo auf Straßen, in Kaufhäusern, an Bahnhöfen und der Universität Kameras jede Bewegung verfolgten. Wie konnte ein Mensch da eine neue Identität annehmen, ohne Spuren zu hinterlassen? Es schockierte sie, dass für ihr Leben und das ihres Babys kaum etwas getan worden war. Und nur aufgrund ihrer Aussagen über Alis mafiöse Verbindungen nun Interesse daran bestand, sie ernsthaft zu beschützen. Frau Dr. Mansour brachte an dem Tag, an dem Sabiha aus dem Krankenhaus entlassen werden sollte, die zuständige Kriminalbeamtin mit, die Sabiha darüber informierte, was passieren würde, falls Sabiha zu einer Aussage gegen Ali bereit sei: »Wohnsitzwechsel in ein anderes Bundesland. Sie werden den Kontakt zu allen Vertrauten abbrechen müssen und anfangs in kurzen Abständen an unterschiedlichen Orten in Pensionen und Ferienwohnungen leben. In dieser Zeit wird man Ihre Zuverlässigkeit als Zeugin testen. Besonders, ob Sie nicht doch wieder Kontakt zu Ihrem früheren Umfeld aufnehmen. Danach versucht man Sie dauerhaft in einer Wohnung unterzubringen. Vor Ort gibt es bei der Polizei eine Zeugenschutzdienststelle, die sich um Ihre Belange kümmern wird. Es gibt Unterstützung in Form von Darlehen, Ausgleich für Verdienstausfall, Überbrückungshilfe und Sozialhilfe. Zeugenschutzbeamte werden Ihnen dabei helfen, Ihr neues Leben zu organisieren: Behördengänge, Arzttermine, Arbeitsplatzsuche, auch persönliche Beratung bei Ängsten. Natürlich werden Sie auch einen neuen Namen erhalten und Tarnpapiere. Das beinhaltet auch eine sogenannte Auskunftssperre: Im Melderegister beim Einwohnermeldeamt wird ein sogenannter Sperrvermerk eingefügt. Damit müssen sämtliche Auskünfte zu Ihrer Person verweigert werden. Und zu guter Letzt sollten Sie Ihr Aussehen verändern: Haare färben, eine Brille tragen.« Sabiha schluckte nach diesen sehr konkreten Ausführungen. Die Beamtin sah sie durchdringend an. Dann wendete sie sich an Frau Dr. Mansour.

»Ins Zeugenschutzprogramm kommt das Mädchen nur, wenn sie entscheidend dazu beitragen kann, den oder die Täter hinter Schloss und Riegel zu bringen. Sowohl das Mädchen als auch die Staatsanwaltschaft müssen dem Programm zustimmen. Niemand wird zum Zeugenschutzprogramm gezwungen.«

Panik vor der Zukunft stieg in Sabiha auf, wieder war da eine eiskalte Welle, die ihren gesamten Körper durchflutete. Sie konnte kaum noch schlucken. Wie sollte sie das alles allein schaffen? Was sollte sie später ihrem Kind erzählen? Wie ohne ihre Familie klarkommen? Wem konnte sie überhaupt noch vertrauen? Dr. Mansour hielt Sabihas Hand. Sehr lang, sehr fest. Sie schwiegen beide. Am nächsten Morgen unterschrieb Sabiha die Papiere für das Zeugenschutzprogramm. Sie hatte keine andere Wahl.

Ende Mai war es so weit: Von diesem Tag an lebte Sabiha von der Sozialhilfe, zog von Pension zu Pension. Immer wieder wurde sie befragt. Bilder wurden ihr gezeigt, und sie musste für Aussagen permanent bereitstehen. Ali stand ein halbes Jahr später vor Gericht. Mehr wusste Sabiha über das Verfahren nicht. Mehr wollte sie auch nicht wissen. Sie lebte in einer Anderthalbzimmerwohnung in einem sanierten Plattenbau in einem kleinen Städtchen in Ostdeutschland. Sie hatte keine Familie mehr, trug einen fremden Namen – immerhin einen deutschen, darauf hatte sie bestanden. Ihr Studium würde sie auf unbestimmte Zeit nicht fortsetzen können. »An den Universitäten werden sie als Erstes nach Ihnen suchen«, hatte eine der Zeugenschutzbeamtinnen erklärt. Sabiha nickte nur stumm. Ihr Jurastudium interessierte sie nicht mehr. Die Angst vor dem Tod machte alles andere unbedeutend. Oft dachte sie an Goründü und sehnte sich zurück nach ihrem alten Ich, dem der guten folgsamen Tochter. Sie stellte sich vor, wie Miray und Zehra sich in dem kleinen Fischrestaurant am Vansee mit ihren Ehemännern zum Abendessen verabredeten, wie ihre Schwestern im Dorf mit Bekannten plauderten, wie ihre Mutter im Garten die Gemüsebeete goss und ihr kleiner Bruder mit den anderen Kindern Fahrradreifen flickte. Und Sabiha ließ zu gern ihr letztes Sommerfest in Goründü Revue passieren: Mit der Hand machte sie eine Bewegung, als würde sie durch das giftgrüne Wasser in der alten Badewanne streichen. Ali kam in ihrer Erinnerung an diesen Abend nicht vor.

Sabiha hatte ihre Familie verloren, ihr Zuhause, ihre ganze Identität. Die ganze Tragik ihrer Situation manifestierte sich zu einem einzigen Gedanken: Sie würde ihre Familie nie wieder sehen.

Lediglich ihre Erinnerungen und das Kind in ihrem mittlerweile stark gewölbten Bauch verbanden sie noch mit der Vergangenheit, ihrer Familie und dem Kindsvater Onkel Ali – der nie Vater sein würde. Immerhin ihr Sohn war ihr geblieben. Mehr hatte Sabiha nicht mehr. Einfach so. Tradition kann etwas sehr Grausames sein.

Flucht

Als Klaus den Kofferraum schloss, spürte Ulrike, dass etwas nicht stimmte. Es lag nicht daran, dass sie in diesem kleinen Versteck hinter dem Kofferraum lag. Das war die Abmachung. Vielmehr lag es an dem eiskalten Blick, den er ihr kurz zuvor noch zugeworfen hatte. Es war dunkler, enger und beängstigender, als Ulrike es sich vorgestellt hatte. Der Weg in die Freiheit führte die Achtzehnjährige erst einmal an einen Ort, an dem sie sich nicht bewegen konnte. Wie befohlen, zog Ulrike ihre Beine so dicht wie möglich an ihren Körper und machte sich so klein, wie sie nur konnte. Sie schloss ihre Augen. Ganz fest. Es war ohnehin dunkel in ihrem Versteck. Um nicht panisch zu werden, folgte Ulrike in Gedanken dem Weg, den Klaus jetzt fahren würde. Sie kannte die Route in Ost-Berlin in- und auswendig. Konzentriert lauschte sie auf jedes kleinste Geräusch. Ohren kann man nicht schließen, ratterte es durch ihren Kopf.

Rachel hatte gesagt, sie liebe ihn, sagte, sie sei seine Frau, sagte, sie würde alles für ihn und ihre gemeinsame Tochter geben, sagte, dass sie Jüdin sei. Das alle stimmte nicht. Richards Frau, Rachel Goldschmidt, war nicht die, die sie vorgegeben hatte zu sein. Nicht einmal ihr Name stimmte. Während er das dachte, spielte Richard mit einer Heftklammer in seiner rechten Hand. Die Fotos aus Rachels früherem Leben und die Unterlagen, die er in den letzten Wochen zusammengetragen hatte, lagen ausgebreitet auf dem Küchentisch. Die wahre Geschichte der Frau, die seit acht Jahren seine Ehefrau war. Er müsste alles nur noch zusammenheften und abschicken. Dann würden es alle in der Gemeinde wissen. Dann würde Rachel von der Polizei gesucht und vielleicht auch gefunden werden. Er konnte es nicht tun. Die Genugtuung, die seine Rachegedanken kurzfristig in ihm ausgelöst hatten, beschämte ihn. Er wollte keine Rache. Er wollte sein Leben zurück. Richards Herz schmerzte, wenn er über Rachel nachdachte. Zwar spürte er die tiefe Trauer und Enttäuschung jetzt nicht mehr ununterbrochen, aber sobald er verharrte, nicht abgelenkt war, zog seine Brust sich sofort zusammen, und Tränen füllten seine stahlgrauen Augen. »Irgendwann wirst du wütend werden, dann weißt du, das Schlimmste ist vorbei«, hatte sein Vater Jakob ihm heute am Telefon gesagt.

Erst ging die Fahrt über das holprige Kopfsteinpflaster in Marzahn, wo sie sich am Rande einer Gartenkolonie verabredet hatten. Zehn Minuten Fußweg von dem Plattenbau entfernt, in dem Ulrike mit ihrer Familie wohnte, in dem sie ihr ganzes bisheriges Leben verbracht hatte. Irgendwann wurde die Fahrt ruhiger, schneller. Jetzt mussten sie schon im Herzen Ost-Berlins auf der Landsberger Allee sein. Ulrikes Ohren sehnten sich nach jedem noch so kleinen Geräusch, während sie das Gefühl überkam, es gäbe keine Möglichkeit, noch winziger, noch weniger sichtbar zu werden. Rechtskurve auf die Storkower Straße. Wieder links. Bornholmer Straße. Jetzt würde es ernst werden. Halt: Grenzübergang Bornholmer Bösebrücke.

Auf seinem allabendlichen Gang durch das Kinderzimmer streichelte Richard sanft über Sharons Kopf, zog die Bettdecke ein wenig höher, machte die kleine Einschlaflampe aus und öffnete das Fenster einen Spalt. Nun waren er und seine sechsjährige Tochter allein. Auf sich gestellt. Zu gern hätte er gewusst, wo Rachel sich gerade aufhielt und mit wem. Sorgenvoll schüttelte Richard den Kopf, während er behutsam die Tür zum Kinderzimmer schloss. Schon bald würde Sharon ihm seine Geschichte über Mamas Ausbildung in einer anderen Stadt, an einem anderen Krankenhaus, zu einer noch besseren Krankenschwester nicht mehr glauben, sie würde anfangen, Fragen zu stellen. Was sollte er ihr dann sagen? Dass Mama sie und ihn einfach hatte sitzen lassen und er, der starke Papa, auf den immer Verlass war, keine Antworten parat hatte? Im Flur sank Richard auf den Boden, vergrub den Kopf unter seinen Armen und überließ sich seiner Verzweiflung. Von Wut keine Spur.

Gedämpft nahm Ulrike verschiedene männliche Stimmen wahr. Sie klangen entspannt und freundlich. Wie Klaus angekündigt hatte, wurde der Kofferraum seines alten Mercedes geöffnet. Ulrike hielt die Luft an. Selbst ihr Atmen hätte sie verraten können. Kein Kommentar, keine Fragen, nur ein leises Rascheln. Dann wurde der Kofferraum sanft zugeschlagen, und der Wagen fuhr wieder an. Gleichmäßig surrte der Motor. Jetzt kannte Ulrike den Weg nicht mehr. Die folgende halbe Stunde in ihrem Versteck kam ihr länger vor als ihr ganzes bisheriges Leben. Ruck vorwärts; Ruck rückwärts. Halt. Klaus schaltete den Motor aus, stieg aus. Der Kofferraum blieb geschlossen, Schritte entfernten sich. Ulrikes Nervosität verwandelte sich in Panik. Sie zitterte am ganzen Körper. Zu klopfen oder zu schreien wagte sie nicht. Nur Lauschen und Abwarten. War sie jetzt im goldenen Westen?

Es war erst einen guten Monat her. Rachel war zur Frühschicht ins Jüdische Krankenhaus in Berlin Gesundbrunnen aufgebrochen, und Richard deckte gerade den Frühstückstisch, als es an der Tür klingelte: »Ich mach' auf«, rief Sharon und sprang durch den langen Flur der großzügigen Altbauwohnung Richtung Eingangstür. Eine

Minute später kam sie mit verwundertem Blick zurück: »Papa, da ist jemand, der sagt, er sei Mamas Bruder.« Zügig ging Richard zur Haustür. Es musste sich um eine Verwechslung handeln, Rachel hatte keinen Bruder. Sie hatte überhaupt keine Familie mehr: Ihre Eltern waren 1985 bei einem Verkehrsunfall in Ost-Berlin ums Leben gekommen. Im Hausflur stand ein bulliger Mann mit aufgedunsenem Gesicht und schlecht gepflegtem Bart. Er trug ein altes dunkelgraues T-Shirt und ausgeblichene Jeans. Seine braunen Augen blickten Richard Hilfe suchend, fast unterwürfig an. »Ich bin Tilo. Tut mir sehr leid, dass ich störe«, sagte er und reichte Richard seine schlaffe, schwitzende Hand. »Richard«, sagte Richard, und: »Was kann ich für Sie tun?« Tilo griff in seine hintere Hosentasche und zog ein zerknittertes Foto hervor: »Ich bin auf der Suche nach meiner Schwester Ulrike«, sagte er und hielt Richard das Bild hin, das angeblich ihn und seine Schwester im Jahr 1987 zeigte. Richard starrte auf die Fotografie. Tatsächlich glich die junge Frau auf dem Bild Rachel. »Bitte, kommen Sie doch rein. Ich bin einigermaßen verwirrt.« Mit hängenden Schultern trottete Tilo hinter Richard in die Küche. Verunsicherung und Scham waren ihm in jeder seiner Bewegungen anzumerken. Er wirkte, als würde er sich am liebsten vor sich selbst verstecken. Richard tat er leid: »Kann ich Ihnen vielleicht einen Kaffee anbieten?« Tilo nickte und starrte dabei auf den Küchenboden. »Unser Vater ist vor zwei Monaten gestorben, und Mutter geht es sehr schlecht. Deshalb habe ich mich auf die Suche nach Ulrike gemacht. Es war nicht ganz einfach, sie zu finden. Aber unsere Mutter würde ihre Tochter vor ihrem Tod gerne noch einmal wiedersehen.« »Ulrike? Meine Frau heißt aber Rachel. Rachel Goldschmidt ist ihr Mädchenname.« »Früher hieß sie Ulrike. Ulrike Meyerhans. Sie ist aus der DDR geflohen und …«, Tilos Stimme brach jäh ab. Er musste sich sammeln. Die Knöchel an seinen Finger waren weiß, so krampfhaft klammerte er sich an der Kaffeetasse fest. »Ist das meine Nichte?«, fragte er nach einem traurigen Räuspern. Tilo wendete sich der im Türrahmen stehenden Sharon zu. Erst jetzt registrierte Richard den neugierig-verwirrten Gesichtsausdruck seiner Tochter: »Sharon, du darfst heute ausnahmsweise schon morgens etwas im Fernsehen schauen. Ich muss allein mit Tilo reden. Hier scheint ein Irrtum vorzuliegen, und wir müssen das in Ruhe klären.« Er brachte Sharon ins Wohnzimmer. Zurück in der Küche setzte sich Richard gegenüber von Tilo an den Tisch: »Kann ich das Foto noch mal sehen?« Tilo zog es erneut aus seiner Hosentasche und reichte es Richard: »Wann, sagten Sie, war das?« »1987. Das ist das letzte Bild von mir und Ulrike. Es war Vaters vierundvierzigster Geburtstag. Eine Woche später war sie weg. Abgehauen nach West-Berlin.« Immerhin. Diesen Part aus dem Leben seiner Frau kannte Richard.

Das Geld für ihre Flucht hatte Ulrike ihren Eltern gestohlen. In einer unscheinbaren Blechbüchse, versteckt im Wäscheschrank, hatten sie Zehn-, Zwanzig- und Fünfzig-D-Mark-Scheine gesammelt, die sie von Verwandten aus dem Westen immer mal wieder geschenkt bekommen hatten. »Unser Notgroschen«, sagte Ulrikes Mutter. Es waren knapp tausend Mark, die Ulrike Klaus für ihre Flucht in die Hand gedrückt hatte. Und jetzt lag sie immer noch im Kofferraum seines Wagens – irgendwann schlief sie erschöpft ein. Ulrike erwachte, mit tauben Beinen und steifem Nacken, als der Kofferraum endlich geöffnet wurde. Klaus sah sie genervt an: »Da, wo du hinwolltest, bist du nicht willkommen.« Er reichte ihr die Hand und half der taumelnden Ulrike ins Freie. »Trink was«, sagte er und reichte ihr eine Flasche Wasser. Mit wenigen Worten erklärte Klaus, dass er sie jetzt irgendwo im West-Berliner Stadtzentrum absetzen würde. Dann steckte er ihr fünfzig Mark in ihre Hosentasche und gab ihr einen Zettel mit einer Telefonnummer und einer Adresse: »Hier, das ist das Flüchtlingslager in Marienfelde, da kannst du dich melden, die werden dir helfen. Mehr kann ich nicht tun.« »Was ist mit Dirk? Warum kann ich nicht zu ihm?«, fragte Ulrike wie in Trance. »Ich weiß nicht, was du erwartet hast, aber eure kleine Affäre da drüben bedeutet ihm nichts. Er hat hier Familie, eine Frau und zwei kleine Söhne.«

Als Tilo die Wohnung wieder verließ, spürte Richard Erleichterung. Er würde mit Rachel reden, wenn sie von der Arbeit zurückkam, und es würde eine Erklärung für ihr Verhalten und das Verleugnen ihrer Familie geben. Als er zu seiner Tochter ins Wohnzimmer ging, um ihr zu sagen, dass sie nun endlich etwas unternehmen könnten, überkam ihn eine Woge der Traurigkeit. Der schwermütige Ton, in dem Tilo vom Drama seiner zerrissenen Familie gesprochen hatte, klang in ihm nach. Die Vergangenheit hallte bedrohlich ins Jetzt. Richard überfiel eine böse Vorahnung: Rachel würde ausflippen und ihn beschimpfen. Er wäre wieder der Verräter, der Versager, der Vollidiot. In den letzten Jahren war sie immer gehässiger geworden. Am liebsten hätte Richard den Besuch überhaupt nicht erwähnt, aber er wusste: Das ging nicht.

Wie versteinert saß Ulrike neben Klaus im Auto, reden oder sich bewegen konnte sie nicht. Häuser zogen vorbei, bei jedem Halt las sie die Straßennamen auf den Schildern. Es waren viel mehr Menschen unterwegs, als sie es aus Ost-Berlin kannte. Einerseits klopfte Ulrikes Herz zufrieden, weil ihr die Flucht gelungen war, andererseits fühlte sie unendliche Einsamkeit in sich aufsteigen. Sie hatte nichts mehr. Keine Familie, keine Freunde, keine Liebesbeziehung. Keinerlei Identitätsgefühl. Klaus setzte Ulrike am Bahnhof Zoo ab. Er sagte nicht einmal »Tschüss«, fuhr einfach los, als Ulrike die Beifahrertür geschlossen hatte. Ein kleiner Jutesack baumelte an ihrer linken Hand. Darin befanden sich eine zweite Hose, ein selbst gestrickter Pullover, Unterwäsche, ein Nachthemd, ihre Zahnbürste und zwei Fotos von Ulrike und ihrer besten Freundin Tanja. Das war's. Das war ihr Startkapital im goldenen Westen.

Schon während ihrer Schwangerschaft hatte Rachel sich verändert, zog sich vollkommen zurück. Richard durfte sie nicht mehr berühren. Nach Sharons Geburt bat Rachel ihn, für einige Zeit im Gästezimmer zu schlafen. Eigentlich – so glaubte er – weil sie nachts stillte, ein Jahr nicht arbeiten würde und er so morgens fit für den Unterricht war und Frau und Tochter nicht weckte, wenn er losmusste. Aber auch als Sharon längst in ihrem eigenen Zimmer schlief, durfte er nicht zurück. Ihre Ehe verschlechterte sich merklich. Die Beschimpfungen begannen. Zuerst flüsternd, fast als würde sie zu sich selbst sprechen, dann immer lauter und bösartiger. Rachel bezeichnete ihn als Schlappschwanz, der es zu nichts Besserem als einem kleinen Realschullehrer mit einem lächerlichen Beamtengehalt gebracht hatte. Sie nannte ihn unmännlich, erklärte, es sei kein Wunder, dass sie nicht mehr mit ihm schlafen wolle: »Jede Frau würde sich vor dir ekeln. Wie du dastehst, alles mit dir machen lässt. Du hast einfach keinen Arsch in der Hose.« Dann erging sie sich in Fäkalsprache. In dieser Phase fuchtelte Rachel mit ihren Händen vor Richard herum, als sei er eine lästige Fliege. Anfangs verteidigte er sich, versuchte Rachel zu beruhigen oder schrie auch mal zurück. Irgendwann gab er auf, ließ es über sich ergehen. »Ein Mann gewöhnt sich im Laufe seines Lebens daran, dass Frauen, bis auf wenige Ausnahmen, nicht mit ihm schlafen wollen«, hatte sein Vater Jakob früher immer zu ihm gesagt. Ob das auch für die eigene Ehefrau galt, hatte er nicht erwähnt.

Vom Bahnhof Zoo aus fragte sich Ulrike schüchtern durch, ließ sich erklären, wie sie zum Flüchtlingslager Marienfelde kam. Nach einer Stunde stand sie vor den schmucklosen dreistöckigen Häusern an der Marienfelder Allee im Niemandsland. Ihre Euphorie, es in den Westen geschafft zu haben, war verflogen. Das neue Dasein in einem überfüllten Lager war der Preis, den sie für ihre Freiheit bezahlen sollte? Im Stundentakt ertönten knisternde Lautsprecherdurchsagen mit der Bitte, gegenüber anderen nicht über seinen ›Fall‹ zu sprechen, denn die Stasi habe auch hier ihre Ohren. Jeder der übergelaufenen DDR-Bürger könne auch von der Staatssicherheit geschickt worden sein, ungefähr jeder zehnte sei kein echter Flüchtling, sondern ein Spion. Entsprechend misstrauisch war die Stimmung in dem spärlich möblierten Vierbettzimmer, in das Ulrike von einer mürrischen Aufseherin verfrachtet wurde. ›Wartezimmer zur Freiheit‹ nannten die Geflohenen das Auffanglager.

160

Als Richard mit Rachel das erste Mal seine Eltern in Israel besuchte, waren ihre offenen Arme und ihre Freude echt und überwältigend. Rachel war zu Tränen gerührt. Richards Eltern, Jakob und Lea, besaßen ein kleines Haus, mitten in der Altstadt von Jaffa im Süden Tel Avivs. Auf dem Dach des Hauses gab es eine Terrasse mit Blick auf den Hafen. Hier oben stand Richard vor Rachel, als er ihr, zwischen blühenden Bougainvilleas und dem großen, duftenden Kräutergarten seiner Mutter, einen Heiratsantrag machte. Die ungestüme, laute Stadt im Rücken und das beruhigende rauschende Meer vor ihm. Rachel sagte sofort Ja. Nun hatte sie sich ihre eigene Familie gebaut. Nun würde sie abschließen und das Vergangene vergangen sein lassen können. Nun war sie nicht nur frei, sondern hatte sich befreit. Rachel und Richard: Sie lebten in einem angenehm unbeschwerten Kokon. Rachel machte ihre Ausbildung zur Krankenschwester, und Richard schloss sein Lehramtsstudium ab. Sie lebten sowohl zusammen als auch nebeneinanderher. Sie schliefen hin und wieder miteinander, fuhren mit Kollegen an die Seen in der Umgebung, gingen zu Vernissagen und Partys. Dass sie anfangs mit sehr wenig Geld auskommen mussten, störte sie beide nicht. Im Berlin Anfang der Neunzigerjahre interessierte das niemanden. Die Aufbruchstimmung, der Sog der Veränderung und Erneuerung, zog auch sie mit. Bald hatten sie mehr Geld, zogen um. Die Zeit verging ohne nennenswerte Höhen und Tiefen. Sie hatten sich an das Zusammensein gewöhnt.

Egal was Ulrike anfing, immer hieß es: »Das schaffst du eh nicht.« Oder: »Du hältst dich wohl für etwas Besseres. Aber das bist du nicht. Mit deiner Einstellung wirst du es nie zu etwas bringen.« Tatsächlich durfte Ulrike kein Abitur machen, weil sie zu oft mit antisozialistischen Meinungsäußerungen aufgefallen war. Das reichte für ein Disziplinarverfahren und den Ausschluss vom Abitur. ›Die Schülerin wird im Interesse ihrer menschlichen Weiterbildung vom Abitur ausgeschlossen. Sie soll sich in der Produktion bewähren‹, stand auf dem kurzen Schreiben. »Selbst schuld«, sagte ihr kleiner Bruder Tilo. Ihre Eltern nickten zustimmend, und Ulrike bekam noch mehr Lust zu rebellieren. Heimlich hörte sie West-Radio und lud dazu auch Freunde ein. Selbstständiges Denken hatte ihr eine mutige Geschichtslehrerin beigebracht. Aus ihrer demokratisch-freiheitlichen und damit antisozialistischen Grundhaltung hatte sie nie einen Hehl gemacht. »Früher waren die Nazis hier, und jetzt werden wir schon wieder daran gehindert, so zu leben, wie wir wollen«, pflegte sie zu sagen. Für viele ihrer damaligen Freunde war Ulrike ein Vorbild.

Zum ersten Mal begegnete Richard Rachel im Sommer 1990 in Berlin-Charlottenburg. Genau genommen war ihr kleiner Hund, genannt Freitag, der Grund, dass er überhaupt mit ihr ins Gespräch kam. Es war an einem Samstagabend im Schwarzen Café. Hier trafen sich Studenten, Künstler und Touristen. Es war immer ein wenig zu voll, zu laut und zu verqualmt. Man saß auf zerschlissenen Sofas an wackeligen Tischen, trank Bier oder Wein und unterhielt sich in einer anhaltend überdrehten Laune, die zur Stimmung in der gerade wiedervereinten Stadt passte. Rachel saß inmitten einer Gruppe von jungen Frauen, die mit der Partyplanung für den Abend beschäftigt waren. Es wurde über verschiedene Möglichkeiten diskutiert: Einladungen in illegale Clubs, in Privatwohnungen in Ost-Berlin, waren gerade schwer angesagt und die Preise für Drinks an den provisorischen Bars günstig. Richard und sein Studienfreund Florian lauschten verstohlen. Richard war kein Partygänger, sondern ein tiefgründiger junger Mann. Er interessierte sich wenig für Discos, Mode, DJs oder andere, wie er sagte, »oberflächliche Spielarten«. Er studierte Geschichte und Politik auf Lehramt und interessierte sich für Theater, Philosophie und Literatur. In seinem kleinen möblierten Zimmer in einem unsanierten Hinterhaus befand sich eine beeindruckende Sammlung an Büchern und Platten. An einigen Stellen reichten die Büchertürme fast bis unter die Decke. Richard hatte eine kleine Leiter, um bei Bedarf ein Buch von ganz oben zu holen. Auf Rachels Schoß hatte sich der kleine Freitag zusammengerollt. Irgendwann kam ein Kellner und stellte eine Schüssel mit Wasser für den kleinen Hund neben den Tisch. Rachel setzte den verschlafenen Freitag auf den Boden und tatsächlich trank er begierig, bevor er sich auf den Weg durch das Café in Richtung Küche machte.

Kurz bevor Freitag von der Schwingtür der Küche getroffen wurde, aus der ein Kellner stürmisch heraustrat, schnappte sich Richard das kleine Fellbündel und trug es zurück zu seiner Besitzerin. Rachel lachte, küsste den Welpen und bedankte sich. »Wir gehen gleich noch in Mitte auf eine Party. Willst du mit?«, fragte sie. Eigentlich hatte Richard keine Lust, aber als er sah, wie das Licht sich in einer goldenen Kette mit einem Davidstern als Anhänger an Rachels Hals brach, entschied er, doch mitzukommen. Jüdische Frauen traf er selten, und die, die er an Freitagen abends in der Synagoge in Charlottenburg sah, fand er selten so attraktiv wie Rachel.

»Und, Kleene, was hat dich hierhergebracht?«, wurde Ulrike von einer Zimmergenossin gefragt. Die ältere Frau hatte graue Haare und wache Augen. »Geht dich nichts an«, entgegnete Ulrike. Am kommenden Tag stand sie auf dem Ku'damm und staunte. So viele Menschen. Sie setzte sich an eine Hauswand. Ulrike fühlte sich immer noch, als müsse sie sich ganz klein machen, damit niemand sie bemerkte. Also saß sie einfach nur da und beobachtete das Treiben. Ihre Beine ganz eng an den Körper gezogen.

Rachel war genau die Frau, von der Richard immer geträumt hatte und von der er dachte, sie könne gar nicht existieren. Richard war kompliziert, kopfgesteuert und kontaktscheu. Er wusste das, ohne darunter zu leiden. Er fühlte sich wohl mit sich alleine, und seine Eltern würde es eher glücklich machen, wenn ihr einziges Kind ein ewiger Einzelgänger blieb, als dass er eine nichtjüdische Frau heiratete. Nun hatte er Rachel kennengelernt. Sie erschien ihm perfekt.

Von ihrer Flucht in den Westen träumte Ulrike, seit sie zwölf war und ihr Vater sie das erste Mal angefasst hatte. Zwar ließ er sie wieder in Ruhe, als sie fünfzehn wurde, aber seither sagte sie immer wieder denselben Satz, wenn sie mit Freunden die Sonne untergehen sah: »Sogar die verdammte Sonne haben die da drüben im Westen.«

Rachels körperliche Ablehnung und ihre Beleidigungen bereiteten Richard weniger Sorgen als eine andere Beobachtung: Rachel schien auf perfide Art und Weise eifersüchtig auf ihre eigene Tochter zu sein. »Hör auf, mit deinen Vater zu flirten«, mahnte sie, wenn Sharon sich auf Richards Schoß setzte. Über die Jahre wurden die Maßregelungen heftiger. Wo Rachel früher nur drohend die Hand hob, schlug sie nun zu. Richard ging dazwischen. »Mütter und Töchter«, tröstete er Sharon und hielt sie fest im Arm. »Deshalb habe ich mir ja einen Sohn gewünscht«, entgegnete Rachel. Daraus hatte sie nie einen Hehl gemacht. Sharon trug ihrer Mutter zuliebe nur bei ihren Besuchen in der Synagoge Kleider, ansonsten war sie von Kopf bis Fuß wie ein Junge gekleidet. »Paps, das ist okay«, sagte sie sanft zu ihrem Vater. Sharon ähnelte Richard. Auch sie konnte sich mit unangenehmen Begebenheiten einfach abfinden.

Ulrike hielt es im Flüchtlingsheim nicht aus. Die Stimmung erinnerte sie zu sehr an die in ihrer eigenen Familie: Misstrauen, Überwachung, Eingesperrtsein. Am dritten Morgen verschwand sie, ohne sich abzumelden. Keiner hielt sie auf, keinen interessierte es, dass die Achtzehnjährige verschwunden war. Nachdem sie zwei Tage lang nicht ins Heim zurückgekehrt war, wurde ihr Bett einer anderen Frau zugeteilt. Sie fuhr wieder zum Bahnhof Zoo. Sie lief durch den Tiergarten und durch die Straßen. Ein Ziel hatte sie nicht mehr. Zuerst überlegte sie, ob sie sich von ihren fünfzig Mark vielleicht ein kleines Zimmer leisten könnte. Vielleicht könnte sie irgendwo als Kellnerin arbeiten und sich so erst mal über Wasser halten. Am frühen Abend fiel ihr in der Fasanenstraße vor dem Jüdischen Gemeindezentrum eine Gruppe diskutierender Frauen und Männer auf. Fasziniert beobachtete Ulrike ihre gelassene Art. Eine ältere Dame sah Ulrike direkt an: »Mein Kind, willst du auch zum Gottesdienst?«, fragte sie Ulrike. Zaudernd ging Ulrike auf die Gruppe zu. »Sind Sie neu hier? Ich habe Sie bei uns noch nie gesehen«, sagte die freundliche alte Dame. »Ja, ich bin aus Ost-Berlin«, entgegnete Ulrike. »Ich bin geflohen.« Und dann sprudelte eine Geschichte aus ihr heraus, als habe sie nie etwas anderes erzählt. Als habe sie sich das alles vorher ganz genau zurechtgelegt. Ulrike behauptete, sie würde Rachel Goldschmidt heißen, und ihre Großmutter sei Jüdin gewesen. Ihre Mutter habe in der DDR aber nicht gewagt, zu ihrer Religion zu stehen. Und dass sie sich danach sehnen würde, wieder ihren Glauben zu leben. Lächelnd nahm die ältere Dame Ulrikes Hand: »Dann bist du hier genau richtig. Ich werde dir helfen.« Ulrike kam es wie eine göttliche Fügung vor. Mithilfe von Alice Süsskind erledigte Ulrike Meyerhans, die von nun an Rachel Goldschmidt hieß, Behördengänge. Und Alice ließ Rachel auch bei sich wohnen. »Ich habe keine Kinder, nun kümmere ich mich halt um dich«, hatte sie lachend gesagt. Was für ein unglaublich gerechtes Glück, dachte Rachel. »Der Besuch wöchentlicher Gottesdienste, das gemeinsame Begehen der verschiedenen Feiertage, die Einhaltung diverser Tora-Gebote, die Weitergabe der hebräischen Sprache, die Berufung auf eine eigene Zeitrechnung – dies alles gibt und gab dem Judentum, trotz der Diaspora, Einheitlichkeit und Überlebenskraft«, erklärte Alice. Rachel verinnerlichte jedes Wort. Die Verwandlung von Ulrike Meyerhans in Rachel Goldschmidt schien ihr vollkommen natürlich.

Nur einmal rief Rachel ihre beste Freundin Tanja in Ost-Berlin an. »Tanja, ich bin es. Ulrike.« »Wo bist du, und wie geht es dir?«, fragte Tanja. »Es geht mir gut, ich bin hier bei einer älteren Dame, sie heißt Alice Süsskind. Sie hilft mir.« »Das ist gut«, entgegnete Tanja. Und dann bat sie Ulrike, sie nie wieder anzurufen, sie würden alle abgehört und mächtig Ärger bekommen, wenn sie Kontakt zu Republikflüchtlingen hätten. Tanja legte auf, und Ulrike zerriss die zwei Fotos, die sie von sich und ihrer einst besten Freundin mitgenommen hatte. Die letzte Verbindung zu ihrer Vergangenheit landete im Mülleimer.

Für Außenstehende verkörperten Rachel, Richard und Sharon eine vorbildliche Familie. Beide Eltern berufstätig, Sharon ein beliebtes, höfliches Kind. Jeden Freitag erschienen sie herausgeputzt und strahlend zum Gottesdienst, und sie schienen einen äußerst liebevollen Umgang miteinander zu pflegen. Friedlich war Rachel tatsächlich nur, wenn sie am Freitagabend in der Synagoge ihren Auftritt zum Gottesdienst absolvierte. Dann ruhte sie in sich, hielt die Hand ihrer Tochter, sprach und sang voller Inbrunst Gebete mit: »Offenbare dich und breite, mein Geliebter, das Zelt Deines Friedens über mir aus. Erleuchte die Erde in Deiner Ehre, dann werden wir jubeln und uns an Dir freuen. Eile zu Lieben, denn die Zeit ist gekommen, erbarme Dich über uns, wie in den Tagen der Vorzeit …« Da Rachel im Jüdischen Krankenhaus angestellt war, genoss sie nicht nur einen extrem guten Ruf in der Gemeinde, sie kannte auch viele der Mitglieder und deren Krankengeschichte. Oft wurde sie nach dem Gottesdienst um Rat gefragt, und Richard war jedes Mal aufs Neue erstaunt, wie liebevoll und fürsorglich seine Frau gegenüber anderen klingen konnte. Richard lauschte, kommentierte, nickte und hoffte darauf, die Frau, die er vor Jahren einmal kennengelernt hatte, würde auch ihm gegenüber wieder zum Vorschein kommen. Niemals zog er in Betracht, Rachel zu verlassen. Niemals ging er auf die Avancen und Angebote anderer Frauen ein. »Eine Ehe ist kein Urlaub, sondern Tag für Tag harte Arbeit«, hatte sein Vater gesagt. »Die Früchte deiner Arbeit erntest du nur, wenn du durchhältst, beständig und verlässlich bist. Sonst verderben sie.«

Richard vertraute auf die Worte seines Vaters. Er hatte eine sehr innige Beziehung zu seinen Eltern. Als er nach Deutschland ging, waren sie sehr unglücklich. Viel lieber hätten sie es gehabt, ihn weiterhin bei sich in Tel Aviv zu wissen. Richard hingegen fand die Vorstellung schrecklich öde, sein ganzes Leben im selben Land zu verbringen. Im Dezember 1989, kurz nach dem Fall der Mauer, zog er nach Berlin.

Seit Sharon in die Vorschule ging, übernahm Rachel immer öfter die Spätschicht im Krankenhaus. So sahen sich Richard und sie nur kurz, wenn er vom Unterricht aus der Schule zurückkam und sie sich gerade auf den Weg zur Arbeit machte. Morgens brachte Richard Sharon in die Schule, und am Nachmittag holte er sie aus der Schul-

Kita ab. Er kontrollierte ihre Hausaufgaben, er ging mit ihr zum Geigenunterricht oder verabredete sie mit Freundinnen. Abends, bevor Richard Sharon ins Bett brachte, stellten sie immer einen Teller mit den Resten ihres Abendbrots und ein Glas Saft für ihre Mama hin. Richard dachte, Rachel möge das, bis er eines Morgens das Essen im Klo fand. Er erwähnte es nicht. Sie stellten Rachel abends weiterhin etwas hin. Sharon liebte es, sich vorzustellen, wie Mama ganz müde von der Arbeit im Krankenhaus nach Hause kam und immer etwas zu essen vorfand.

Bei dem Gedanken an Rachels Härte schauderte Richard. Hätte er nicht schon viel früher erkennen müssen, wie narzisstisch sie veranlagt war? Eigentlich ging es immer nur um sie und darum, wie sie in der neuen Welt, die sie sich erschaffen hatte, alles so bestimmte, dass sie dadurch Bestätigung erfuhr. Zu groß war die Kluft zwischen ihrem alten Selbst und dem Bild, das sie nach ihrer Flucht von sich erschaffen hatte. Sie durfte nichts dem Zufall überlassen, alles musste streng nach ihren Vorstellungen sein. Ihren Mangel an Selbstwertgefühl hatte Rachel durch Richard, Sharon und ihren Status innerhalb der Jüdischen Gemeinde kompensiert. Und durch die Macht, die sie über ihren Mann und ihre Tochter hatte. Das von ihr mühsam erschaffene Bild durfte nie infrage gestellt werden, keinen Kratzer bekommen.

Wenn Papa Ulrike in ihrem Kinderzimmer besuchte, war er immer besonders nett. Dann machte er Komplimente und schmeichelte ihr, bevor er sie berührte. Ulrike flüchtete in eine andere Welt. Ganz fest schloss sie ihre Augen und wartete, wartete ab, bis es vorbei war. Schreien konnte sie nicht. Nur abwarten.

Richard blieb an dem Samstag, an dem Tilo vorbeigekommen war, lange wach und wartete auf Rachel. Er wusste, sie hatte eine Doppelschicht übernommen und würde erst nach Mitternacht wieder da sein. Sharon schlief, und Richard korrigierte Geschichtsarbeiten. Als er den Schlüssel im Türschloss hörte, begann sein Herz schneller und nervös zu schlagen. Er ging ihr entgegen und nahm Rachel im Flur ihren Mantel ab: »Hallo. Wie war es heute im Krankenhaus?«, fragte er vorsichtig. »Wie soll es schon gewesen sein? Anstrengend. Ich bin kaputt. Warum bist du noch wach?« Richard nahm zaghaft ihre Hand und zog sie in die Küche: »Setz dich. Wir müssen reden«, sagte er. »Magst du ein Glas Wein oder einen Tee?« Rachel sah ihn genervt an und blieb demonstrativ stehen: »Nein, ich will ins Bett. Ich bin müde.« Richard atmete tief ein und sprach den Satz, den er sich über Stunden zurechtgelegt hatte: »Heute war ein Mann hier, Tilo, der behauptet hat, er sei dein Bruder.« Innerhalb einer Sekunde verfinsterte sich Rachels Miene. Ihre Stirn verkrampfte zur Zornesfalte:

»Was soll das?«, brüllte sie. »Willst du mich verarschen? Du weißt doch ganz genau, dass ich keine Familie mehr habe.« Ihre Hände fuchtelten wild umher, als müsse sie ein lästiges Insekt verscheuchen. Richards Schultern sackten nach vorne, sein Kopf ebenfalls, er hatte geahnt, es würde wieder zu einem ihrer Ausraster kommen: »Rachel, ich sage dir doch nur, was hier heute passiert ist. Sonst nichts.« Sie ging auf ihn zu und knallte ihm ihre Hand ins Gesicht: »Du bist so ein Trottel. Da hat dich wohl jemand verarscht. Ich gehe jetzt ins Bett und will davon nie wieder etwas hören – verstanden?« Rachel verließ die Küche und schlug die Schlafzimmertür hinter sich zu. Richard fühlte sich als der Versager, den Rachel in ihm sah. Was hatte er sich nur gedacht?

Als Richard am nächsten Morgen um kurz vor 5 Uhr aufwachte, war sein erster Gedanke, dass sich etwas grundlegend verändert hatte, etwas, worüber er keine Kontrolle mehr hatte. In seinem Traum hatte er Rachel gesehen. Er hatte verzweifelt versucht, mit ihr über ihre Vergangenheit zu sprechen, während sich sein Mund mit Glasscherben gefüllt hatte. Statt Worten war aus seinem Mund nur noch Blut geflossen. Schweißgebadet setzte er sich auf. In der Wohnung war alles still. Er lief ins Schlafzimmer. Rachel war verschwunden. Spurlos.

Drei Monate später fand er eine Postkarte im Briefkasten:

Lieber Richard, es tut mir leid, aber ich konnte nicht bleiben. Ich muss mir ein neues Leben aufbauen und bitte Dich, nicht nach mir zu suchen. Danke! Rachel.

Sie hatte ihn und ihre Tochter im Stich gelassen. Wie schon vor Jahren ihre Familie und Freunde in Ost-Berlin und wie den kleinen schwarz-weiß-gefleckten Mischlingsrüden Freitag. In den ersten zwei Monaten, in denen Rachel und Richard zusammen waren, war der kleine Hund ihr ständiger Begleiter. Doch als sie ihre Ausbildungsstelle am Jüdischen Krankenhaus bekam, störte er. Eines Abends kam sie ohne Freitag vom abendlichen Spaziergang zurück. »Wo ist Freitag?«, fragte Richard. »Ich habe ihn an einen Obdachlosen verschenkt. Der hatte schon zwei Hunde. Freitag wird es bei ihm gut haben«, sagte Rachel und sprach nie wieder von dem Hund.

Das war alles? Rachel erwähnte Sharon nicht mal? Richard war außer sich. Wütend schlug er seine Faust in den Briefkasten, der krachend zu Boden fiel. In der Wohnung riss Richard die Tür des Schlafzimmerschranks auf und sämtliche Kleidung von Rachel heraus. Alles sollte weg. Der Stapel wurde immer größer und seine Wut immer mächtiger: Wie konnte es sein, dass er und Sharon ihr so rein gar nichts bedeuteten? Als hätte ihre gemeinsame

Vergangenheit überhaupt nicht existiert. In den nächsten Tagen würde er sich eine Geschichte ausdenken müssen, eine, mit der Sharon weiterleben könnte. Er würde lügen, sich rausreden, weiterleben: »Sharon, deine Mama ist in einem fernen Land, um dort armen Kindern zu helfen. Die Kinder sind sehr krank und ganz allein, und wenn Mama ihnen nicht hilft, dann sterben sie … Sharon, deine Mama hat auch unser Konto leergeräumt. Das Geld für deine Bath Mizwa ist weg.«

Immer wieder rief Tilo Richard an. Immer wieder ignorierte Richard seine Anrufe. Erst als die Karte von Rachel angekommen war, brachte Richard die Kraft auf, Tilo zurückzurufen, um ihm zu erklären, dass Ulrike/Rachel auch ihre zweite Familie einfach so verlassen hatte. Tilo weinte, fühlte sich schuldig: »Wäre ich doch bloß nie bei euch aufgetaucht«, schluchzte er. »Das Vergessenwollen verlängert das Exil. Das Geheimnis der Erlösung heißt Erinnerung«, entgegnete Richard. Auch so ein Satz, den sein Vater immer zitierte.

Zehn Monate nach Rachels Verschwinden zog Richard mit Sharon zu seinen Eltern nach Tel Aviv. Jakob und Lea waren alt und gebrechlich und vor allen Dingen froh darüber, Richard und ihre Enkelin bei sich zu haben. Auf der Dachterrasse blühten die Bougainvilleas, und der große Kräutergarten duftete. Nach und nach verblasste bei

Sharon die Erinnerung an ihre Mutter, und sie stellte keine Fragen mehr. Oft genossen sie und Richard den Blick von der Terrasse: die ungestüme, laute Stadt im Rücken und das beruhigende, rauschende Meer vor ihnen.

Vierzehn Jahre später klopfte Sharon verunsichert und voller Hoffnung im siebten Stock eines Wohnblocks etwas außerhalb der venezolanischen Hauptstadt Caracas an die Tür von Apartment 708. Ein Mädchen im Teenageralter öffnete ihr. »Hallo, ich bin Sharon«, sagte sie. Und: »Wohnt hier vielleicht eine Rachel Goldschmidt oder Ulrike Meyerhans? Ich bin ihre Tochter«, fügte sie in gebrochenem Spanisch hinzu. »Papa«, rief das Mädchen in die Wohnung und starrte sie neugierig an. Sharon spürte sofort, dass dies ihre kleine Schwester sein musste.

Die Andere

Schon wieder so ein Tag. Das Wartezimmer in Kathrins Praxis in Heidelbergs Stadtzentrum war vollkommen überfüllt. Einige Patienten fanden keinen Sitzplatz. Es war stickig. Überheizt. Eng. Kathrin ließ sich von einer ihrer Arzthelferinnen eine neue Krankenakte reichen. »Frau Carlsen bitte«, sagte sie und dachte kurz daran, dass sie nächstes Jahr endlich in eine modernere Praxis mit hellen, großzügigen Räumen umziehen würde. Eine auffällig geschminkte Frau mit blondierten langen Haaren, in knallenger Jeans, rosa Sweatshirt und mit glitzernden Turnschuhen erhob sich in der hintersten Ecke des Wartezimmers. Sie passte nicht nach Heidelberg.

Kathrin war Ärztin für Innere Medizin. Ihre Praxis lief hervorragend, und sie genoss einen guten Ruf. Patienten untersuchen, Laborwerte checken, Diagnosen erstellen, Formulare ausfüllen, mit Angehörigen sprechen, während die nächsten zwanzig Patienten warteten: Kathrin bewegte sich stets ruhig und sicher zwischen Anmeldung,

Warte- und Behandlungszimmern. Ihr Beruf strengte sie nie an. Sie war eine gute Ärztin, das wusste sie, und das war ihr wichtig. Dass sie oft den ganzen Tag kaum etwas aß und eigentlich nur Kaffee und grünen Tee trank, fiel ihr nicht auf. Eine Banane und ab und zu mal ein Brötchen vom Bäcker – mehr nahm Kathrin während ihrer Arbeitszeit selten zu sich. Die Bedürfnisse der Patienten hatten Vorrang.

Als Kathrin der ihr unbekannten Patientin an ihrem Schreibtisch gegenübersaß und sich nach deren Beschwerden erkundigte, bildete sich binnen Sekunden kalter Schweiß auf Stirn und Oberlippe der blonden Frau. Sie drehte angespannt mit den Fingern der rechten Hand den Ring an ihrem linken Ringfinger. Kathrin registrierte aufmerksam die körperlichen Symptome, der abrupte Schweißausbruch könnte viele Ursachen haben. Gepaart mit der Nervosität von Frau Carlsen sprach aber alles erst mal für enormen Stress.

»Sie scheinen mir sehr erregt«, sagte Kathrin. Frau Carlsen sah von ihren Händen auf über Kathrin hinweg aus dem Fenster, dann nuschelte sie leise etwas auf Englisch. Kathrin verstand kein Wort: »Ich verstehe Sie nicht. Could you say that again please«, erwiderte sie professionell. »I am Candice, Candice Carlsen, your husband's wife from Florida«, wiederholte die fremde Frau. Kathrin saß vollkommen perplex da. Sie hatte jetzt zwar Wort für Wort alles verstanden, aber die Aussage des Gesagten drang nicht zu ihr durch. »Could you say that again please«, sagte sie ungläubig. Frau Carlsen schob einen Zettel über den Tisch, auf dem in kindlichen Buchstaben noch mal dasselbe auf Deutsch stand: Ich bin Candice Carlsen aus Florida. Die Ehefrau Ihres Ehemannes Jonathan. Kathrin zögerte nicht eine Sekunde, schob den Zettel entschieden zurück und sagte ruhig: »Ich habe keine Ahnung, was Ihr Problem ist, Frau Carlsen. Aber ich kann Ihnen gerne einen guten Psychiater oder Psychologen empfehlen.« Dann stand sie auf und ließ Frau Carlsen alleine zurück. Kathrin ging durch den Warteraum mit den vielen Wartenden direkt zum Empfang, zum ersten Mal bekam sie in den überfüllten Räumen ihrer Praxis selbst kaum Luft. Am liebsten hätte sie ein Loch zum Himmel in die Decke geboxt. Kurz erklärte Kathrin ihrer Assistentin stattdessen, dass die neue Patientin, die noch im Behandlungszimmer saß, vermutlich psychologische Hilfe bräuchte und sie selbst kurz eine Pause.

Vor der Praxis ging Kathrin nachdenklich auf und ab. Langsam. Verwirrt. Sie fröstelte und zog ihre Daunenjacke enger um sich. Dann ging sie zum Bäcker gegenüber und bestellte ein Vollkornbrötchen mit Käse und einen großen Kaffee: »Schwarz. Zum Mitnehmen.« Sie setzte sich an einen Fensterplatz. Für Kathrin war es offensichtlich, dass Frau Carlsen echte Stresssymptome gezeigt hatte. Das konnte niemand so einfach vortäuschen. Ihre Assistentin rief auf dem Handy an: »Kathrin, diese Amerikanerin hat noch einen Umschlag hiergelassen und sagte, dass sie im Hotel Zum Ritter wohnt. Sie ist weg und wollte auch keinerlei Hilfe. Was ist denn los?« »Nichts, ich bin gleich wieder da«, entgegnete Kathrin und legte auf. Sie biss lustlos in das Brötchen, ließ es dann liegen. Den Kaffee nahm sie mit zurück in die Praxis. »Herr Wolf bitte«, sagte sie fünf Minuten später, mit der nächsten Krankenakte in Händen. In ihrem Kopf hatte Kathrin nur noch ein Bild: das der Anderen.

Ihr Mann Jonathan – genannt Jo – saß eigentlich immer nur zu Hause auf dem Sofa. Er hatte wohlhabende Eltern, war halb Amerikaner und halb Deutscher und er schrieb. In seiner Vorstellung war er Bestsellerautor. In Wahrheit tippte Jo zwar tagein, tagaus fleißig vor sich hin oder recherchierte irgendetwas, hatte aber noch nie ein Manuskript verkauft. Seine Agentin fand seine Ideen immer gut komponiert, aber vielleicht hing sie auch lediglich an Jos verheißungsvollem Nachnamen: Bowman. Jos Vater war ein Schriftsteller von internationalem Renommee. Jo selbst hatte ihr noch nie mehr als dreißig Seiten am Stück geliefert. Dann brach er ein, dann brach er ab. Bisher gab es nur eine unendlich hoffnungsvolle Sammlung an Ideen und Konzepten, die allesamt ausgedruckt in diversen Schreibtischschubladen lagerten. »Der große Wurf bahnt sich bereits an«, beruhigte Jo Kathrin, wenn sie sich mal wieder darüber beklagte, dass er eigentlich nur großzügig Geld ausgab, aber selbst kaum etwas verdiente.

Schon lange bevor Candice in Kathrins Praxis auftauchte und Anspruch auf Jonathan als Ehemann erhob, hatte Kathrin alles loswerden wollen: ihr Leben, so wie es schon viel zu lange war, ihre Ehe, so wie sie sie schon viel zu lange führte, ihre schweigende Zustimmung für etwas, was sie schon viel zu lange nicht mehr wollte. Kathrin hasste Jos lässige Undankbarkeit und seine weiche Art, die sie seit einer gefühlten Ewigkeit immer zur Starken machte. Aber dass er sie betrogen haben konnte, auf diese Weise, nein, das war ihr unvorstellbar. Unmöglich. Schon morgens, wenn er aufstand und sich ungeniert zwischen den Beinen kratzte, wollte Kathrin ihn am liebsten aus der gemeinsamen Wohnung jagen. Wären da nicht ihre beiden Kinder, der Freundeskreis, die vielen gemeinsamen Erinnerungen – und Sex. Selbst nach zehn Jahren Beziehung und acht Jahren Ehe schliefen Kathrin und Jo immer noch miteinander. Nicht mehrmals in der Woche, aber mehrmals im Monat. Nicht ekstatisch, aber genussvoll. Unter ihren Freunden waren sie damit die absolute Ausnahme. Und auch damit, dass sie sich selten stritten. Bis auf ein paar Spitzen von Kathrins Seite wegen Jos ausbleibendem Erfolg, gab es keinerlei nennenswerte Auseinandersetzungen. Unzufrieden war Kathrin trotzdem, aber das hatte andere Gründe. Im alltäglichen Familienleben spielte sie kaum eine Rolle. Morgens verließ sie gemeinsam mit ihren Kindern Emily und Johann das Haus, und wenn sie abends vollkommen erschöpft aus der Praxis kam, saßen ihr siebenjähriger Sohn und ihre zehnjährige Tochter meistens mit ihrem von Jo gekochten Abendessen vor dem Fernseher und sahen Kindersendungen. Kathrin hingegen saß mit Jo dann in der Küche und erzählte von Patienten und Problemen. Manchmal lobte sie Jos Kochkünste, und er lächelte zufrieden. Ansonsten hörte Jo aufmerksam zu. Manchmal hatte er auch etwas zu besprechen. Dann ging es um die Kinder. Seine Kinder, sein Bereich.

Selbst wenn Kathrin am Wochenende zu Hause war, wollten Emily und Johann lieber etwas mit Papa unternehmen. Also ging Kathrin zum Sport oder traf sich mit Freundinnen, machte Hausbesuche, während Jo die Kinder zum Fußball und Reiten brachte. Dann ging er einkaufen, und am Abend aßen sie alle zusammen, wie immer etwas, was Jo gekocht hatte. Diesen eingespielten Trott trotteten sie so vor sich hin. Kathrin brachte viel Geld nach Hause. Er wiederum kümmerte sich um die Kinder und mithilfe einer Putzfrau auch um den Haushalt. Ob Hausaufgaben, Verabredungen, Probleme, Wünsche, Abendessen – Papa war da. Papa war der Beste. Grandios kreativ, lustig, zuverlässig und auch bei sämtlichen Spielkameraden beliebt. Jo konnte mit Kindern besser umgehen als mit Erwachsenen. Jo schien zufrieden. Kathrin versuchte zufrieden zu sein, aber sie war es nicht. Kathrin sehnte sich nach starken Armen. Nach jemandem, der sie wieder Frau sein ließ. Zumindest bis zu dem Moment, als Candice in ihrer Praxis auftauchte.

Zum ersten Mal seit Eröffnung ihrer Praxis machte Kathrin an diesem Abend früher Schluss und schickte Patienten weg. Sie wollte vor ihrem Mann und den Kindern zu Hause sein. Dort angekommen schloss sie unsicher und vorsichtig die Tür auf. Jos Laptop lag aufgeklappt auf dem Sofa – ohne Jo, was selten geschah. Kathrin tat etwas, was sie sich selbst nie zugetraut hätte: Sie nahm den Laptop, schaltete ihn ein und begann damit zu versuchen, das Passwort zu erraten. Geburtsdaten der Kinder, ihre Namen, Jos Lieblingsband. Straßen, Ferienorte. Sie entschied sich für den Namen seines ersten Hundes: Victor. Es klappte. Kathrin spürte ein freudiges Kribbeln darüber, dass sie das Rätsel gelöst, den Code geknackt hatte. Bevor sie sich daranmachte, Jos Mails zu lesen, holte sie sich zur Beruhigung eine Flasche Rotwein und ein Glas aus der Küche. Sie schenkte sich großzügig ein und trank ein halbes Glas in einem Zug. »Wenn er mich belügt, habe ich das Recht, ihn zu kontrollieren«, redete sie sich selbst gut zu. Kathrin klickte sich in Jos Mailprogramm. Sie hatte Herzklopfen. Und tatsächlich entdeckte sie sofort eine Flut an Mails von einer Candice Carlson. Wie von Sinnen durchstöberte Kathrin die Mails. Las, was sie nicht glauben konnte und wollte: In Florida und Heidelberg lebten zwei Frauen, die sich zwar nicht kannten, die aber anscheinend mit demselben Mann verheiratet waren. Wirklich niemand hätte geahnt, dass der so willenlos und stets hilfsbereite, brave, unterwürfig wirkende Jo sie belogen und betrogen hatte. Seit knapp zehn Jahren spielte er Kathrin perfekt den unschuldigen kleinen Jungen vor. Dabei führte er genauso lang ein zweites Leben mit seiner ersten Frau. Und: Der Florida-Jo war ein ganz anderer Mann als der Heidelberg-Jo.

Kathrin klickte sich durch eine Flut von Bildern. Jo hielt Candice im Arm, Jo und Candice am Strand, Jo und Candice in den Everglades auf einem Airboat in den Mangrovenwäldern. Auf einem Foto hielt Jo stolz einen kleinen Baby-Alligator in die Kamera. Candice war attraktiver als Kathrin, das musste sie vor sich selbst eingestehen, und Jo sah unglaublich glücklich und energisch aus. Nicht wie der Mann, der bei Kathrin zu Hause auf dem Sofa saß und kaum mehr als zwanzig Worte pro Tag von sich gab. Der Florida-Jo war genau der Mann, den sich Kathrin immer gewünscht, auf den sie gehofft hatte. Jedes Bild war wie eine weitere Schicht, die von Kathrins und Jos gemeinsamem Leben abgetragen wurde. Auch die Andere hatte eine gemeinsame Vergangenheit mit Jo. Auch die Andere war mit Jo seit Jahren verbunden.

Kathrin schenkte sich nach und wählte Candice' Nummer, die sie in den Mails gefunden hatte. Auf dem Anrufbeantworter hörte sie die Ansage der Anderen: »Please leave a message after the beep and I'll get back to you.« Die Stimme machte Kathrin angriffslustig: »And I'll get back to you …« Noch ein Glas Wein. Wieder und wieder hörte sich Kathrin den Anrufbeantworter an. Sie weinte

nicht, sondern stand unter Schock, und ihr fiel ein, dass
sie den Umschlag in der Praxis hatte liegen lassen. Sie
trank noch ein Glas Wein und erhob sich langsam. Sie
musste sich abstützen. Ich muss den Umschlag holen,
dachte Kathrin und suchte nach ihren Autoschlüsseln.
Sie stolperte durch die Wohnung, fand endlich den
Schlüssel auf dem Küchentisch und ging ohne Jacke zur
Garage, startete den Motor ihres Wagens. Es dauerte eine
Weile, bis sie den Rückwärtsgang eingelegt hatte. Ohne
Licht schoss sie die Einfahrt runter. Ein hupendes Auto
kam ihr entgegen und blendete mehrmals auf. »Arsch-
loch«, schrie Kathrin und meinte damit mehr Jo als den
Fahrer. Entschlossen trat sie aufs Gaspedal und verlor in
einer vereisten Rechtskurve die Gewalt über den Wagen.
Sie spürte einen Aufprall und hörte ein lautes Krachen.
Ich habe heute wieder fast nichts gegessen, ging ihr durch
den Kopf. Tränen schossen Kathrin in die Augen, ihr
Schädel brummte. Sie fühlte sich, als schwebe sie durch
eine fremde Welt, eine Welt, in der Entfernungen keine
Bedeutung mehr hatten. Sie hatte kein Zeitgefühl mehr.
Wo wollte sie noch mal hin? Kathrin versuchte sich auf-
zurichten. Dann verlor sie das Bewusstsein.

Kennengelernt hatten sich Kathrin und Jo während ihres
Studiums. Jo war für Germanistik und Vergleichende
Literaturwissenschaften eingeschrieben, Kathrin für Me-
dizin. Das erste Mal sahen sie sich auf der traditionellen

Erstsemester-Party in der Mensa der Ruprecht-Karls-Universität in Heidelberg. Sie waren beide Mitte zwanzig und fast fertig mit ihrem Studium. Kathrin hatte mit ihrem schwulen Freund Dirk schon einige Wodka getrunken und rauchte eine Zigarette nach der anderen. Jo unterhielt sich einige Meter entfernt mit einer Dozentin. Interessiert beobachtete Kathrin ihn – rein optisch war er genau ihr Typ: groß und kräftig, dennoch jungenhaft. Jo hatte das gutmütige Gesicht eines erwachsenen Kindes. Sein schwerer Körper und seine breiten Schultern wollten so gar nicht zu seinem lausbubenhaften Lachen passen. Trotz seiner beeindruckenden männlichen Statur war seine Stimme einen Tick zu hoch. Beinah so, als sei er immer noch in der Pubertät und suche nach seiner Stimmlage. Zudem schien sein Körper ein paar Nummern zu groß, als müsse Jo erst in sich selbst hineinwachsen. Kathrin gefiel genau dieses sehr Spezielle an ihm.

Sie selbst hingegen war ein zartes Wesen mit blonden, engelhaften Korkenzieherlocken, anmutig – aber nicht eitel. In ihrer zierlichen Figur steckte eine unglaubliche Kraft. Müdigkeit, Krankheit, Abgespanntheit kamen bei Kathrin nicht vor. Weder im Sprachgebrauch noch physisch.

Jo merkte, dass Kathrin ihn fixierte, kam auf sie zu und fragte: »Kennen wir uns?«, und Kathrin antwortete: »Jetzt schon.« Dann fragte sie ihn aus, als wolle sie eine Anamnese seines Lebens erstellen. Dass er halb Amerikaner, halb Deutscher aus einer wohlhabenden Familie war, sehr belesen, Single, Einzelgänger und Bester seines Studienjahres fand sie heraus. Jo antwortete brav und einsilbig. Kathrin trank weiter Wodka, redete viel zu viel und lachte viel zu laut. Jo störte das nicht. Er war froh, ihr jetzt zuhören zu können, dann musste er nichts mehr sagen. Nicht mehr antworten. Kathrins Freund Dirk hatte die beiden längst allein gelassen, als Kathrin Jo küsste und ihn wie eine Trophäe hinter sich her auf die Tanzfläche schleppte. Dass Jo weder tanzen konnte noch mochte, fiel ihr nicht auf. Dafür war sie schlicht zu betrunken. Daran, wie sie bei ihr zu Hause gelandet waren, konnte Kathrin sich nicht mehr erinnern. Aber daran, dass sie miteinander schliefen und es schön war. Unaufgeregt. Im Bett war Jo gar nicht linkisch, sondern folgte Schritt für Schritt den Bedürfnissen ihrer Weiblichkeit.

Sie trafen sich von nun an fast täglich zum Mittagessen in der Mensa. Manchmal erzählte er von Schriftstellern, die ihn beeindruckten, und Kathrin permanent von ihren Plänen, ihren Facharzt als Internistin zu machen. Meistens hörte er einfach nur zu. Beide gaben nach einigen Monaten ihre Zimmer in ihren Wohngemeinschaften auf und zogen gemeinsam in eine kleine Wohnung unweit des Unigeländes. Kathrin verliebte sich in Jo und er sich in sie – was wesentlich erstaunlicher war. Ein halbes Jahr später war Kathrin schwanger. Sie hatte durch den Stress und die unregelmäßigen Arbeitszeiten und Nachtschichten als Ärztin im praktischen Jahr nur gelegentlich die Pille genommen. »Vielleicht wollte ich sie auch vergessen«, sagte sie augenzwinkernd zu ihrer besten Freundin Simone. Kathrin freute sich. Sie war davon überzeugt, dass es der perfekte Zeitraum für das erste Kind sei und sie das alles zusammen schon schaffen würden. Jo war nicht begeistert. Er verließ sie. Eine, wie er sagte, »eheähnliche Beziehung« mit Kathrin wollte er nicht. Er würde ihr helfen, wo er könnte. Kathrin war im vierten Monat ihrer Schwangerschaft. Da Kathrin eine Frau war, die nie aufgab und für die jedes Problem dazu da war, gelöst zu werden, brach keine Welt zusammen. Jo zog in eine kleine Einzimmerwohnung um die Ecke, und obwohl sie offiziell getrennt waren, trafen sie sich weiterhin mehrmals in der Woche und schliefen auch miteinander. Tatsächlich unterstützte Jo Kathrin, wo er nur konnte. Er kaufte für sie ein, er schleppte Wasserkisten in den vierten Stock, manchmal brachte er ihr Blumen mit, und sie gingen gemeinsam einen Kinderwagen und die Grundausstattung für ihre gemeinsame Tochter kaufen. Das Geld dafür hatten Jos Eltern geschickt. Seine Mutter Idis klang überglücklich, als Kathrin ihr von der Schwangerschaft erzählte. »Kommt doch zu Weihnachten zu uns nach Malibu«, sagte sie am Telefon. Kathrin sagte zu. Jo wurde nicht gefragt, sondern von der Entscheidung in Kenntnis gesetzt. Das Geld für die Flüge überwiesen seine Eltern. Dass Kathrin und Jo sich getrennt hatten, erwähnte Kathrin gegenüber Idis nicht. Warum auch?

Es wurde ein wunderschöner goldener Herbst. Wenn Jo morgens noch bei Kathrin war, öffnete er die Fenster im Wohnzimmer. Die Sonne warf ein warmes, orangefarbenes Licht in die Wohnung, und der Geruch von schwerem, feuchtem Laub wehte kühl durch die Räume. Jo saß auf dem Sofa, trank Espresso und tippte Tausende von Buchstaben in den Laptop. Ohne viel zu tun oder zu fordern, hatte Kathrin ihn unter Kontrolle, ihn an sich gebunden. Sie wusste inzwischen, dass sie Jo halten würde. Irgendwie.

Der Flug von Hannover über Stockholm nach Los Angeles war für den 22. Dezember gebucht. Kathrin und Jo würden zehn Tage bei seinen Eltern verbringen, und Kathrin war sehr aufgeregt. »Ich war noch nie außerhalb von Europa«, gestand sie. Noch mehr erregte sie der Gedanke, dass sie seine Eltern kennenlernen würde. Kathrin stammte aus einfachen, aber gut situierten Verhätnissen. Ihre Mutter war Floristin, ihr Vater führte eine Traditionsbäckerei. So pragmatisch, wie ihre Eltern ihre Geschäfte betrieben, betrieb Kathrin ihr Studium und fällte ihre Entscheidungen. Auch in Bezug auf Jo. Dennoch grauste ihr bei dem Gedanken, in die Welt amerikanischer Schöngeister einzutauchen. Malibu, das Haus eines wohlhabenden Schriftstellerpaares. Von Literatur hatte Kathrin bis auf das, was Jo ihr erzählt hatte, wenig Ahnung. »Vielleicht war das keine gute Idee«, sagte sie verzweifelt zu Simone. »Was hast du zu verlieren?«, fragte die zurück. Am nächsten

Tag kaufte sich Kathrin drei Bestseller von Jos Vater Christopher Bowman und las diese heimlich, wenn Jo nicht da war.

Dann war es so weit: der Tag der Abreise. Kathrin hatte alles penibel vorbereitet. Kleine Fläschchen mit Handcreme, Gesichtscreme, Deo, Desinfektionsmittel, Parfum, Ohrentropfen und Nasenspray. Ganze drei Mal hatte sie ihren kleinen Koffer umgepackt, weil sie sich plötzlich nicht sicher war, was man wohl in Malibu zu Weihnachten an Garderobe brauchen würde. Und natürlich hatte sie Geschenke für die ihr unbekannten Eltern von Jo gekauft. Typische deutsche Weihnachtsutensilien: Christstollen, Zimtsterne, Glühwein. Das weiße, luftige Anwesen der Familie Bowman direkt am Strand beeindruckte Kathrin. Schon aus der Ferne, als das Taxi einen Hügel hinunterfuhr, wurde ihr das Ausmaß des Reichtums bewusst. Es gab eine mit Marmorkies belegte Auffahrt, das schmiedeeiserne Tor war nur angelehnt, das gesamte Grundstück war umgeben von einem ebenmäßigen Holzzaun, und das zweistöckige Haus lag inmitten eines wunderschönen Gartens mit plätscherndem Springbrunnen. Der maritime amerikanische Landhausstil, gepaart mit europäischen Möbeln im kühlen Art-déco-Stil und einer lichtdurchfluteten Eingangshalle, in der alle Fenster weit offen standen und der warme salzige Wind mit den leichten Vorhängen spielte, vermittelten Kathrin das Gefühl, in einem amerikanischen Traum gelandet zu sein. In der Mitte der Halle stand ein riesiger, noch ungeschmückter Weihnachtsbaum.

Christopher und Idis waren nicht da. Eine mexikanische Haushälterin mit grauen Haaren zeigte ihnen ihr Zimmer, und in der Küche stand ein Willkommenssnack. »Typisch meine Eltern«, mokierte sich Jo. Kathrin verstand ihn nicht. Sie hatten doch für alles bestens gesorgt und sogar Businessflüge gezahlt. Jo erklärte ihr sichtlich genervt, dass es schon immer so gewesen sei, dass sich seine Eltern ausschließlich um sich selbst gekümmert hätten. »Ich hatte zwar alle möglichen Nannys, und wir machten die schönsten Urlaube in den luxuriösesten Hotelanlagen der Welt, aber mein Vater war immer nur mit seinen Büchern beschäftigt und meine Mutter damit, es meinem Vater recht zu machen.« Jo wurde bis zu seinem zehnten Lebensjahr von Hauslehrern unterrichtet, weil sein Vater ständig umziehen wollte. »Zwei Jahre lebten wir in Mexiko. Dort schrieb Christopher an einem Thriller über die mexikanischen Drogenkartelle, und danach zogen wir nach Paris, weil er meinte, er bräuchte wieder mehr Kultur und das Laissez-faire.« Kathrin wusste zwar, wie sehr Jo unter der Übermacht seines bekannten Vaters litt, verstand aber nicht, warum er nicht auch ein wenig dankbar sein konnte. Jo lachte verächtlich: »Dankbar. Wofür? Ich habe, bis ich sechzehn war, acht Umzüge hinter mich gebracht, hatte dadurch nie wirkliche Freunde, und für meine Eltern ging es nie darum, wie es mir dabei geht. Sie haben mich mit ihren Entscheidungen einfach immer wieder konfrontiert, mich aber nie gefragt.«

Nachdem sie sich in ihrem ans Schlafzimmer angrenzenden Bad frisch gemacht hatten, legte sich Jo sofort ins Bett. Kathrin ging an den Strand. Am Pazifik warteten einige Surfer auf die nächste Welle, Hunde tobten in der Brandung, und Spaziergänger schlenderten auf und ab – zumeist waren es ältere Paare, versunken in Gespräche. Kathrin setzte sich auf einen Stein und ließ ihren Blick über die Bucht schweifen. Sie hatte alles richtig gemacht, dessen war sie sich jetzt vollkommen sicher. Müdigkeit oder so etwas wie Jetlag verspürte sie nicht. Im Gegenteil. Ihre Sinne waren bis aufs Äußerste geschärft, nie hatte sie klarer gesehen als in diesem Moment – ein erhabenes Gefühl von Glück. Kathrin schreckte auf, als plötzlich jemand ihre Schulter berührte: »Bist du Kathrin?«, fragte lächelnd eine Frau. Idis. Kathrin wusste es sofort. »Und Sie müssen Idis sein«, entgegnete Kathrin. »Du bitte, my dear«, sagte Idis mit einem offenen Lachen, das Kathrin sofort voll und ganz einnahm. »Lass uns ein wenig spazieren gehen«, so Idis weiter. Und: »Es ist gut, wenn die Männer sich erst mal allein beschäftigen. Christopher hat Jonathan« – Idis sagte nie Jo – »geweckt, und jetzt kochen sie zusammen.« Idis ging voran, Kathrin folgte. Bis sie direkt am Meer standen, sagten beide kein Wort, und dann blickten sie einfach in die Ferne. Idis legte Kathrin ihren Arm um die Schulter: »Ich hätte nie gedacht, dass ich mal

Großmutter werde. Jonathan hat alles, was mit Familie und Verpflichtungen zusammenhängt, immer verabscheut. Sei mir nicht böse, aber ich vermute, dass es ein Unfall war. Das spielt aber überhaupt keine Rolle für mich und Christopher. Du gehörst jetzt zur Familie.« Dann liefen sie den Strand entlang, und Idis fragte Kathrin aus. Kathrin antwortete gern, es war schön, mit jemandem zu sprechen. Über sich zu sprechen. Nicht über Literatur oder Patienten. Als Idis und Kathrin auf dem Rückweg die Einfahrt hochgingen, blieb Idis stehen: »Eine Frage habe ich noch. Warum bist du Internistin geworden?« Kathrin stutzte kurz, weil sie ihre Antwort zwar kannte, sie aber noch nie ausgesprochen hatte. »Weil es die einzige Spezialisierung ist, die alle Organsysteme einbezieht. Alles andere hätte mich eingeschränkt und schnell gelangweilt.« Kathrin setzte kurz ab. Idis sah sie an, als ob sie wüsste, dass der entscheidende Satz noch fehlte. »Ich habe gern alles unter Kontrolle und nicht nur einen Teil des Ganzen.« Idis streichelte liebevoll über Kathrins Rücken: »Früher war ich auch so ehrgeizig wie du. Heute freue ich mich, dass wir so ein gutes Leben führen können und ich Christopher in seiner Karriere immer unterstützt habe.«

Am nächsten Tag war Weihnachten. Es gab Gans, dazu Knödel und Blaukraut. Idis freute sich über Kathrins mitgebrachten Glühwein, den Stollen und die Zimtsterne: »Wir sind hier eine kleine deutsche Enklave. Zwei befreundete Pärchen, ausgewandert aus Bayern und Bremen, werden noch dazukommen«, sagte sie, während sie die Zimtsterne in eine kleine Tonschüssel füllte. Für Kathrin war es eines der schönsten Weihnachtsfeste, das sie je erlebt hatte. Sie musste sich ganz und gar nicht verstellen, alle waren liebevoll, aufgeschlossen und an ihrem Leben mit Jo in Heidelberg interessiert. Und sogar Jo wirkte für seine Verhältnisse gelöst: Er redete in wenigen Tagen mehr als sonst in einem ganzen Monat. Kathrin beobachtete, wie er mit seinem Vater Christopher über Schriftsteller und Romane diskutierte. »Ihr seid ein tolles Paar«, sagte Idis über den ganzen Tisch zu ihrem Sohn. »Natürlich sind Kathrin und ich ein tolles Paar«, antwortete Jo. Während er das sagte, konnte er weder seiner Mutter noch Kathrin in die Augen sehen. Niemand fiel es auf. Die Vorhänge flatterten im warmen Wind. Das Bild der festlich gedeckten Tafel mit den leer gegessenen Tellern, den ausgetrunkenen Weinflaschen, Geschenkpapier, zerknüllten Servietten, Kerzenschein vom Tannenbaum und den Familienmitgliedern und Freunden mit ihren ins Gespräch vertieften entspannten Gesichtern prägte sich Kathrin ein, als sei es ein kostbares Wandgemälde.

Mit dieser Erinnerung an ihren ersten und einzigen Besuch in Malibu erwachte Kathrin auf der Intensivstation der Universitätsklinik Heidelberg. Was war passiert? Warum lag sie verletzt im Bett? Und: Wo war sie? Sie kniff die Augen zusammen und versuchte, sich zu erinnern. Alles lag unter einem undurchdringlichen Nebel. Wie ausgehöhlt kam sie sich vor. Kathrin hatte sich bei dem Aufprall ein schweres Schleudertrauma zugezogen und eine Gehirnerschütterung. Ihr Brustkorb war geprellt. »Sie hatten wahnsinniges Glück«, sagte die Schwester, die kam, um nach Kathrin zu sehen. »Wegen der Erinnerungen müssen Sie sich keine Sorgen machen, meistens kehrt fast alles nach einigen Tagen zurück.« »Wie lange muss ich bleiben?«, fragte Kathrin. »Mindestens eine Woche.«

Kathrin bäumte sich kurz auf, die Ärztin in ihr ging mit ihr durch: »Ich würde gern den Oberarzt sprechen und die Diagnose lesen.« Die Schwester tätschelte ihren Arm: »Morgen.« Kathrin schlief wieder ein, erwachte kurz, schlief wieder ein. Bilder liefen ineinander, vermischten sich. Vorhänge flatterten vor offenen Fenstern, wurden schwer. Hingen nass und sandig auf einer Wäscheleine zwischen Pinien. Vor dem Ferienhaus auf Kreta. War das diesen oder letzten Sommer? Bunte Handtücher flatterten in der griechischen Abendbrise. Jo war beschäftigt, saß auf der Terrasse und tippte. Der Grill qualmte, wenn Kathrin mit den Kindern vom Strand zurückkam. Jo machte jeden Abend ein Barbecue. Das war seine Erholung. Im Urlaub das Gleiche zu tun wie zu Hause. Lange blonde, viel zu lange Haare wehten im Wind. Hingen an der Wäscheleine. Ein gigantischer Alligator sperrte sein Maul auf. All das passte nicht zusammen. Kathrin schreckte hoch. Jo saß an ihrem Bett.

Besorgt und gleichzeitig zögerlich ergriff er ihre Hand. »Wie geht es dir?« Stöhnend richtete sich Kathrin auf: »Hatte ich einen Unfall?« Jo bejahte, sah Kathrin nicht an. Stattdessen fing er an, an seinen Fingernägeln zu kauen, ein Zeichen dafür, dass er sich Sorgen machte. »Gibt es vielleicht irgendetwas, was du mir erzählen möchtest?« Er wusste sofort, dass sie etwas wusste. Dass sie es herausgefunden hatte. Schon als er mit den Kindern am Abend zuvor nach Hause gekommen war und sein Laptop auf dem Couchtisch lag, aufgeklappt, das Mailprogramm geöffnet. Ihr fragender Blick traf ihn unerbittlich. Jo hegte eine unbändige Abneigung gegen Veränderungen, und die Vorstellung, sich mit Kathrin und Candice auseinanderzusetzen zu müssen, lähmte ihn. Unmerklich schwankte sein mächtiger Oberkörper. Dann blickte er auf, sah Kathrin an und wartete auf seine Hinrichtung. Aber es passierte: nichts. »Wie geht es den Kindern?«, fragte Kathrin flüsternd, beinah flehend. Jo räusperte sich, sagte: »Gut.« Und dass sie bei Simone seien und noch nicht wüssten, dass Kathrin einen Unfall hatte. »Morgen bringe ich sie mit. Okay?« »Okay.«

Kathrin konnte sich nicht an das erinnern, was vor und nach dem Unfall passiert war – Nachmittag und Abend fehlten. Aber dass sie nicht mehr die war, die sie sein wollte, die, die sie vorher gewesen war, das spürte sie instinktiv. In Kathrins Nacken sträubten sich die Härchen, und ihr Herz flatterte aufgeregt, wenn sie versuchte, die

196

Zeit vor dem Unfall zu rekonstruieren. Sie hatte offensichtlich zu Hause getrunken und war dann ins Auto gestiegen – so viel wusste sie von den Krankenschwestern und Jo. Aber: Wo wollte sie hin? Niemals würde sie so unverantwortlich handeln und alkoholisiert Auto fahren. Was hatte sie dazu veranlasst? Den ganzen Tag zerbrach sie sich den Kopf darüber. Ganz tief in ihrem Unterbewusstsein verdichtete sich etwas zu einer Angst, die sie empfand, und auch Wut. Aber warum und auf wen? Das alles passte nicht zusammen.

Am nächsten Nachmittag saßen Emily und Johann auf Kathrins Krankenbett. Besorgt und verwirrt darüber, dass ihre Mama plötzlich so sanft und schwach war. Sie hatten Bilder gemalt, und Jo hatte vom Markt Blumen und Früchte mitgebracht. Sie spielten zwei Stunden lang Mau-Mau, und Kathrin musste darüber lächeln, dass ihre Kinder sich solche Mühe gaben, ihre Mutter gewinnen zu lassen, damit sie sich besser fühlte. Sie waren plötzlich mehr Familie als jemals zuvor. Kathrin war wichtig, sie genoss den Besuch und die Aufmerksamkeit. Alle vier lagen kuschelnd vereint zusammen auf dem schmalen Krankenhausbett. Für diese zwei Stunden vergaß Kathrin, sich Gedanken über ihre Erinnerungslücken und den Abend vor dem Unfall zu machen.

Als Kathrin eine Woche später aus der Klinik entlassen wurde, freute sie sich, endlich wieder zu Hause bei ihrer Familie sein zu können. Sie war noch für zwei weitere

Wochen krankgeschrieben und hatte sich vorgenommen, nur für Jo und die Kinder da zu sein. Sie würde morgens in der Altstadt auf den Markt gehen und einkaufen, mittags kochen, die Kinder zum Sport fahren und nachmittags Kuchen backen. Sie wusste nicht, warum, aber sie sehnte sich zum ersten Mal in ihrem Leben danach, die Rolle der Hausfrau und Mutter, mit allem, was dazugehörte, voll und ganz auszufüllen und auszuleben. Zudem freute sie sich darauf, endlich wieder neben Jo im Bett zu liegen. Sie musste sich eingestehen, wie sehr er ihr in der Klinik nachts gefehlt hatte, selbst das Geräusch seiner Finger beim Tippen auf dem Laptop hatte sie sich sehnlichst zurückgewünscht.

»Es ist vollkommen absurd, aber es scheint so, als sei ich durch den Schlag auf den Kopf zu einer anderen Frau geworden«, hatte Kathrin einen Tag vor der Entlassung lachend zu ihrer Freundin Simone gesagt. »Mir gefällt die Karriere-Kathrin genauso gut wie die Hausfrau-Kathrin«, entgegnete Simone. Ein wenig verwundert über Kathrins plötzliche häusliche Neigung und ihren neu erwachten Über-Muttertrip machte Simone sich nach einer Stunde auf den Heimweg. Aus dem Auto rief sie Jo an. »Jo, hier ist Simone, sag mal, was ist eigentlich genau an dem Abend passiert, als Kathrin den Unfall hatte?« Jo antwortete zögerlich, machte eine viel zu lange Pause: »Ich weiß es auch nicht«, sagte er mit belegter Stimme. »Wie meinst du das, du weißt es auch nicht?« »Ich war nicht da, und als ich mit Johann und Emily nach Hause gekommen bin, war Kathrin verschwunden. Ich habe nur die Weinflasche gesehen und mich gewundert, dass Kathrin schon früher aus der Praxis gekommen sein musste und dann wohl noch mal weggefahren ist. Betrunken. Und sie selbst sagt, dass sie sich an nichts mehr erinnern kann.« Simone fand das wenig hilfreich und nahm sich vor, mit Kathrin über den Abend zu sprechen, sobald es ihr etwas besser ging.

Aber dazu kam es nicht. Als Jo seine Frau aus dem Krankenhaus abholte, wollte sie unbedingt an der Stelle anhalten, an der der Unfall passiert war. Die Eiche, gegen die sie mit ihrem Wagen geprallt war, hatte einen erheblichen Stammschaden. Kathrin strich darüber und legte ihre Hand auf das nackte Holz. Und dann passierte es. Das Bild der Anderen kehrte zurück. Jo redete auf Kathrin ein, aber sie verstand ihn nicht, es war, als wäre sie unter Wasser, seine Worte erreichten sie nicht. In ihrem Kopf suchte Kathrin weiter nach Details, nach Puzzlestückchen, die zusammenpassten. Ein Erinnerungsfetzen führte zum nächsten. »Du glaubst, ich würde mich nicht erinnern?«, sagte sie. »Jetzt erinnere ich mich wieder. An dem Tag war eine Frau in meiner Praxis, eine Amerikanerin, die behauptete, sie sei ebenfalls mit dir verheiratet.« Jos Mund öffnete sich und sah aus wie eine klaffende Wunde. Kein Ton kam heraus, er stand einfach offen. Die letzten zehn Jahre glich sein Leben einem ruhigen Gewässer, es war eine vorhersehbare, logische Abfolge von

Bedürfnissen und Gewohnheiten gewesen. Eine ihm äußerst angenehme Art der Monotonie. Liebe war längst zu einer Nebensache in der Ehe mit Kathrin geworden. Sie hatten sich miteinander arrangiert, ohne sich zu behindern. Sie hatten geheiratet, als Kathrin das zweite Mal schwanger wurde. Er lebte sein Leben, sie lebte ihres. Sie waren ein gutes Team. Das alles würde sich jetzt ändern. Jo stöhnte leise, als habe er Schmerzen.

Seit die Erinnerung an die Andere zurückgekehrt war, stritten Jo und Kathrin täglich. Schon morgens erschienen Emily und Johann mit ängstlich fragenden Kinderaugen in der Küche, weil sie die Anspannung spürten und wussten, es würde wieder laut werden. Der äußere Alltag lief für Emily und Johann wie gehabt im gleichen Rhythmus, aber die aggressive Stimmung zwischen ihren Eltern verunsicherte die Geschwister zutiefst. Einmal fragte Emily leise und schüchtern morgens am Frühstückstisch: »Wer ist denn diese Andere?« Hilflos rannte Kathrin weinend ins Badezimmer, verschloss die Tür und kam erst wieder, als sich Jo mit den Kindern auf den Schulweg gemacht hatte. Zurück in der Küche griff Kathrin beim Einräumen der Geschirrspülmaschine Jos Kaffeetasse und schleuderte sie mit einem Schrei gegen die Wand. Kathrin sackte zusammen, blieb einfach sitzen, ihr Kopf kippte nach vorne, als habe ihr Nacken keine Muskulatur mehr. Sie hatte keine Diagnose parat, wusste nicht, wie sie die ganze Situation behandeln sollte. Sie wusste allerdings sehr gut, wie Emily und Johann litten. Kathrin dachte an ihre eigene Kindheit und daran, wie sehr es sie damals verunsicherte, wenn zwischen ihren Eltern mal etwas schwelte, was sie nicht verstand. Sie wusste noch ganz genau, wie die Verunsicherung in ihrer Kinderseele aufloderte, wenn ihre kleine, heile Welt bedroht wurde. Es gab zwar keine Norm dafür, wie viel Streit in einer Beziehung normal war, aber an diesem Tag hatte Kathrin das ungute Gefühl, das Maß sei überschritten, sie empfand eine bedrückende Erschöpfung, die sie so noch nie zuvor erlebt hatte. »Kann man jemanden noch lieben, den man eigentlich verachtet?«, fragte Kathrin Simone, als sie sich am nächsten Abend in einer Bar trafen. »Habt ihr euch denn je geliebt?«, fragte Simone zurück. Ja, wollte Kathrin schreien, aber dieses Mal blieb sie stumm, und ihr Mund öffnete sich wortlos. Die Erkenntnis der vergangenen Wochen erschreckte sie: Nach mehr als zehn Jahren Beziehung wusste sie offensichtlich nicht, wer Jo, ihr Ehemann, war. »Kann man jemanden lieben, den man offensichtlich gar nicht kennt?«, schob sie fragend hinterher. Simone wusste keine Antwort: »Ich denke, dass du einen guten Anwalt brauchen wirst.«

Der Verrat, den Jo an Kathrin und den Kindern begangen hatte, war kein einfaches Fremdgehen oder Begehren einer anderen Frau, generell ging es Kathrin auch nicht um den Sex, den Jo regelmäßig all die Jahre auch mit Candice gehabt hatte. Nein. Er hatte Kathrin zu seiner

Zweitfrau degradiert. Einer Frau, die aufgrund seiner Bigamie keine Ehefrau mehr war und die zwei uneheliche Kinder hatte. Nicht mal sein Nachname – den sie und die Kinder trugen – war noch ihrer. So viel hatte Kathrin im Internet bereits recherchiert: »Das Absurde ist, dass ich eigentlich nie verheiratet war. Die Andere war die Erste. Damit ist meine Ehe ungültig«, erklärte Kathrin Simone. Und auch, dass auf Bigamie bis zu drei Jahre Haft standen. »Meine Ehe wird annulliert, die von der Anderen in Florida nur, wenn sie das will.« Aber bevor sie einen Familienanwalt kontaktierte, wollte Kathrin herausfinden, wer Candice Carlson war und wie es sein konnte, dass auch sie über all die Jahre zugelassen hatte, dass Jo zwei Ehen führte, und warum sie plötzlich in Heidelberg aufgetaucht war. Simone schüttelte ungläubig den Kopf über das Unglück ihrer Freundin. »Nur eins verstehe ich nicht«, sagte sie. »Warum hast du es immer wieder erlaubt, dass Jo all die Jahre vier Wochen allein in Amerika Urlaub gemacht hat?«

Jedes Jahr, wenn Emily und Johann über die Sommerferien vier Wochen zu Kathrins Eltern fuhren oder an die Ostsee, nahm Jo sich diese Auszeit. »Um mich voll und ganz auf das Schreiben zu konzentrieren und neue Inspiration zu schöpfen«, wie er sagte. Kathrin hatte nichts dagegen, sie genoss diese Zeit allein mit sich, ihrer Arbeit und langen Spaziergängen immer sehr. Sie behauptete sogar, genau diese alljährliche Pause voneinander sei ihr

Ehetrick, sei der Motor, der die Beziehung am Leben hielt, und der Grund dafür, dass sie wenig stritten und immer noch gut miteinander harmonierten.

Während Jo in Amerika war, vertrockneten die Blumen auf der heimischen Terrasse. Jedes Jahr ärgerte sich Jo über Kathrins Unfähigkeit, sich um die Blumen und Stauden zu kümmern. Jedes Jahr fuhren sie dann zusammen los und kauften neue Pflanzen, die Jo mit den Kindern voller Hingabe am ersten Wochenende nach den Ferien pflanzte. »Familientradition«, nannten sie es lachend in Heidelberg. Familientradition war für Jo aber auch das alljährliche Treffen mit Candice in Florida.

Inzwischen hatte Kathrin die E-Mail-Adresse von Candice herausgefunden. Sie schrieben sich regelmäßig hin und her. Das, was Kathrin erfuhr, schockierte sie, zerstörte ihr Bild von dem schluffigen Jo, der als Familienmann lediglich von Kathrins Gehalt gelebt hatte. Und für seine zwei Kinder.

Kennengelernt hatte Jo Candice am Strand von Venice Beach in Los Angeles. Damals war er zweiundzwanzig, gerade bei seinen Eltern ausgezogen und versuchte, sich von ihnen unabhängig zu machen. Candice arbeitete in einem Café, in dem es italienischen Espresso gab, und Jo beobachtete sie täglich, während er vor seinem Laptop saß. Damals erinnerte Candice mit ihren langen weiten Röcken, ihren bunt gefärbten Haaren und ihrer sonnengebräunten Haut eher an ein Hippiemädchen. Sie verkörperte eine unbändige Freiheit, einen Überlebenswillen, der Jo beeindruckte. Candice war in ärmlichen Verhältnissen auf einer kleinen Ranch in Kentucky aufgewachsen, arbeitete sieben Tage in der Woche als Kellnerin und studierte an der University of Southern California Marketing und PR. Nachts saßen Jo und Candice stundenlang am Strand, schauten aufs Meer, rauchten Joints und liebten sich in ihrem kleinen Einzimmerapartment. Jo konnte sein Glück kaum fassen, und ein einziges Mal schaffte er es, einen Text über sechzig Seiten zu Ende zu bringen. Schon nach sechs Wochen fuhren sie glückselig nach Las Vegas und heirateten in einer der White Chapels. Diese Hochzeitsurkunde befand sich in dem Umschlag, den Candice bei Kathrin in der Praxis hinterlassen hatte und der nun in irgendeiner von Jos großen Schubladen versteckt lag. Das Foto, das Candice via E-Mail von der Hochzeit schickte, verstörte Kathrin zutiefst, das frisch vermählte Paar verkörperte eine vollkommene Einheit: Candice und Jo stehen vor der Little Church of the West, ein Nachbau einer kalifornischen Goldgräberkapelle, sie umarmen sich innig und strahlen eine jugendliche Zuversichtlichkeit aus, die so absolut und uneingeschränkt nur in Verbindung mit der ersten großen Liebe existiert. Kathrin hatte das Gefühl, dass Jo damals mit Candice die Frau geheiratet hatte, die er wirklich liebte.

All die Jahre hatte Candice auf Jo gewartet, als er zum Studieren von seinen Eltern nach Deutschland geschickt worden war. »Zieh endlich mal etwas durch«, hatte Christopher zu seinem Sohn gesagt, und: »Sonst streiche ich dir sämtliches Geld.« Jo gehorchte. All die Jahre hatte Candice nebenher Affären mit anderen Männern gehabt, sich auf ihren Job konzentriert und ein unabhängiges Leben geführt. Nur eines hatte Candice nie: Familie. Der Wunsch nach einem Kind wurde immer größer. Jo hatte ihr erzählt, er lebe in Heidelberg mit einer Frau zusammen, mit der er zwei Kinder habe, aber er betonte stets, dass er nur so lange bei ihr bleiben würde, bis Emily und Johann groß genug seien, um eine Trennung zu verkraften. Dass Jo auch mit Kathrin verheiratet war, wusste Candice nicht. Als sie ihren vierzigsten Geburtstag feierte, mal wieder ohne ihren Ehemann Jo, fasste sie einen Entschluss: Candice wollte ein Kind adoptieren. Und genau dieser Vorsatz führte dazu, dass Jos Bigamie aufflog.

In Amerika ging Candice zu einer Agentur für Adoptionsangelegenheiten. Dort wurde sie von oben bis unten durchleuchtet: Steuern, Gesundheit, Familienverhältnisse, jedes noch so kleine Detail ihres bisherigen Lebens sollte sie offenlegen. Und bei dieser strengen Prozedur kam heraus, dass Candice mit einem Jonathan Bowman verheiratet war, und das seit knapp zwölf Jahren. »Sie müssen bitte auch die Einwilligung Ihres Mannes vorlegen, und wir müssen auch von ihm sämtliche Unterlagen haben«, hieß es von der Adoptionsbehörde. Jo wollte sich daraufhin von Candice scheiden lassen, er dachte, dies sei der einfachste Weg, um dem Chaos zu entgehen. Er hatte sich geirrt. Dieses Mal würden sein Schweigen und seine Zurückhaltung nicht dazu führen, dass er in ruhiger Monotonie weitermachen konnte wie bisher. Nach einer Woche wussten Kathrin und Candice alles über ihren Ehemann und sein zweites Leben mit der jeweils Anderen.

Kathrin konfrontierte Jo damit. In ihrer grenzenlosen Enttäuschung schrie sie so laut und unbeherrscht, dass die ganze Straße sie hören musste. Und Jo? Sein schlechtes Gewissen war kraftlos. Genau genommen zog er sich einfach wieder zurück. Mit verbrauchter Stimme erklärte er Kathrin, was juristisch jetzt auf sie zukommen würde. Mit den Armen beschrieb er immer und immer wieder eine Geste des Bedauerns. Mehr brachte er nicht zustande. Keine Tränen. Keine Erklärung. Keine Entschuldigung. Kathrin wurde von einem Tag auf den anderen extrem eifersüchtig. Es kam ihr so vor, als ob ihr etwas gestohlen wurde, von dem sie ganz sicher war, dass es ihr ganz allein gehören würde. Zu Hause legte sie sich am helllichten Tag ins Bett. Etwas, was sie früher nie getan hatte, nicht einmal, wenn sie krank war. Ein befreundeter Arzt schrieb Kathrin für einen weiteren Monat krank, und in ihrer Praxis übernahm eine junge Ärztin übergangsweise die Sprechstunden. Kathrin wollte Jo beobachten. Fixieren. Ihn büßen lassen für das, was er ihr angetan hatte.

In der Kanzlei des Anwalts saß Kathrin nervös und umklammerte den Umschlag mit den Ausdrucken des

E-Mail-Verkehrs mit Candice Carlson und einer Kopie des ersten Ehevertrages. Dr. Fabian Busch begrüßte Kathrin freundlich, bot ihr Kaffee an und setzte sich mit ihr in sein Besprechungszimmer. Alles, was vorher nur Gedankenspiele waren, wurde Realität. Kathrin musste sich einen Moment sammeln, obwohl sie im Kopf bereits alles durchgegangen war, was Dr. Busch wissen musste. Eine Viertelstunde hörte ihr der Mann zu, ohne seine Augen von ihr abzuwenden. »Frau Bowman, es ist gut und richtig, dass Sie hier sind«, sagte er. »Wenn Sie von der Bigamie wissen, machen Sie sich ebenfalls strafbar. Der Vorsatz Ihres Mannes Jonathan Bowman umfasst offensichtlich das Wissen, dass seine frühere Ehe noch besteht. Niemand darf in Deutschland eine zweite Ehe eingehen, bevor nicht die erste aufgelöst wurde, sei es durch den Tod des Ehepartners oder durch Scheidung. Wenn es jemand trotzdem schafft, zum Beispiel indem er, wie in Ihrem Fall, falsche Angaben macht, so ist die zweite Ehe unwirksam. Außerdem kann er nach Paragraf 172 StGB mit einer Höchststrafe von drei Jahren Gefängnis und einer Geldbuße belangt werden.«

Dass das Recht auf Kathrins Seite war, stand für Dr. Busch vollkommen außer Frage. Dass ihr vorübergehend das Sorgerecht für ihre Kinder entzogen werden würde, war nur eine Formalität, allerdings eine, die Kathrin zu einem kurzen, heftigen Tränenausbruch veranlasste. »Möchten Sie und Ihre Kinder Ihren Mädchennamen nach der Annullierung annehmen?«, fragte Dr. Busch. »Nein, das wäre für die Kinder eine weitere Katastrophe. Wir werden weiterhin Bowman heißen«, sagte Kathrin.

Eine Woche später erreichte Jo eine Vorladung der Staatsanwaltschaft. Die strikt eingehaltene Routine, mit der Jo weiterhin tagein, tagaus auf dem Sofa saß und gleichförmig vor sich hin tippte, als sei nichts gewesen, trieb Kathrin zur Weißglut, kam ihr sogar wie eine bewusste Grausamkeit seinerseits vor. Mittlerweile schlief er auch auf dem Sofa. Um den Haushalt und die Kinder kümmerte er sich kaum noch. »Du bist ja jetzt da«, sagte er, wie immer mehr abwesend als anwesend. Er bekam von seinen Eltern nun jeden Monat ein großzügiges Taschengeld, weil Kathrin durch ihre Krankschreibung wesentlich weniger verdiente. Als er Kathrin das leise mitteilte, zeigten seine Augen den innigen Wunsch, gelobt zu werden. Kathrin verlor den Respekt. Nicht, weil sie all die Jahre zuvor das ganze Geld verdient hatte, sondern weil er sich so gehen ließ und seine Eltern wie bei einem Teenager sein Leben finanzierten. »Du bist so ein peinlicher Schmarotzer«, war alles, was ihr dazu einfiel. Jos Finger klapperten weiter über die Tastatur, er sah nicht auf, sah sie nicht an. Jo schrieb inzwischen mit einer Geschwindigkeit und Härte, als ginge es um Leben und Tod.

Eines Freitagabends – Emily und Johann übernachteten bei Freunden – konnte Kathrin nicht mehr an sich halten, sie sprang mit einem Satz zu ihm auf das Sofa, entriss ihm seinen Laptop und schleuderte ihn quer durch das Wohnzimmer. In zwei Teile zerbrochen blieb er mit einem dumpfen Knacken vor dem Kamin liegen. Bildschirm und Tastatur hatten sich getrennt. Jos Gesicht glich einer Maske. »Hast du mich je geliebt?«, schrie Kathrin tränenerstickt. Aber er sagte wieder einmal nichts, und Kathrin ging es noch schlechter. »Man kann ein Ja doch nicht zu einem Nein machen ohne ein Vielleicht dazwischen«, brüllte Kathrin. Ihre Ehe war die ramponierte Kulisse eines längst liquidierten Theaters. Jo schwieg. Was hätte er auch sagen sollen? Dass ihn nie jemand gefragt hatte, was er wolle? Weder seine Eltern noch Kathrin. Dass er einfach immer nur mitmachte, weil es bequem war? Dass er jetzt endlich etwas mochte, nur für sich? Dass die Kinder und Kathrin ihm liebend gerne scheißegal wären? Denn glücklich war auch er nicht. In der ganzen Familie war es keiner mehr. »Uns ging es doch so gut, warum hast du alles zerstört?«, hatte Kathrin eines Morgens in der Küche gekeift. Wie kam sie darauf? Jo ging es immer nur vier Wochen im Jahr wirklich gut – die vier Wochen, die er mit Candice verbrachte. Mit der Anderen. Jo war kein starker Mann. Er hatte noch nie kämpfen müssen und wusste auch nicht, wie das gehen sollte. Er weinte. Endlich. »Warum hast du mich nicht verlassen, als du gemerkt hast, dass ich viel schwächer bin?«, fragte Jo. »Im Grunde hast du mich doch gebraucht, um deine Karriere voranzutreiben. Für die Kinder, den Haushalt, im Bett.« Kathrin stockte der Atem. Sie musste raus. Raus aus dem Wohnzimmer, weg von dem Sofa. Raus, laufen, einfach nur laufen und atmen, frei atmen. Sie spazierte in den kleinen nahe gelegenen Park. Der Boden war schwer, das Laub bunt und der Himmel dunkelgrau. Es wehte ein böiger Wind. Erst ging Kathrin schnell, dann immer langsamer, bis sie sich schließlich auf eine Bank setzte. Sie hatte kaum noch Kraft. Sie hatte sich die Beziehung mit Jo so lange schöngeredet, bis sie wirklich daran glaubte. Dabei hatte sie schon immer mehr gegeben, als er überhaupt zu nehmen in der Lage gewesen war. Sie und Jo hatten sich immer schwer miteinander getan. Dieses Ungleichgewicht fiel Kathrin jetzt erst auf und erschütterte sie. Nach Wochen der Streitereien, des Schweigens und der Resignation konnte sich Kathrin kaum noch an das Zusammensein erinnern, daran, wie es vorher gewesen war. Sie erinnerte sich deutlich an bestimmte Teile: Urlaube, Weihnachten, Geburtstage und die Geburten der Kinder. Aber alle diese schönen Momente hatten keine Verbindung mehr zum Rest. Kathrin war nicht mehr in der Lage, sich ein richtiges Bild von ihrer Beziehung zu Jo zu machen. Es hatte sich aufgelöst, so als sei sie jahrelang lediglich durch eine Traumvorstellung gewandelt. Sie empfand die letzten zehn Jahre wie eine Sünde, die des ungelebten Lebens und der ungeliebten Liebe. Nein, sie waren nirgendwo angekommen, nichts war abgeschlossen. Die Frage nach der Liebe nagte an ihr. »Es ist vorbei«, sagte Kathrin, als sie wieder vor Jo im Wohnzimmer stand. Er betrachtete sie, als würde er sie zum ersten Mal seit langer Zeit wirklich sehen. Für einen kurzen Monat sahen sie sich gegenseitig in die müden Augen. Für diesen kurzen Moment hoffte Kathrin doch noch auf eine Wendung, eine Entschuldigung, eine bessere Erklärung. »Ja, es wird wohl so sein«, erwiderte Jo. Das war alles.

Sie würden sich trennen und nichts außer den beiden Kindern würde sie nach zehn Jahren Beziehung noch verbinden. Das Ende ihrer Ehe stand klar und unausweichlich fest. Daran würde sie nichts ändern können. Kathrin fühlte sich ganz nackt, der Kokon ihres Daseins war die Familie gewesen, die es so nun nicht mehr geben würde. Es ging alles rasend schnell. Es wurde einfach alles durchgezogen, wie Kathrin schon immer alles sachlich und präzise zu Ende gebracht hatte.

Nachdem in einem dreimonatigen Verfahren ihre Ehe annulliert worden war, zog Jo zurück zu seinen Eltern nach Malibu. Da Kathrin auf eine Anzeige verzichtet hatte, war Jo einer Haftstrafe entgangen. In den Sommerferien würde er immer nach Deutschland kommen und mit Kathrin und den Kindern einen vierwöchigen Urlaub verbringen. In allen anderen Schulferien sollten Emily und Johann ihren Vater in den USA besuchen. Idis und Christopher würden die Kosten für sämtliche Flüge übernehmen. Ansonsten kümmerten sie sich nicht um das, was Kathrin zugestoßen war. Wie Jo Jahre zuvor prognostiziert hatte, waren sie zu sehr mit sich selbst beschäftigt. Jetzt war also Kathrin die Andere, die, die in Heidelberg sehnsüchtig darauf wartete, Jo einmal im Jahr für ein paar Wochen zu Gesicht zu bekommen, um wenigstens in dieser kurzen Zeit ein wenig das Gefühl zu haben, eine richtige Familie zu sein.

Inzwischen befand sich Kathrins Praxis in den hellen, modernen Räumen, die sie sich immer so sehr gewünscht hatte. Versonnen schob sie regelmäßig die schneeweiße Jalousie zur Seite und sah durch die Panoramafenster hinunter auf die Straße. Seit Jo weg war, machte ihr auch ihr Beruf keinen Spaß mehr. Nichts passte mehr zusammen.

Kopfurlaub

Wer hätte gedacht, dass es so schwer sein könnte, sich die Pulsadern am Handgelenk zu öffnen? Mit dem schärfsten Küchenmesser schlug Jenny immer wieder auf dieselbe Stelle ein. Es begann zu bluten – aber nicht genug. Der Widerstand ihrer Haut machte sie aggressiv. Kratzen. Hauen. Schneiden. Wie, um Himmels willen, machte man das? »Nicht mal das schaffe ich!«, schrie es in ihr. Reste von Kokain, das ihr sonst immer so gut half zu vergessen, dass sie ihren Mann eigentlich längst hätte verlassen müssen, lagen noch auf dem Küchentisch. Jenny schob die Krümel zusammen. Sie hackte sie nicht klein, sondern zog sie so die Nase hoch. Danach putzte sie intensiv den Tisch, bevor sie sich wieder ihren Pulsadern widmete. Leise seufzte Jenny abwesend vor sich hin und starrte abwechselnd auf das Messer und ihre zerkratzten Unterarme. Sie saß auf dem Küchenboden und hörte einen Moment ihrem rasenden Herzen zu. Dann griff sie erneut zur Klinge. Hart, wütend, wild entschlossen vollbrachte sie mit einem einzigen kräftigen Schnitt ihr Werk. Erst links, dann rechts. Jetzt strömte das Blut schön gleichmäßig hervor.

Es tat nicht weh, bis Jenny daran denken musste, dass im Zimmer nebenan ihr Mann und ihre Tochter tief und fest schliefen. Ihr Herz krampfte. Kurz. Panisch ermahnte sie sich, jetzt nicht in eine Kokaindepression zu verfallen, sondern das durchzuziehen. Sie rannte ins Bad, umwickelte die blutenden Gelenke mit Mullbinden. Überall erkannte sie die blutigen Spuren ihrer Tat: auf dem Boden, im Gästebett, am Waschbecken. Ihre Tochter sollte das nicht sehen. Sie war doch erst zwei Jahre alt. Jenny wischte den Boden, schrubbte das Waschbecken, zog das Bett ab, schmiss die Laken und Bezüge in die Waschmaschine und stellte 95 Grad ein. Nichts sollte in dem schicken Loft in Hamburg-Eppendorf auf ihren Selbstmordversuch hindeuten. Vorerst nicht. In Schönschrift verfasste Jenny eine kurze Nachricht, die sie in der Mitte des blitzblank gewienerten Tisches platzierte:

Guten Morgen,
    ich bin im Krankenhaus – bitte sag Klara, ich sei arbeiten. Ich melde mich.
    In Liebe
    Jenny

Danach wählte sie die 112 und erklärte mit fester Stimme, was sie gerade ihren Pulsadern angetan hatte. Jenny zog ihren Bademantel über ihren Schlafanzug, steckte ihre Krankenkassenkarte und etwas Geld in die linke Tasche und wartete barfuß vor der Haustür, im Schatten hinter einem Baum versteckt, auf den Krankenwagen, während das Blut durch die provisorischen Verbände sickerte. Auch ihr schneeweißer Bademantel war voller Spuren. Langsam ging die Sonne auf, der Himmel war wolkenlos von schönstem Blau, Vögel zwitscherten, ein Reinigungsfahrzeug säuberte gemächlich surrend die Straße – es würde ein wundervoller Spätsommertag werden. Körperliche Schmerzen empfand Jenny immer noch nicht, ihr war nur ein wenig schwindelig. Zum Glück wirkte das Kokain noch, und die typische bleierne Müdigkeit und die grausamen Zukunftsängste machten sich noch nicht breit.

Als der Krankenwagen ohne Sirenengeheul – darum hatte Jenny bei ihrem Notruf eindringlich gebeten – um die Ecke bog, trat sie aus dem Schutz des Baumes auf die Straße. Die Sanitäter parkten, stiegen aus, und Jennys Knie gaben nach. Sie drohte ohnmächtig zu werden. Einer der zwei Männer fing sie auf, der andere holte die Trage aus dem Wagen. Jenny wurde fixiert und hochgehievt. Ihre Augenlider zitterten unkontrolliert. Behutsam wickelte der Sanitäter die Mullbinden von Jennys Gelenken, dickflüssig rot pulsierte Blut im Takt ihres Herzschlags hervor.

»Ich werde Ihnen jetzt einen Druckverband anlegen und Sie an einen Tropf hängen, da Sie vermutlich relativ viel Blut verloren haben. Im Krankenhaus werden die Wunden genäht.«

Konzentriert beobachtete er Jennys Gesicht und leuchtete in ihre Pupillen.

»Haben Sie Drogen genommen?«

»Ja, Kokain.«

»Wie viel?«

»Ich weiß nicht genau, vielleicht ein Gramm.«

Der Wagen fuhr an. Jenny war erleichtert. Es kam ihr vor, als führe sie in einen wunderschönen Urlaub, an einen sicheren Ort, an dem man sich um sie kümmern würde. Tränen füllten ihre braunen Augen und liefen ihre Wangen hinunter. Sie würde Christian endlich verlassen. So viel stand fest.

In der Universitätsklinik Eppendorf angekommen, wurde Jenny sofort in einen kleinen ambulanten OP-Saal geschoben. Dort wartete sie – ganz allein mit ihrer unsagbaren Müdigkeit. Sie hasste sich in diesem Moment für ihre Schwäche, und langsam wurde ihr klar, was sie getan hatte. Dass sie es wirklich getan hatte. Am liebsten wäre Jenny aufgesprungen und wieder nach Hause gefahren, aber dafür war es jetzt zu spät. Es gab Dinge, die konnte man nicht ungeschehen machen. »Bleib ruhig«, ermahnte sie sich. Sie atmete tief ein, sie atmete tief aus. Dann döste sie weg. Als eine Person den Raum betrat, schreckte Jenny hoch. Einen Moment wusste sie nicht mehr, wo sie war. Aschgraue Ringe zierten ihre Augen.

»Guten Morgen, ich bin Dr. Henseler. Ich werde Ihre Schnittwunden nähen.« Der Arzt war um die fünfzig Jahre alt, wenige graue Haare lagen in einem dünnen Kranz um seinen ansonsten kahlen Schädel. Durch seine unmoderne, schwere Brille, die seine Augen leicht vergrößerte, sah er aus wie ein schlecht gelaunter Uhu. Jenny bemühte sich, sich auf Details zu konzentrieren, um nicht panisch zu werden. Eine Angewohnheit, die sie sich antrainiert hatte, wenn die Wirkung der Droge nachließ und die Angstzustände ihre Gedankenwelt zu übernehmen drohten. Details. Sich alles einprägen und dann im Geiste wiederholen, damit die Depression möglichst wenig Raum in ihrem Kopf einnehmen konnte. »Sie wissen, dass Sie, wenn Sie sich umbringen wollen, nicht quer, sondern längst die Adern aufschneiden müssen?« Mit den Fingern fuhr Dr. Henseler Jennys Unterarme entlang. Erst links, dann rechts. »So geht das, wenn man es ernst meint.« Er machte eine kurze Pause: »Ich werde Sie nach dem Nähen in die Psychiatrie überweisen. Dort müssen Sie mindestens eine Woche zur Beobachtung bleiben – auch wegen des Drogenmissbrauchs. Meine Anästhesistin wird Ihnen jetzt ein Plexusanästhetikum spritzen, das lokal ihre Arme betäubt, und ein leichtes Beruhigungsmittel«, ergänzte er emotionslos. Jenny nickte. Das konnte sie gut. Das machte sie oft. Das hatte sie über die Jahre in der Beziehung mit Christian verinnerlicht: nicken und akzeptieren, was er sagt. Mit so viel Härte in der Klinik hatte sie nicht gerechnet. Ihre Trennung begann anders, als sie es sich ausgemalt hatte. Zielstrebig begann die Depression in ihr hochzukriechen, sich ihrer zu bemächtigen. Wie ein bösartiger Zwerg setzte sie sich fest auf Jennys Brust. Das Atmen fiel jetzt schwer. Tränen sammelten sich in ihren Augen. In dem kargen OP-Zimmer gab es rein gar keine Details, nur ein Bett, weiße Schränke mit OP-Utensilien, die sie sich hätte einprägen können. Dr. Henseler begann zu nähen. Es kam Jenny äußerst grob vor. Nachdem der Arzt sein Werk vollbracht hatte und Jennys Gelenke professionell bandagiert waren, kam eine Krankenschwester mit einem Rollstuhl zu ihr an den OP-Tisch: »Ich bringe Sie jetzt rüber in die Geschlossene.« Jenny nickte. Sie wusste, was auf sie zukommen würde. Sie hatte sich seit Wochen umfassend informiert. Eingewiesen zu werden bedeutete vor allem, dass Jenny endlich nicht mehr so tun müsste, als wäre alles normal. Denn das war es schon lange nicht mehr. Viel zu lange. In der Psychiatrie würde sie zum Nachdenken kommen und es endlich schaffen, sich von ihrem untreuen, ewig lügenden Gefährten zu trennen und damit von den Huren, den Drogen, dem Fremdgehen und der permanenten Frage, ob Christian ihr gerade die Wahrheit sagte oder nicht. Er würde keine Chance mehr haben, sie weiter zu manipulieren. Christian hatte Jenny gebrochen – ihre Selbstwahrnehmung systematisch zerstört. Sein manipulatives Talent war bei ihr auf einen fruchtbaren Boden gefallen.

Die Aufnahme in die geschlossene Abteilung der Klinik und Poliklinik für Psychiatrie und Psychotherapie an der Universitätsklinik Eppendorf verlief zügig und unkompliziert. Jenny vergaß fast, dass sie eigentlich längst in einer tiefen Phase der Depression hätte sein müssen. Fahrig strich sie sich wieder und wieder durch die Haare. Ihre Augen waren halb geschlossen; unruhig zuckte sie immer wieder zusammen. Sie sah mitleiderregend aus. Eine andere Krankenschwester kam und brachte sie auf ihr Zimmer. Vorerst ein Einzelzimmer. »Ihre behandelnde Ärztin kommt gleich und wird Ihnen alles erklären, einen Medikamentenplan aufstellen und Sie für verschiedene Therapiestunden eintragen. Besucher können nur zu Ihnen kommen, wenn Sie die Namen in diese Liste schreiben.« Die Schwester reichte ihr ein leeres Blatt Papier. Jenny hatte nur zwei Namen: den ihrer Mutter und Christians. »Sie wirken erstaunlich gefasst«, sagte die Krankenschwester aufmunternd. Jenny nickte und brachte ein »Danke« zustande, zog den Bademantel aus und legte sich ins Bett. Geschafft. Das Beruhigungsmittel wirkte fabelhaft: Sie verspürte fast keine Angst vor dem nächsten Tag. Details interessierten sie nicht mehr. Sie fiel in einen komatösen Schlaf. Ohne einen Traum. Zum Glück.

Jenny und Christian hatten sich drei Jahre zuvor an der Universität in Hamburg kennengelernt. Sie war vierundzwanzig und studierte im sechsten Semester Politikwissenschaften, er war als Radiomoderator beim NDR schon stellvertretender Leiter des Politik-Ressorts. Er liebte seinen Job, und seine Zuhörer liebten seine prägnante Stimme, die durch ihre tiefe Wärme sehr männlich wirkte. Er bekam Liebesbriefe von Frauen, nur weil sie seine Stimme gehört hatten. Auf einem Symposium hatte Christian einen Vortrag gehalten und sich anschließend den Fragen der Studenten gestellt. Der Hörsaal war brechend voll und Christian zelebrierte sichtlich seinen Auftritt. Wie viele kleine Männer kompensierte er seine 1,65 Meter Körpergröße durch eine extrem hohe Meinung von sich selbst. Da Jenny etwas zu spät zu der Veranstaltung kam, blieb ihr nichts anderes übrig, als sich auf einen der freien Plätze in der fast leeren ersten Reihe zu setzen. »Nehmen Sie ruhig Platz, dann fühle ich mich hier vorne nicht ganz so allein«, sagte Christian. Gekicher im Hörsaal. Jenny errötete.

Christian war zwölf Jahre älter als Jenny. Auf dem Empfang nach dem Vortrag kam er selbstsicher auf sie zu. »Sie sitzen wohl nicht gerne in der ersten Reihe«, sagte er. »Nicht wirklich«, antwortete Jenny. Christian nahm Jennys Hand, als hätte er nie etwas anderes getan, und zog sie hinter sich her bis zu dem kleinen Weinstand, der in einer Ecke des Raums aufgebaut worden war. »Weiß oder rot?«, fragte er. »Weiß«, entgegnete Jenny. Sie stießen an, und Christian begann Jenny auszufragen: über ihr Studium, ihre beruflichen Pläne danach, in welche Bars und Clubs sie gerne ging, ihre politische Meinung. Sie vollführte intellektuelle Gedankensprünge, bei denen es Christian – was selten geschah – vor Bewunderung fast die Sprache verschlug. Jenny sezierte und analysierte Themen schnell, knapp und mit unglaublicher Präzision. Warum wohl spricht er ausgerechnet mit mir?, fragte sie sich während ihrer Ausführungen immer wieder. Christian legte ganz selbstverständlich seinen Arm um ihre Taille, holte immer wieder Wein. Seine ganze Aufmerksamkeit schien nur ihr zu gelten. Er vermittelte Jenny das Gefühl, die einzige Frau im Raum zu sein. Dass sie schlicht die attraktivste Studentin war, wäre Jenny nie in den Sinn gekommen: Modelmaße, ihre langen rotbraunen Haare trug sie zu einem wippenden Pferdeschwanz gebunden. Jennys von Sommersprossen gesprenkeltes Gesicht besaß diese Strahlkraft, als würde es mehr Licht reflektieren als andere. Ihre optischen Reize widersprachen ihrem skeptischen Wesen. Schon seit ihrer Kindheit begleitete Jenny das ungute Gefühl, dass alle permanent ihr Verhalten beurteilten und mangelhaft fänden. Mit ihrer scheuen Intelligenz vermittelte sie Christian den Eindruck einer Gazelle, die ihre Umgebung pausenlos abtastete – jederzeit bereit, sich mit einem Sprung ins Unterholz zu flüchten.

Christian war ein Jäger, und Jenny hatte seinen Instinkt geweckt. Sie passte perfekt in sein Beuteschema. Was Christian einmal im Visier hatte, ließ er nicht entkommen. Mit Geschick, Geduld und viel Gefühl erlegte er Jenny schon an diesem ersten Abend. Sein selbstbewusstes

Auftreten und seine absolute Konzentration allein auf sie gaben ihr ein Gefühl von Sicherheit.

Nach dieser ersten Begegnung waren Jenny und Christian unzertrennlich. Sie zogen nach zwei Wochen zusammen und waren von nun an nur noch als Paar unterwegs: sehr verliebt und unglaublich attraktiv. Das Hamburger Abendblatt nannte sie, nachdem sie das erste Mal zusammen auf einer Kinopremiere gewesen waren, »Hamburgs neues Traumpaar«. Christian liebte diese Aufmerksamkeit, Jenny war sie unangenehm.

Als Jenny und Christian ein Jahr zusammen waren, bestand sie ihren Master in Politik- und Medienwissenschaften. Für Jenny war von Anfang an klar, dass sie direkt im Anschluss promovieren würde. Einen Doktorvater hatte sie bereits, und neben der Arbeit an ihrer Dissertation jobbte sie in einem Café und half anderen Studenten, sich auf ihre Bachelor- und Master-Prüfungen vorzubereiten. Alles schien so makellos und beneidenswert harmonisch – als seien Christian und Jenny direkt einer Soap-Opera entstiegen. Streit gab es nie. Vielleicht war schon das verdächtig. Sie ergänzten sich perfekt, auch in ihren Fehlern.

Jenny war Christians Stimme, seinem Geruch und Körper geradezu verfallen. Sie erlebte eine Intimität und Orgasmen, die sie vorher in dieser Intensität nicht gekannt hatte. Es war, als könnte Christian zu ihrer sorgsam versteckten Seele durchdringen. Mit ihm an ihrer Seite verspürte Jenny Energie und Geborgenheit: Christian schien ihr jeden Wunsch von den Lippen abzulesen. Außerdem war er der perfekte Hausmann: kaufte ein, organisierte große Dinnerpartys mit Freunden, kochte, putzte und sah dabei auch noch fantastisch aus. Jenny blühte auf. Sie fühlte sich nur noch selten beobachtet und negativ bewertet. Zumindest eine Zeit lang.

Wenn Jenny und Christian ein Abendessen auf ihrer großen Terrasse veranstalteten, war der Tag davor ausgefüllt mit Einkäufen. Christian liebte es, in Feinkostabteilungen und Weinläden sein Wissen zu präsentieren. Jenny kümmerte sich um den aufwendig gedeckten Tisch und die Blumendekoration. Wenn sie am frühen Abend die letzten Vorbereitungen trafen und Christian mit seiner Kochschürze am Herd wahre Wunder vollbrachte, hörten sie klassische Musik, Dean Martin oder französische Chansons. Manchmal sah Jenny sich mit einem Glas Wein in der Hand in der großen Küche verwundert um und strahlte vor sich hin. Unmerklich nickte sie, ein Lächeln umspielte ihre Lippen. Wenn sich alle versammelt hatten, gab Christian den zuvorkommenden Gastgeber, Jenny bediente und hielt sich im Hintergrund. Schauspieler, Künstler, Politiker, Journalisten, Studenten und Professoren saßen an der langen Tafel unterm Sternenhimmel auf der Dachterrasse. Es wurde viel getrunken, die Gespräche waren laut und lebhaft, schwollen an und ebbten ab, es ging um Kultur, Politik, Ehekrisen, Liebe, schmutzige Witze und oft auch um Christians Sendung, die inzwischen mit dem Grimme-Preis ausgezeichnet worden war. Wenn die Runde aus guten Freunden bestand, wurde gegen Mitternacht der erste Joint gedreht, Kokain lag auf einem silbernen Tablett mitten auf dem Tisch. Jenny machte manchmal mit, wirkliches Interesse hatte sie anfangs noch nicht an den Drogen, die bei Christian zu einem gelungenen Abend dazugehörten.

Wenn er eine Auszeit brauchte, fuhr er mit Jenny in seinem Porsche Cayenne an die Nordsee. Christians Familie besaß ein Haus in Dänemark. Nach Jennys Universitätsabschluss und bevor sie mit der Dissertation beginnen wollte, planten Christian und sie, eine Woche in dem reetgedeckten Haus zu verbringen. Die Luft roch nach Salz, vom Garten aus konnte man die Dünen sehen, hinter denen sich kilometerweit der Blokhus Strand erstreckte. Es war November, und kaum angekommen, machte Jenny sich daran, in dem kleinen Ofen im Wohnzimmer ein Feuer zu entfachen, während Christian in der Küche ihre Vorräte auspackte und verstaute. Er öffnete eine Flasche Crémant und brachte Jenny ein Glas. »Ich bin glücklich«, sagte Jenny, die in dicken Wollsocken und einem übergroßen Karohemd aussah wie ein kleines Mädchen. Christian küsste sie, sie liebten sich auf dem Boden vor dem Ofen. Christian machte Jenny einen Heiratsantrag und überreichte ihr einen goldenen Ring mit einem kleinen Rubin in Form eines Herzens. In dieser Nacht wurde Jenny schwanger. Dass sie vor zwei Monaten die Pille abgesetzt hatte, wusste Christian. Sie wünschten sich beide ein gemeinsames Kind. Alles war so unbeschwert und harmonisch. Christians Untiefen und Abgründe lernte Jenny erst in ihrer Schwangerschaft kennen.

Christian war ein Mann mit starker Persönlichkeit. Einer, der gerne im Mittelpunkt stand. Im Zentrum. Er verstand sich blendend darauf, Blicke und Aufmerksamkeit sämtlicher Frauen auf sich zu ziehen. Und: Sein Verlangen nach Bestätigung war fast beängstigend. Seine Hände konnten es auf Partys, Abendessen und Veranstaltungen nicht unterlassen, permanent auf irgendwelchen Pobacken ihre sanften Kreise zu ziehen. Abenteuerlustig wanderte sein Blick in jedes Dekolleté. Stets umarmte er Frauen einen Moment zu lang und zu intensiv, die meisten fühlten sich geschmeichelt. Jenny lernte, das zu ignorieren. Unangenehm war es ihr trotzdem, und es nagte an ihrem Selbstwertgefühl. Das einstige Empfinden, für Christian die einzige Frau im Raum zu sein, wurde zu einer trüben Erinnerung aus einer längst vergangenen Zeit. Für Christian schienen, seit Jenny schwanger war, jeder Hintern und jeder Busen interessanter als die seiner Freundin. Stets verglich sich Jenny mit den anderen Frauen und fühlte sich unterlegen. »Du bist krankhaft eifersüchtig, Schatz. Sprich darüber doch bitte mit einem Psychoklempner«, war Christians Standardsatz, wenn Jenny ihn darauf ansprach, dass er auf einer Party wieder extrem und für jeden offensichtlich mit einer seiner zahlreichen Praktikantinnen geflirtet hatte. »Du musst dringend etwas gegen deine Ängste unternehmen«, säuselte er ihr am nächsten Tag ins Ohr. Wie sehr er sie liebe, betonte er stets, und dass er es doch gar nicht nötig habe, sie zu betrügen, denn schließlich sei er ja mit der attraktivsten Frau der Welt zusammen. »Ich würde dich nie hintergehen, das ist doch nur Spaß.« Jenny glaubte ihm, weil sie ihm glauben wollte. Auch Jennys Freundinnen himmelten Christian an und beneideten sie um ihre Beziehung. »Worüber kannst du dich denn beklagen?«, wurde Jenny immer kopfschüttelnd gefragt. Aus ihrer Sicht hatte Jenny einen Mann, der sie auf Händen trug, ein Baby in ihrem Bauch, einen Verlobungsring am Finger, um Geld musste sie sich keine Sorgen machen. Christian war wirklich mehr als großzügig. Ihre Jobs hatte Jenny mit Beginn der Schwangerschaft aufgegeben, theoretisch könnte sie sich voll und ganz auf ihre Dissertation konzentrieren. Jenny nickte.

Je länger sie mit Christian zusammen war, desto heftiger wurden seine Flirt-Eskapaden und desto öfter attackierte er Jenny. Statt Christian zur Rede zu stellen, wurde Jenny so paranoid, wie Christian es ihr einredete. Sie glaubte, sie sei krankhaft eifersüchtig, und nicht, dass ihr Mann notorisch untreu sei. Jenny begann eine Psychoanalyse, und ihr Analytiker war der Ansicht, Jenny leide unter einem Kindheitstrauma, einer übermäßig großen Verlustangst.

In der Schwangerschaft nahm Jenny achtundzwanzig Kilo zu. Christian schlief nicht mehr mit ihr. Beruflich war er viel unterwegs. Es lief sehr gut für ihn. Als Journalist genoss er hohes Ansehen, flog für Interviews mit der Kanzlerin im Airbus der Bundesregierung mit, gewann Preise, sein Gehalt stieg, er wurde als neuer Chefredakteur des Senders gehandelt. Abends ging er immer öfter nicht ans Telefon, wenn Jenny ihn anrief. Mit jeder Woche der Schwangerschaft wurde sie misstrauischer und unsicherer. Sie begann, ihn fast stündlich anzurufen, schickte massenhaft SMS und E-Mails, über seine Assistentin ließ sie Christian Nachrichten zukommen, und in verschiedenen Hotels terrorisierte sie die Rezeption mit Anrufen. Wenn Christian nach Hause kam, durchwühlte sie seine Taschen. Einmal fand sie Kondome und rastete vollkommen aus. Christian lachte sie aus. »Die haben sie mir als Werbegeschenk auf einer Veranstaltung gegeben.« – »Gehst du noch regelmäßig zu deiner Therapie?«, fragte er besorgt hinterher. Jenny nickte. Sie schämte sich für ihre Unterstellungen.

Nichts war so schmerzhaft und zersetzend wie dieses Misstrauen. Ihre Dissertation kam nur schleppend voran, weil Jenny sich ununterbrochen mit der Frage beschäftigte, was Christian gerade tat. Ihr Bauch war monströs, ihre Beine und Brüste geschwollen und ihr einst schmales Gesicht ein konturloser Ballon. Ihre skeptische Schüchternheit kehrte zurück, gepaart mit Ängsten und dem

Gefühl totaler Unzulänglichkeit. Sie fühlte, dass irgendetwas nicht stimmte in der Beziehung zwischen Christian und ihr. Und sie ging davon aus, dass es an ihr lag.

Wieder einmal verbrachten sie ein Wochenende in Dänemark. Das erste seit Monaten. Jenny und Christian machten einen langen Spaziergang am Strand. Es war kühl an diesem Samstag im März. Der Wind blies. Oben auf einer Düne blieben sie stehen und schauten auf das aufgewühlte Meer. Die See war rastlos und unerbittlich grau. Am Himmel rasten die Wolken vorbei, und eine aufgeregt schnatternde Formation Wildgänse stieg in die Höhe. Christian umarmte Jenny von hinten und streichelte dabei zärtlich ihren Bauch. »Ich bin glücklich«, sagte er, strich ihr Haar zur Seite und küsste ihren Nacken. »Wir bekommen ein Kind.« Jenny fühlte nur Zweifel. Sie sagte nichts. Sie wollte diesen schönen Moment nicht zerstören. Immer und immer wieder hatte Christian ihr vorgeworfen, alles kaputt zu machen mit ihrer krankhaften Eifersucht.

Zwei Wochen später hatte sie Christian fünf Tage nicht erreicht. Fünf Tage lang hörte sie seine Interviews und Kommentare im Radio. Sie hatte sein Umfeld wieder wie eine Furie mit ihren Anrufen terrorisiert. An der Stimmlage der Assistentin und der Angestellten in den Hotels glaubte Jenny Mitleid zu hören. Mitleid mit der betrogenen Frau? Oder Mitleid mit der hysterischen, fetten Schwangeren? Jenny wollte nie eine dieser Frauen sein, die die Hosentaschen ihrer Männer durchwühlten, doch genau so eine war sie jetzt. Als sie den Schlüssel in der Haustür hörte, lag Jenny in der Badewanne. »Schatz, ich bin in der Wanne«, rief sie sehnsüchtig. Christian betrat das Bad. »Bist du vollkommen übergeschnappt?«, fragte er. »Was soll das? Ist es, weil du schwanger bist?«, fügte er etwas ruhiger hinzu. Er setzte sich auf den Rand der Wanne. Dann packte er sie am Hals. Drückte sie, ohne ein weiteres Wort, einfach unter Wasser. Sie strampelte, schnaubte, wehrte sich. Nach unendlich langen dreißig Sekunden ließ er von ihr ab. Christians Brust hob und senkte sich vor Anstrengung, sein Gesicht war ausdruckslos, seine Stimme eiskalt: »Siehst du, wozu du mich gebracht hast? Ich muss hier raus, sonst werde ich noch verrückt. Warum vertraust du mir nicht? Du bist so ein undankbares Miststück«, sagte er, bevor die Haustür wieder ins Schloss fiel. Jenny nickte. Sie hatte Angst. Halb stand sie unter Schock, weil Christian ihr gegenüber noch nie handgreiflich geworden war, halb hatte sie immer schon damit gerechnet, dass er sich eines Tages nicht mehr kontrollieren könnte, wenn ihm etwas missfiel. Jenny weinte. Sie hatte mit ihrer Kontrollsucht alles zerstört. Jenny fühlte sich schrecklich schuldig, löschte alle Nummern von Sekretärinnen und Assistentinnen. Sie würde ihm nie wieder hinterherspionieren. Auch in dieser Nacht kam Christian nicht nach Hause. Immer wieder nahm Jenny ihr Telefon in die Hand. Immer wieder legte sie es weg. Am nächsten Tag fragte sie Christian nicht, wo er die Nacht verbracht hatte.

Drei Monate später kam Klara zur Welt. Die Geburt fiel Jenny erstaunlich leicht. Sie dauerte gerade mal zwei Stunden. Christian war in seiner Aufregung so fürsorglich und einfühlsam, dass er sämtliche Schwestern und die Hebamme im Krankenhaus zu Freudentränen rührte. Stolz hielt er Klara auf dem Arm und liebkoste Jenny, als hätte es nie einen einzigen Disput gegeben. Als sei alles Vergangene wirklich Vergangenheit, und von jetzt an würde es nichts und niemanden mehr für ihn auf der Welt geben als Klara und Jenny. Da war er wieder: der Vorzeigemann. Der, den alle Frauen sich erträumten, der, den auch Jenny für ihren Traummann hielt.

Nach der Schwangerschaft blühte Jenny wieder auf: innerhalb kürzester Zeit hatte sie wieder ihre Traumfigur, ihre Dissertation kam gut voran, Klara war ein unkompliziertes Baby. Auf der Straße sah Jenny bewundernde Blicke, wenn sie als Familie mit Kinderwagen unterwegs waren. Ja, sie waren ein tolles Team. Als Vater war Christian von Anfang an sehr engagiert. Er wickelte und badete sein kleines Mädchen, er kaufte die süßesten Bodys und Kleidchen. Er war vollkommen vernarrt in Klara. Wenn Jenny die beiden beobachtete, hüpfte ihr Herz vor Freude. Ein Au-pair-Mädchen aus Chile wurde eingestellt, als Klara ein halbes Jahr alt war, und Christian bekam tatsächlich den Posten als Chefredakteur.

Eine Weile ging es gut. Besonders, weil Klara da war; Klara mit ihrer grenzenlosen Liebe. Die Mutterrolle erfüllte Jenny mit einer größeren Freude, einem Frieden, als sie je zu hoffen gewagt hatte. Jenny war zuversichtlich, zufrieden – wie ausgewechselt.

Nur Sex hatten sie und Christian weiterhin kaum noch. Um Christian zu gefallen und mit den vielen – wie Jenny dachte – schöneren, jüngeren, wilderen Frauen mithalten zu können, tat sie Dinge, die sie eigentlich gar nicht wollte und die ihr nach und nach emotional den Boden unter den Füßen wegrissen: Sie nahm Drogen mit Christian und seinen Freunden und beschwerte sich nie, wenn sie dann nach einer Stunde Schlaf mit Klara auf den Spielplatz ging, während Christian seinen Rausch bis nachmittags auskurierte. Sie knutsche auf Partys mit wildfremden Frauen vor den Augen Christians, damit er begriff, dass sie nicht verklemmt war. Sie begleitete Christian und zwei seiner besten Freunde in einen Puff. »Das La Bohème ist eher eine Bar, in der man aber auch mit einem Mädchen aufs Zimmer gehen kann«, hatte Christian ihr erklärt. Jenny war neugierig und auch schon so angetrunken, dass es ihr wie ein großer Spaß vorkam, als Frau mit in solch einen Laden zu gehen. Und im La Bohème lernte sie auch, wie man ganz einfach an der Bar Kokain bestellte: Champagner mit Schuss lautete das Codewort. Jenny ging als Erste mit dem Röhrchen auf die Toilette. Das Kokain, dieses geborgte Selbstbewusstsein – sie liebte es plötzlich.

Es half ihr, die Frau zu sein, die sich Christian an seiner Seite wünschte. Doch obwohl sie alle diese Dinge für ihn tat, schaffte er es weiterhin, ihr ein Gefühl von Minderwertigkeit zu geben. So hatte er Jenny emotional und psychisch vollkommen im Griff. Jedes Mal, wenn sie einen kleinen Erfolg vorweisen konnte, wenn beispielsweise die Fortschritte ihrer Dissertation von ihrem Doktorvater gelobt wurden, sagte Christian nur: »Brauchst du tatsächlich meine Anerkennung, nur weil du ein paar Seiten vollgeschrieben hast? Schatz, das ist ja wirklich armselig.« Jenny nickte. Diese Opfer muss ich bringen, redete sie sich ein. Dann war Christian wieder weg. Er musste viel reisen, ans Telefon ging er tagelang nicht. Dieses Mal blieb Jenny ruhig. Dabei war diese Ruhe das Letzte, was sie brauchte. Jenny brauchte Ablenkung, um nicht wieder ihrem alten Muster des Kontrollwahns zu verfallen.

Instinktiv spürte sie, wenn sie sich auch nur für eine Sekunde weiter einzugestehen begann, was Christian tat, wenn er unterwegs war, wenn sie diese Bilder zuließe, dann wäre sie tot. Dann könnte sie diese Beziehung nicht mehr aufrechterhalten. Also verschloss sie die Augen, trank auf Partys mehr als ihr guttat, und später am Abend kam Kokain dazu. Sie kramte in Christians Jacketttasche, der dann meistens gerade wieder zärtlich den Arm um eine wildfremde Frau gelegt hatte, fand das Röhrchen mit dem weißen Pulver und ging damit auf die Toilette. Sie tanzte, unterhielt sich stundenlang und behielt in ihrer

Erinnerung nur die hellsten und lustigsten Momente der Nacht. Den Rest schmiss sie weg. In einer Ecke ihres Kopfes befand sich ein Mülleimer, in dem alles verschwand, was Jenny nicht sehen wollte.

Später würde sie im morgendlichen Dämmerlicht Arm in Arm mit Christian nach Hause gehen, sie würden sich vielleicht küssen, und wenn er betrunken genug war, vielleicht auch mal wieder miteinander schlafen. Seit Jenny wieder schlank war, fasste er sie auch ab und zu wieder an. Den nächsten Tag würde sie schon irgendwie überstehen. Au-pair Clarina würde morgens zu ihrem Deutschkurs gehen, Jenny sich übermüdet und ausgelaugt um Klara kümmern. Es war wie immer.

Nach solchen Partynächten bewegte sich Jenny wie eine Marionette durch den Tag. Nur die zu erfüllenden Pflichten hielten sie zusammen. Und wenn sie es geschafft hatte, etwas Kokain übrig zu lassen, halfen auch diese Reste, die sie, in Miniportionen verteilt, heimlich konsumierte. Manchmal fühlte sich Jenny, als ob ein fremder Mensch in ihrer äußeren Hülle und mit einer Maske ihres Gesichts durch ihr Leben laufen würde.

Ihr Aussehen veränderte sich: Ihr Gesicht war aufgedunsen vom Trinken, von den Drogen und von zu wenig Schlaf. Man sah Jenny inzwischen an, dass etwas ganz und gar nicht stimmte – auch wenn sie nach außen immer weiter die Starke gab, die keine Probleme hatte. Als Beweis dafür, ihr Leben weiterhin im Griff zu haben, arbeitete Jenny wie eine Wahnsinnige an ihrer Doktorarbeit. Die Schnelligkeit und Konsequenz, mit der sie ihre Promotion vorantrieb, gaben ihr das Gefühl, alles andere sei ebenfalls in Ordnung. Parallel profilierte sie sich vor sich selbst als perfekte Mutter: Mehrmals in der Woche hatte Klara Besuch von mindestens vier Kindern. Jenny kochte für die Kita, ging mit Klara zum Schwimmen, Englischunterricht, organisierte Elternabende. Sich selbst spürte sie kaum noch. Dass sie sich nicht mehr spürte, erst recht nicht. Christian war nur noch selten da.

Die Fähigkeit, Warnsignale einfach zu ignorieren und Lügen zu akzeptieren, hatte Jenny schon bei ihrer Mutter Theresa gelernt. Theresa war wie Christian sehr talentiert darin, sich Vorkommnisse oder Erlebnisse so zurechtzubiegen, dass sie in ihr Selbstbild passten. Auch Theresa hatte Jenny manipuliert, auch Theresa hatte ein Suchtproblem. Bei ihr war es der Alkohol. Jennys Vater hatte ihre Mutter verlassen, als Jenny dreizehn Jahre alt war, weil er die Hirngespinste und Lügen seiner Frau nicht mehr aushielt. Theresa erfand Geschichten, die sie voller Inbrunst erst in Kneipen erzählte und später zu Hause. Jenny hatte sich schon als kleines Kind in ihrem Kopf einen Mülleimer zugelegt, in den sie bei Bedarf die unangenehmen Situationen mit ihrer Mutter hineinwerfen konnte. Die Trennung ihrer Eltern war für Jenny gar nicht so schlimm. Nun hatte sie zwei Kinderzimmer und konnte zwischen Mama und Papa im Wochentakt hin- und herwechseln.

Seit ihr Vater ausgezogen war, gab es keinen Streit mehr.
Davor oft. Vor allen Dingen, wenn ihre Mutter betrunken
war. Es gab Geschrei und Prügeleien, und immer wieder
stand die Polizei vor der Tür. Dann öffnete Jenny den Beamten und erklärte, dass alles nur ein Missverständnis sei
und in bester Ordnung. Jennys Mutter umarmte sie dann
und ergänzte lächelnd an der Wohnungstür: »Nur ein
Ehestreit. Nichts weiter.« Die Beamten zogen erleichtert
ab. Jenny wischte das Blut weg. Kopf-Mülleimer auf,
Kopf-Mülleimer zu. Jenny hatte als Kind in solchen Situationen nie Angst gehabt – dachte sie. Dabei hatte sie schon
als Kind gelernt, die Angst einfach zu verdrängen. Jennys
jüngeres Ich hatte bereits mit der Perfektion der Verdrängung von unangenehmen Gefühlen begonnen, Jennys äl-
teres Ich hatte diese überlebenswichtige Strategie einfach
nur fortgesetzt. Nur eine Szene kroch ab und zu hervor:
Bis heute wachte Jenny nachts manchmal auf, weil sie davon träumte, wie ihre Mutter nach zu viel Alkohol immer
wieder mit dem Kopf gegen die Wand lief. Ihr Vater wollte
Theresa festhalten; sie schaffte es dennoch, immer wieder
ihren Schädel mit einem dumpfen Knall gegen die Wohn-
zimmerwand zu rammen. Trotz dieser Situationen wusste
sie, dass beide Eltern sie unendlich liebten. Sie war Einzel-
kind, gut in der Schule, sportlich, beliebt und sowohl für
ihre Mutter als auch für ihren Vater das Wichtigste. Über
diese »schlimmen Abende«, wie Papa Wolf immer sagte,
wurde offen geredet. Die Erinnerung blieb.

Wann genau ihr Bewusstsein für sich selbst dann komplett aus der Halterung gerissen war, wann sie damit begonnen hatte, Verrat an sich selbst zu begehen, konnte Jenny im Nachhinein nicht rekonstruieren. Hatte es schon in ihrer Kindheit angefangen? Hatte Christian sie dazu getrieben? Oder waren es die Drogen? Das Geräusch, dieser dumpfe, ekelhafte Ton knackender Schädelknochen, wenn sie gegen die Wand schlugen, verfolgte Jenny nach Klaras Geburt immer öfter in ihren Träumen. Aber jetzt war es Mama Theresa, die krampfhaft versuchte, ihre Tochter davon abzuhalten, ihren Kopf gegen die Wand zu knallen. Jenny und ihre Mutter hatten die Rollen getauscht: Nun war es Jenny, die sich selbst zerstörte und dies partout nicht sehen wollte.

Nach einigen Stunden Schlaf wurde Jenny von einem sanften Klopfen an der Tür ihres Einzelzimmers in der Psychiatrie geweckt. Frau Dr. Lammertz, Jennys Ärztin, trat ein. Sie besprachen kurz den Medikamentenplan und wann Jenny zu ihrer ersten Einzelstunde kommen sollte. »Heute am Nachmittag ist noch etwas frei«, sagte Frau Dr. Lammertz. »Kommen Sie bitte um 16 Uhr.« Dann erklärte sie Jenny noch, zu welchen anderen Terminen sie vom nächsten Tag an gehen sollte: Gruppentherapie, Entspannungsübungen, Nachsorge ihrer Narben. Es war 12 Uhr, und Jenny ging in den Essensraum. Zum ersten Mal sah sie, wer sonst noch auf ihrer Station untergebracht war. Die meisten sahen müde und bedrückt aus –

verlebt. Jenny wollte sich nicht unterhalten und ging mit dem Mittagessen auf ihrem Tablett zurück in ihr Zimmer. Hunger hatte sie eigentlich nicht, aber sie zwang sich, ein paar Happen des Eintopfes zu sich zu nehmen. Für 14 Uhr hatte sich Christian angekündigt. Er war schon am Morgen ihrer Einlieferung von der Klinik darüber informiert worden, dass Jenny für mindestens eine Woche geschlossen-stationär behandelt werden würde. Er sollte ihr ein paar Sachen bringen: Waschzeug, Zahnbürste, Schlafanzüge, Sportzeug, Bücher. Computer und Mobiltelefone waren auf der Geschlossenen verboten. Als Christian, ohne zu klopfen, ihr Zimmer betrat, saß Jenny auf einem Stuhl am Fenster und starrte durch das vergitterte Glas in den parkähnlichen Garten. Er stellte die Tasche mit ihren Sachen auf das Bett und setzte sich daneben. Jenny konnte nicht anders, sie ging zu ihm, setzte sich auf seinen Schoß und weinte bitterlich. Ihr ganzer Körper bebte. Was hatte sie nur getan? Für einige Minuten hielt Christian sie fest. Sie umklammerte ihn geradezu. Sanft löste er sich aus ihrer Umarmung und schob sie neben sich aufs Bett. Er zeigte auf die Tasche: »Wenn du das wirklich willst, dann mach es. So eine Mutter braucht Klara ganz sicher nicht. Zwischen deinen Sachen ist das Messer.« Jennys Beine zitterten, als ob ein unsichtbarer Marionettenspieler die Fäden in der Hand hätte und sie gerade neu sortieren würde. Ihre Enttäuschung spiegelte sich in seiner wider. Jenny kam sich unglaublich dumm und einfältig vor. Sie hatte Christian und Klara verraten mit ihrem Selbstmordversuch. Oder nicht? Bevor sie auch nur ein Wort sagen konnte, stand Christian auf und ging. Er drehte sich nicht einmal um. Es blieb sein einziger Besuch in der Psychiatrie.

Zwei Stunden später saß Jenny in dem kleinen Büro von Frau Dr. Lammertz, über den Vorfall mit Christian sprach sie nicht. »Sie sind kokainabhängig«, stellte Frau Dr. Lammertz sachlich fest, nachdem sie den Aufnahmebericht überflogen hatte. »Ich habe es konsumiert«, entgegnete Jenny. »Ich bin aber nicht abhängig«, ruderte sie gleich wieder zurück. »Ich brauchte das Zeug nur, um mich von meinem Mann zu befreien und abzuschalten.« Die Therapeutin deutete auf ihre verbundenen Gelenke: »Und das brauchten Sie auch?« »Das gehörte zu meinem Plan. Ich habe mein Leben im Griff, schreibe an meiner Dissertation. Ich bin eine verantwortungsvolle Mutter.« »Das nennen Sie verantwortungsvoll?« Dann schwieg Frau Dr. Lammertz und schaute Jenny einfach nur an. Abwartend, aber nicht abwertend. Jenny rutschte unbehaglich auf ihrem Stuhl hin und her, wie ein kleines Mädchen, das sich beim Lügen ertappt fühlte. Erinnerungen schossen während der abscheulichen Stille durch ihren Kopf: Toilettenschüsseln, Schlaftabletten, Huren, Panikattacken, das permanente schlechte Gewissen, Lügen, Kokain. Immer wieder Kokain. Der Gedanke daran, dass sie in den letzten Monaten fast nur allein unterwegs

gewesen war, während Christian und das Au-pair Clarina
sich liebevoll um Klara gekümmert hatten, hielt sie unangenehm im Klammergriff. Aber noch war Jenny nicht bereit,
die Geschichte des Trennungsplans und des kontrollierten
Konsums aufzugeben. Noch konnte sie die Wahrheit nicht
annehmen. Am liebsten hätte Jenny die Therapeutin mit-
samt ihrem Stuhl einfach umgekippt. Was bildete sich
diese Dr. Lammertz eigentlich ein? Eine weltfremde Ärztin, die vom Leben außerhalb des sicheren Klinikgeländes
keine Ahnung hatte, und von Jennys erst recht nicht. »Ich
bin aber nicht abhängig«, wiederholte Jenny beinah ton-
los. Nicht mal sie selbst glaubte sich ihre Worte in diesem
Moment. »Wie Sie meinen«, entgegnete Frau Dr. Lammertz. Als Jenny das Zimmer verließ, drückte sie ihr
einige Broschüren in die Hand: »Ich würde mich freuen,
wenn Sie sich das mal ansehen.« Jenny nickte. Es waren
Angebote verschiedener Suchtkliniken. Therapiedauer:
drei Monate. Mindestens. Nach dieser ersten Einzelstunde,
die in Wahrheit nur fünfzehn Minuten dauerte, weil Jenny
kein Wort mehr sagte und bockig auf den Boden starrte,
begann etwas in Jenny zu arbeiten. Immer wieder nahm
sie die Broschüren in die Hand, die nun auf ihrem Nachttisch lagen. Sucht?

In der Nacht wachte Jenny auf. Es herrschte eine be-
drohliche Unruhe auf den Fluren der Psychiatrie, als ob
nachts die Ängste der Patienten Freigang hätten. Irgendwo
schrie eine Frau, Jenny meinte auf dem Flur ein Wimmern

zu hören und nervöse Schritte. Auf und ab. Auf und ab.
Einmal mehr redete sich Jenny ein, dass sie weit entfernt
von diesem unkontrollierten, unglücklichen Zustand ihrer
Mitpatienten war. Stocksteif lag sie in ihrem Bett, als eine
Schwester ihren Kontrollgang machte: »Brauchen Sie noch
etwas? Eine Schlaftablette?« Jenny nickte. Den Rest der
Nacht hörte sie nichts mehr.

In den Gruppentherapien der nächsten Tage schwieg
Jenny beharrlich und lauschte mit hochrotem Kopf den
Geschichten anderer Patienten: eine alleinerziehende
Mutter mit drei Kindern, die als Bankangestellte arbeitete
und die Koks nahm, weil sie sich vollkommen überfor-
dert fühlte. Ein wunderhübsches junges Mädchen, das
aufgrund ihres Cannabiskonsums jetzt an einer Angststö-
rung litt. Ein BWL-Student aus Südafrika, der behauptete, mit Diamanten gehandelt zu haben, bevor er der
größte Ecstasydealer Hamburgs wurde und dann selbst
darauf hängen blieb. Und eine erschütternd bescheiden
aussehende ältere Dame, die erst ihren Mann verloren
hatte und dann so viel soff, dass sie sowohl ihren Job als
auch ihre Wohnung und ihre Freunde verlor. Die Schick-
sale und Umstände all dieser Menschen rührten Jenny.

Nach vier Tagen brach der erste Damm. Ohne einmal
abzusetzen, erzählte Jenny in einer Einzelstunde bei Frau
Dr. Lammertz von dem Abend, an dem sie sich für ihren
Suizid entschied und ihr klar wurde, dass ihr gesamtes Leben mit Christian eine Lüge war, weil sie die Realität ver-

drängt hatte. Einen Monat zuvor war Jenny einen Tag eher als geplant von einem Besuch bei ihren Eltern aus Kiel zurück nach Hamburg gekommen. Christian hatte sie extra nichts gesagt, weil sie glaubte, er wäre ja eh nur genervt, wenn sie ihn über so unwichtige Details informieren würde. Klara blieb noch in Kiel bei Jennys Mutter Theresa, weil Clarina für zwei Wochen zu ihrer Familie nach Chile geflogen war. Jenny hatte einen wichtigen Besprechungstermin bei ihrem Doktorvater. Sie freute sich darauf, war gut vorbereitet. Als sie die Wohnungstür aufschloss, hörte sie die typischen Geräusche. In ihrem Bett fickte Christian seelenruhig irgendwen. Jenny wurde schlecht. Plötzlich waren alle sorgfältig verdrängten und verharmlosten Bilder und Verdächtigungen wieder da. Die Wahrheit hob ihr hässliches Haupt: Christian hatte ihr einen Mann vorgelogen, der er nicht war. Plötzlich fügten sich Situationen und Verdachtsmomente aneinander wie in einem Daumenkino: alle diese heimlichen Küsse, Christians Hände an den Pos und Busen jeder halbwegs attraktiven Frau. Die Kondome. Jennys Kehle war wie zugeschnürt, als würde sie von einer unsichtbaren Hand gewürgt.

Dieser Moment, in dem alles klar wurde, jede Lüge aufgedeckt, tat unsagbar weh. Wie ein Sterben. Die Realität zerstörte jede Illusion, und vielleicht war das das Schlimmste: Ohne Halt stürzte Jenny ins Bodenlose. Das Leben, die Familie und die Liebe, wie sie zuvor doch irgendwie existierten, waren vorbei. Ausgelöscht. Sie wünschte sich sehnlichst die Lüge zurück, weil die Wahrheit zu quälend war. Aber: das Wesentliche passte brutal gut zusammen. Leider. Manche Dinge konnte man nicht ungeschehen machen. Für einige Sekunden gelang es Jenny nicht, ihren Blick von den sich rhythmisch bewegenden, schwitzenden Körpern abzuwenden. Sinnlos, unfair, brutal. Irrtum ausgeschlossen. Verdrängung nicht möglich – Jenny war nüchtern, und der Mülleimer in ihrem Kopf stand nicht bereit. Der Teil ihres Herzens, der immer noch voller Liebe für Christian war, wollte die andere Frau zerreißen, in klitzekleine Stückchen. Stattdessen wurde Jennys Leben zerfetzt.

Ohne ein Geräusch verließ sie die Wohnung und lief einfach drauflos. Bis zur Alster. Einmal um die Alster herum. Ziellos irrte sie weinend umher, auf der Suche nach Ablenkung. Plötzlich stand sie vor dem La Bohème. Jenny wurde begrüßt wie eine alte Freundin, eine Leidensgenossin, deren Anwesenheit eine Selbstverständlichkeit war. Jenny plauderte mit der ältesten Dame des Hauses, die nur noch hinter der Bar arbeitete und für das Frühstück der Frauen am Morgen zuständig war. Dann ging sie mit Mariella auf die Toilette. »Ich teile jetzt mit dir, später bist du dran«, sagte Mariella. Natürlich wussten die Frauen alle, dass Jenny immer großzügig bei Puffmutter Tina Koks einkaufte und früher oder später alle einlud. Jenny liebte diesen Zwischenbereich des menschlichen Daseins, wenn ihr Körper von Alkohol und Drogen über dem Boden zu schweben schien, wenn der nächste Morgen unendlich weit entfernt war und nichts existierte als verworrene Gespräche. Die Nacht wurde zu einer Art Wachtraum, einer Zwischenwelt, real und dennoch weit entfernt von der wirklichen Welt. Man hatte das Gefühl, es seien nur wenige Minuten vergangen, und plötzlich wurde es hell. Die Nacht wurde zum Tag und hinterließ eine Lücke. Kopfurlaub.

Erst gegen 6 Uhr morgens verließ sie das La Bohème. Es war ein Samstag, und zum Glück waren kaum Menschen unterwegs. Die Sonne, das verdammte Übel nach solchen Nächten. Viel zu hell, zu warm – zu alltäglich. Drinnen hatte sie verdrängt, wie hart die Normalität des nächsten Tages sein würde. Nun kam der Absturz: Jennys Blick wurde blicklos. Das Taxi bog um die Ecke, und Jenny ließ sich auf die Rückbank fallen. Sie gab ihre Adresse an. Nur noch nach Hause kommen. Dann könnte sie sich dem Alltagstrott unterwerfen, so den Tag überstehen. Den Termin mit ihrem Doktorvater würde sie absagen müssen. Zum Glück hatte sie noch einen Rest Kokain in ihrer Handtasche. Das Stöhnen der Frau klang Jenny wie ein Tinnitus in den Ohren, als sie an diesem Morgen erneut die Tür zu ihrer Wohnung aufschloss. Christian war nicht da, das Bett fein säuberlich gemacht. Nichts deutete mehr auf den Verrat hin.

Frau Dr. Lammertz hatte Jennys Erzählung kein einziges Mal unterbrochen. Sie reichte ihr ein Taschentuch.

»Jetzt können wir anfangen zu arbeiten.« Jenny weinte, aber nicht bitterlich. Schon am nächsten Tag unterschrieb Jenny, ohne zu wissen, warum, einen Antrag auf eine dreimonatige Therapie in Schleswig-Holstein. Frau Dr. Lammertz zog erstaunt die Augenbrauen hoch: »Das ging ja schnell. Freut mich.« Was Frau Dr. Lammertz nicht wusste, war, dass Christian angerufen hatte. Über das Schwesternzimmer ließ er sich durchstellen – enge Familienangehörige hatten diese Möglichkeit. Er entschuldigte sich für sein Verhalten, er umwarb Jenny, versprach ihr eine neues, ein harmonischeres Zusammensein. »Wir sind doch eine Familie.« Verführerisch perlten die Worte von seiner Zunge und schwebten direkt in Jennys Herz. »Ich will dir helfen. Wir gehören doch zusammen.« Sie lauschte gebannt. Da war sie wieder: seine Stimme. Fast hätte Jenny ihm von dem Abend erzählt, an dem sie ihn in flagranti erwischte. Aber sie hielt sich zurück. Durch den Medikamentencocktail, den sie jeden Tag einnahm, arbeiteten ihre Gefühle und ihr Intellekt im Sparmodus, ohne Höhen und Tiefen. Zwei Wochen später bekam sie die Zusage für einen Therapieplatz in Schleswig-Holstein. »Sie haben wirklich Glück, so schnell einen Platz zu bekommen. Und Sie machen das einzig Richtige, Sie fangen an, Verantwortung für sich, Ihre Tochter und Ihr Leben zu übernehmen«, sagte Frau Dr. Lammertz erfreut. »Was bist du nur für eine egoistische Mutter, dass du dein Kind allein lässt«, waren Christians Worte.

Auf der Fahrt in die Klinik redete Christian ununterbrochen auf Jenny ein. Christian hielt nichts von dem dreimonatigen Aufenthalt. »Kannst du das nicht selbst in den Griff bekommen, so dämlich kannst du doch nicht sein«, schimpfte er. »Du lässt dein Kind im Stich. Was bist du nur für eine egozentrische Person, die nur an sich denkt.« Er drohte, ihr das Erziehungsrecht für Klara zu entziehen. Verkrampft saß Jenny auf dem Beifahrersitz und starrte auf die Straße, prägte sich jedes Detail ein. Christians Stimme wurde zu einem Hintergrundgeräusch. Zu gern hätte Jenny sofort ein Gramm Kokain bestellt und eine Flasche Wein geöffnet. »Wann bist du so schwach geworden?«, fuhr Christian fort. Jenny wusste keine Antwort. »Schau mich an. Stürze ich so ab, wenn ich mal Drogen nehme?« Jenny versuchte zu kontern: »Du schläfst auch immer aus, und ich bin für Klara da.« Christian lachte nur höhnisch. »Ich arbeite Tag und Nacht, um euch ein gutes Leben zu ermöglichen, und sitze nicht an irgendeiner traurigen Fantasie namens Doktorarbeit.« Jenny nickte. Christian hatte es wieder geschafft: Jenny war angewidert von sich selbst. Ihr gerade erwachtes winzig kleines Selbstwertgefühl hatte sich während der anderthalb Stunden Autofahrt mit Christian in nichts aufgelöst.

»Das Gefühl, gebrochen zu werden, kennt er nicht«, war der letzte Gedanke in Jennys Kopf, bevor sie auf dem Parkplatz der Klinik hielten, Jenny ausstieg und Christian sie mit ihrem Gepäck stehen ließ. Mit durchdrehenden

Reifen fuhr er los. Unsicher wagte Jenny einen Blick über das Gelände, bevor sie sich mit ihrem kleinen Rollkoffer auf den Weg zur Aufnahme machte. Hier würde sie die nächsten drei Monate verbringen. Klara würde jedes Wochenende kommen und von Freitag bis Sonntag bei Jenny übernachten dürfen. Das war die Bedingung, sonst hätte Jenny sich nicht darauf eingelassen. Christian hatte hingegen von Anfang an angekündigt, er würde für keine Therapiesitzung zur Verfügung stehen: »Du bist süchtig, Jenny, nicht ich.« Jenny hatte einfach nur genickt.

Jenny ging zu dem Eingang mit dem Schild Aufnahme, richtete sich in ihrem Zweibettzimmer ein, absolvierte mit einer anderen neuen Patientin den Rundgang über das Klinikgelände. Die Klinik erinnerte eher an ein Hotel als an ein Krankenhaus. Es gab ein Schwimmbad, einen Werkraum, eine Minigolfanlage, man konnte Boote mieten, in den Fitnessraum gehen oder in die Bibliothek. Als sie die vielen anderen Suchtkranken in dem großen Esssaal sitzen sah – es waren sicher zweihundert Menschen –, wurde Jenny klar, wie verwundbar wir alle doch waren. Wie viele vor der Wahrheit weglaufen, weil sie glauben, sie könnten sie nicht aushalten.

Die Therapeuten in der Klinik verstanden sich gut darauf, in Jennys Leben zu blättern wie in einem ihnen bekannten Buch. Jenny fing an mitzumachen. Es schmerzte. Es fiel ihr schwer, über Lügen, Sucht und Schuldgefühle zu sprechen. Über Scham. Darüber, wie lange sie zugelassen hatte, dass Christian mit ihr spielte, wie labil sie gewesen war und wie sie sich verändert hatte. Früher hatte Jenny nie Drogen genommen. Früher war sie zielstrebig und zuverlässig. Früher war sie vielleicht ein wenig scheu und skeptisch, aber ihr wacher Geist hatte immer die Oberhand behalten. Jeder Satz in den Gruppensitzungen kam Jenny so mühsam über die Lippen, als müsste sie mit bloßen Händen im ewigen Eis buddeln. Ihre Erinnerungen an bestimmte Abende wieder zusammenzusetzten dauerte manchmal tagelang – bis sich in ihrem Kopf zwischen Verdrängung, Wahrheit und Drogenrausch eine halbwegs logische Einheit bildete. Zuzugeben, dass Christian mit Lügen und Verschweigen seine Machtgelüste und Allmachtsfantasien an ihr ausgelebt hatte wie an einem dressierten, ängstlichen Hund, dauerte fast zwei Monate. In einer Gruppensitzung bat der Therapeut die Patienten reihum zu erzählen, was ihre Wünsche seien, was sie sich selbst gern Gutes tun würden. Jenny war die Einzige, die darauf keine Antwort wusste. »Gut zu funktionieren, das habe ich mir immer gewünscht«, sagte sie lediglich. Dann verließ sie wütend den Raum und schloss sich in ihrem Zimmer ein. Sie verkroch sich in ihrem Bett, drehte sich zur Wand und tat, als ob sie schliefe.

Am zweiten Wochenende kam Klara zu Besuch. Das kleine Mädchen glaubte, dass ihre Mama in dem wunderschönen Hotel an ihrer Doktorarbeit schreiben würde. So hatten ihre Eltern es ihr erklärt. Klara liebte die Klinik.

Sie gingen schwimmen und spazieren. Klara durfte auf einer Matratze direkt neben ihrer Mama schlafen. Als Klara abends müde vor sich hin murmelnd versuchte, gegen den Schlaf anzukämpfen, ließ sie Jennys Hand nicht los – auch nicht, als sie längst eingeschlafen war. In dieser Nacht mit Klara bekam Jenny, trotz der Schlaftablette, kein Auge zu. Langsam begriff sie, dass die psychische Schussfahrt, auf der sie sich befand, kurz davor gewesen war, sie zu vernichten. Jenny begann die Augen zu öffnen, wirklich zu öffnen, und blickte auf ihr verwüstetes Leben. In der Klinik fühlte sie sich wohl, vor Christian und vor sich selbst geschützt. Die zerstörerische Phase musste ein Ende haben. Dennoch wollte Jenny immer noch versuchen, die kleine Familie, bestehend aus Klara, Christian und ihr, zu erhalten. »Wenn ich wieder stark bin, wird es funktionieren«, redete Jenny sich ein. Wie diabolisch Christian wirklich war, erkannte sie erst am folgenden gemeinsamen Weihnachtsfest.

Jenny besuchte sämtliche Seminare über Sucht und Workshops zum Thema Persönlichkeitsstörungen, die angeboten wurden. Sie ging zu Meditationskursen, etwas, was ihr noch vor einigen Wochen vollkommen lächerlich vorgekommen wäre, sie machte jeden Tag Sport und sprach immer offener in den Gruppen- und Einzeltherapien. »Ich allein bin dafür verantwortlich, was ich mache. Ich allein trage die Verantwortung für mich und mein Leben«, sagte sie in ihrer letzten Stunde bei ihrem Lieblingstherapeuten Dr. Niemann. Der Therapeut lehnte sich in seinem Stuhl zurück: »Sind Sie nicht ein wenig streng mit sich selbst?« Jenny schüttelte energisch den Kopf. Dr. Niemann sagte, dass er stolz auf ihre Entwicklung sei und sie über Weihnachten zu ihrem Freund und ihrer Tochter nach Hause dürfe. Jenny war seit knapp drei Monaten abstinent.

Am 22. Dezember bestieg Jenny den Regionalexpress nach Hamburg. Sie freute sich auf ihr erstes Wochenende in Freiheit. Christian würde erst am 23. Dezember spätabends zurück sein. Jenny konnte zusammen mit Clarina und Klara einkaufen gehen, Vorbereitungen treffen, den Baum schmücken. Als sei sie nie weg gewesen, klappte alles zu Hause. Jenny strahlte wieder, als würde ihr Gesicht mehr Licht als andere einfangen. Doch als Christian kam, sah er sie mit einem Blick an, der nur Verachtung in sich trug. »Ach, haben sie den Junkie rausgelassen?«, fragte er zur Begrüßung. Jenny tat so, als habe sie es nicht gehört. Die Szenerie am festlich gedeckten Weihnachtstisch glich einem Schachspiel, bei dem nur noch zwei Figuren auf dem Feld standen: Jenny und Christian. Beide wogen ab, welcher Zug als Nächstes folgen sollte, welches die beste Strategie sei. Sie wussten es nicht. Die Stille zwischen ihnen dehnte sich aus, bis der ganze Raum davon erfüllt war. Während Christian immer zügiger den Wein in sich hineinschüttete, ruhte Jennys Blick auf ihrer vergnügt auf dem Küchenboden spielenden Tochter. Klara hatte keine

Ahnung, dass sie genau dort saß, wo Jenny vor drei Monaten ihr eigenes Blut weggewischt hatte.

Auch beim Geschenkeauspacken, zu französischen Chansons und Weihnachtsliedern von Dean Martin, kam kein Gespräch zustande. Nur Klara plapperte vor sich hin und genoss die Nähe ihrer Mutter. Christian betrank sich und wählte ganz offensichtlich die Nummer eines Dealers. Jenny blieb nüchtern. Es fiel ihr nicht schwer. Christian verabschiedete sich, um mit einigen Freunden noch in einer Bar zu feiern. Nur Klara bekam zum Abschied einen Kuss. Die Tür fiel ins Schloss. Christian war weg, und Jenny war fassungslos, weil sie zum ersten Mal Erleichterung darüber empfand, dass er weg war. Jenny brachte Klara ins Bett, räumte auf und bemerkte, wie viel sie mitbekam, wenn sie nüchtern blieb. Details? Nein, jedes Detail!

Erst am Morgen kurz vor 5 Uhr kroch Christian zu ihr ins Bett. Er roch nach Alkohol und Zigaretten. So wie Jenny früher auch immer. Seine Beine zuckten unkontrolliert, und Jenny ertrug seine Nähe kaum. Dann schaltete er seine Nachttischlampe an, stand auf und schrie: »Schau mich nicht so überlegen an: Du bist in der Psychiatrie gewesen. Nicht ich.« Jenny nickte. »Du bist süchtig. Nicht ich.« Jenny nickte. »Du hast dir die Pulsadern aufgeschnitten, während unsere Tochter direkt nebenan geschlafen hat. Nicht ich.« Jenny nickte. »Also frage dich bitte mal ernsthaft, wer hier komplett versagt hat? Nicht

ich.« Jenny nickte. Christians Blick ruhte verächtlich auf
Jenny, die sich im Bett immer tiefer in ihr Kissen vergrub.
»Und wer heult jetzt hier schon wieder und hat sich nicht
im Griff – trotz des ganzen Therapie-Tam-Tams? Hier
läuft alles, auch ohne dich. Wer braucht dich schon?«
Christian schwankte ein wenig. »Ich nicht.« Er knallte die
Tür zu und verzog sich ins Gästezimmer. Da war es wieder, dieses Gefühl von Unterlegenheit, das sich über die
letzten Jahre in Jenny ausgebreitet hatte, in alle Poren ge-
krochen war. Ihr neues drogenfreies Selbst war noch fra-
gil. Sie stand auf und fand sich vor dem Kühlschrank wieder, auf der Suche nach Alkohol. Nur für eine Sekunde.
Wütend über sich selbst schüttelte sie den Kopf, schloss
die Tür wieder und ging zurück ins Bett. Sie würde keinen Verrat mehr an sich begehen, sich nicht mehr aus-
schalten, um Christians Lügen und Manipulationen ertragen zu können. Nie wieder.

Sie schaltete das Licht aus. Zum ersten Mal seit gut drei
Jahren erkannte sie, dass es tatsächlich absolut sinnlos
war, weiter für diese Beziehung zu kämpfen. Sie drückte
das Kopfkissen an ihren Körper und umarmte es liebevoll, wie früher Klara, als sie noch ein Säugling war. Nur
so konnte Jenny wieder einschlafen. Sie wimmerte. Er
würde sich nicht ändern. Nie. Eine Geschichte, die Christian immer und immer wieder während der ausgelassenen
Abendgesellschaften erzählte, ging ihr nicht mehr aus
dem Sinn:

An einem Flussufer trifft ein Skorpion auf einen Frosch. »Lieber Frosch, nimmst du mich auf deinem Rücken mit zur anderen Uferseite? Ich kann nicht schwimmen.« Der Frosch erwidert: »Nein, das werde ich nicht tun. Sobald wir in der Mitte des Flusses angekommen sind, wirst du mich mit deinem Giftstachel stechen, und wir werden beide sterben.« Darauf der Skorpion: »Warum sollte ich das tun? Wenn ich dich steche, so werde auch ich ertrinken, und ich hätte nichts gewonnen.« Der Frosch überlegt kurz und entschließt sich letztlich, den Skorpion doch mit zur anderen Flussseite zu nehmen. In der Mitte des Flusses angekommen, holt der Skorpion mit seinem Stachel aus und sticht den Frosch in den Rücken. Mit den letzten Atemzügen fragt der Frosch: »Warum hast du das getan? Jetzt sterben wir beide.« »Ich bin ein Skorpion, es ist meine Natur, ich kann nicht anders.« Und beide ertrinken.

Jenny war nicht mehr bereit, für Christian zu ertrinken. Als sie ihm am nächsten Tag endlich sagte, dass sie ihn verlassen und der Umzugswagen in drei Wochen vor der Tür stehen würde, grinste er ironisch: »Du liebst mich, du kannst mich gar nicht verlassen. Ohne mich bist du doch gar nicht überlebensfähig. Ich muss doch nur abwarten, dann gibt sich auch diese Laune wieder, Schatz. Erkennst du nicht, wie sehr ich dich liebe?« Jenny schüttelte den Kopf. »Ich bin überlebensfähig. Ich werde dich verlassen.«

Christian weinte, schluchzend wie ein kleines Kind. Er wechselte innerhalb weniger Sekunden die Rolle: vom Übermenschen zum hilflosen Etwas. Ein »Verlass mich nicht« glaubte Jenny in seinem verheulten Murmeln zu erkennen. Aber seine Tränen erzeugten in ihr kein Mitleid mehr. Sie hatte keine Lust, ihn zu trösten. Es war zu spät – sie hatten sich verloren. Jenny wusste, dass Christian in erster Linie sich selbst bemitleidete. Seine narzisstischen Züge hatte sie endlich durchschaut.

Mitte Januar waren Jennys Möbel im Umzugswagen verstaut. Auf der Straße standen die Packer, tranken Cola und rauchten an dem Baum, hinter dem sich Jenny vier Monate zuvor versteckt hatte. Klara war wieder bei Jennys Mutter in Kiel. Jenny warf einen letzten Blick in die Wohnung, durchschritt noch einmal alle Zimmer. Die Vorfreude auf ihr neues Leben wurde abgelöst von Abschiedsschmerz. Christian stand beklommen in einer Ecke der Terrasse und nippte an einer Tasse Tee. Erschöpft. Seine Mundwinkel bebten. Er konnte Jenny nicht in die Augen sehen. »Tschüss«, sagte sie und machte einen Schritt auf ihn zu. Christian nahm sie in den Arm. Sie hielten sich aneinander fest. Minutenlang. Da war immer noch diese Vertrautheit, diese Verbundenheit, die unendlich schien. Dann löste sich Jenny. Es war so weit. Es war Zeit zu gehen. Ein jäher Schmerz durchfuhr sie. Sie drehte sich um, ging weg von Christian. Durch die Küche, durch den Flur, durch die Eingangstür, raus aus ihrem Zuhause, für das sie nun keine Schlüssel mehr besaß. Die Treppe runter. Einen Fuß vor den anderen. Sie drehte sich nicht um. Am Briefkasten stand ihr Name neben seinem, wie ein Relikt aus einer anderen Zeit. Die Wunden an Jennys Handgelenken waren verheilt, dünne, weiße Narben waren zurückgeblieben.

Eine Woche nach ihrem Auszug zog eine blonde junge Frau bei Christian ein. Eine, von der Jenny noch nie etwas gehört hatte. Eine, die glaubte, sie sei die einzige Frau im Raum, wenn Christian mit ihr sprach. Sein selbstbewusstes Auftreten und seine absolute Konzentration allein auf sie gaben ihr ein Gefühl von Sicherheit.